LA DÉFERLANTE

L'auteur

Michael Buckley a grandi dans l'Ohio et, après ses études, est parti à New York dans le but avoué de faire fortune. Il y a surtout trouvé du travail comme cuistot, serveur ou chanteur dans un group punk... Après avoir participé pendant dix ans à la création de programmes télé pour enfants, Michael Buckley a enfin réalisé son rêve : écrire des livres. Il a commencé avec *Les Sœurs Grimm*, qui est vite devenu un succès mondial. Son nouveau roman, *La Déferlante*, a été très remarqué dès sa sortie américaine.

LA DÉFERLANTE

MICHAEL BUCKLEY

Traduit de l'anglais (États-Unis)
par Guillaume Fournier

POCKET JEUNESSE
PKJ·

Directeur de collection :
Xavier d'Almeida

Titre original :
Undertow
Publié pour la première fois en 2015
par Houghton Mifflin Harcourt, New York

Loi n° 44-956 du 16 juillet 1949 sur les publications
destinées à la jeunesse : avril 2016.

ISBN : 978-2-266-26033-6

Pour Howard et Sylvia Johnson,
qui m'ont invité dans leur maison sur l'eau.

1

Je les entends arriver à plusieurs pâtés de maisons, avec un grondement sourd pareil à la vibration d'une corde de basse. À mesure qu'ils se rapprochent, cela devient un bourdonnement, comme si un nid de frelons s'installait sous mon crâne. Le temps qu'ils atteignent ma rue et passent sous mes fenêtres, le bruit est devenu insupportable : une cacophonie de hululements et de cris qui montent dans les aigus en un grand crescendo de terreur. Un vrai cauchemar. Impossible de dormir dans ces conditions. Il n'existe pas d'oreiller assez épais pour faire taire leurs hurlements. Je n'ai plus qu'à attendre qu'ils s'en aillent. Ils s'en vont toujours.

Je ne suis pas rassurée mais la curiosité est la plus forte : je saute de mon lit, relève le store et plisse les yeux pour les apercevoir avant qu'ils ne disparaissent. Trop tard. En un éclair, ils se sont évanouis dans la nuit.

La seule trace de leur passage, c'est la plaie béante qu'ils laissent dans le calme et le silence. Pas loin derrière vient toujours une foule d'hommes et d'adolescents armés de battes et de bouteilles, les chiens de garde autoproclamés du quartier, qui les poursuivent en aboyant des menaces. Et enfin, pour fermer le bal, voilà la police qui fait tourner ses gyrophares et crisser ses pneus. Une voix dans un mégaphone demande à chacun de rentrer chez soi, pendant qu'un hélicoptère fouille les arrière-cours et les terrains vagues avec son projecteur. J'entends un coup de feu. Pan ! Puis d'autres. Pan ! Pan !

C'est le couvre-feu à Coney Island.

— Tu devrais dormir, me conseille ma mère dont la silhouette se découpe sur la lumière jaune du couloir. Ça va être la folie, demain.

— Ils sont sortis en force, cette nuit, lui dis-je.

Elle me rejoint devant la fenêtre et fixe la rue désormais déserte. Les muscles de ses épaules et de sa nuque sont contractés. Elle se tord les doigts. Je n'aime pas la voir comme ça, biche affolée prête à détaler au moindre bruit.

Elle fait retomber le store et me reconduit à mon lit.

— Probablement pour piquer des trucs. Comment va ta tête ? ajoute-t-elle.

— F4 pour l'instant, mais j'ai l'impression que ça va bientôt devenir une F5.

Maman fait la grimace. J'ai des migraines depuis que je suis gamine, et au fil du temps nous avons pris l'habitude de les ranger par tailles comme les tempêtes. F1, c'est le vent qui souffle en continu sur ma matière grise. F5, l'état d'urgence, à se rouler en boule par terre en sanglotant.

— Tu t'es retourné la tête à force de penser à demain, me reproche-t-elle.

— Comment veux-tu que je n'y pense pas ?

— Pourquoi fait-il aussi chaud dans cette maison ? marmonne-t-elle.

Elle se rue hors de ma chambre. Je la suis et la trouve en train de manipuler avec frénésie les boutons de notre appareil à air conditionné : une antiquité que mon père a achetée avant ma naissance. Chaque nuit, elle s'accroche à la vie dans la chaleur étouffante de Coney Island, crachant quelques bouffées d'air aux relents de pain grillé. Maman tourne un bouton et le système se met à tousser et à hoqueter comme un fumeur en phase terminale. Elle s'empresse de modifier son réglage ; la machine tressaute, frémit, puis reprend son ronronnement habituel.

— On aurait de quoi s'en acheter une neuve, fais-je remarquer.

— Je garde cet argent pour les cas d'urgence.

— Maman, l'urgence a eu lieu il y a trois ans...

— Je vais te faire couler un bain.

— Je crois que j'ai juste besoin de...

Boum ! La F5 me tombe dessus. Elle me cueille en traître, aux tempes. Une explosion qui me donne la sensation que les os de mon crâne décollent avant de retomber en pagaille. Je ressens comme un feu de forêt dans les lobes frontaux. La chaleur me prend la nuque et me brûle le creux du dos. Je tombe à genoux, les mains sur les oreilles, en me retenant de vomir.

— Maman !

Elle m'attrape le bras pour me relever, mais là, boum ! je bascule sur le dos. J'oublie presque où je suis, qui je suis.

— Ne panique pas, Lyric ! Respire.

Elle s'allonge sur le sol et s'enroule autour de moi, me serrant fort comme pour me protéger de l'explosion d'une grenade. Elle me murmure des paroles d'apaisement :

— Je suis ta mère. Je vais prendre soin de toi.

Entre deux sanglots, je grommelle :

— Je déteste mon cerveau.

— Je sais. Je sais.

Quand je réussis enfin à me relever, elle m'accompagne

dans la salle de bains. Je m'assois au bord de notre baignoire à pattes de lion et regarde l'eau la remplir. Ma mère m'aide à me déshabiller. Entrer dans l'eau me donne l'impression d'enfoncer le pied dans de la crème fouettée : c'est doux, froid, délicieux. Il me faut toujours un petit moment pour m'habituer à la température mais c'est la seule chose qui me soulage. Quand je m'en sens capable, je m'assois.

— La mer me manque, dis-je en fermant les yeux.

Je revois la plage, où ma mère et moi restions des heures assises à laisser le grondement de l'Atlantique matraquer ma migraine comme une sorte de morphine naturelle. Mais nous n'avons plus le droit de nous rendre sur la plage – plus depuis qu'ils sont là.

— Moi aussi, avoue-t-elle.

Elle s'en veut de ce qui est arrivé à notre quartier : les combats, la loi martiale, la haine.

— Où est papa ?

J'espère qu'il n'était pas parmi les flics que j'ai vus passer dans la rue.

Elle trempe un linge dans l'eau, l'essore et me le pose sur les yeux.

— Au poste. Mike tenait à ce que tout le monde révise le plan pour demain une dernière fois. Ils vont devoir travailler avec le FBI et les soldats. Mais ils seront prêts. Ne t'en fais pas.

Je mens :

— Je ne m'en fais pas.

— Les choses finiront par s'arranger. Tu vas voir.

Maintenant, c'est elle qui ment.

Je me laisse glisser dans l'eau jusqu'à ce qu'elle me submerge entièrement. C'est là-dessous que je me sens le plus en sécurité, quand la migraine s'estompe et que le grondement de l'eau noie le tumulte lancinant.

2

J'entends ses pas nerveux, ses soupirs impatients, mais je refuse d'ouvrir les yeux. Je n'ai pas dormi de la nuit à cause de ma migraine, de ma mère qui était anxieuse et de mon père qui faisait les cent pas comme un lion en cage. Si je me lève, je devrai accepter le fait qu'on est lundi matin – ce lundi matin que tout Coney Island redoute depuis des mois.

— Lyric Walker ! Je sais que tu es réveillée. Tire tes fesses de ce lit.

— Fiche le camp.

Je me recroqueville comme un escargot dans sa coquille, pour qu'elle comprenne que je ne bougerai pas et qu'elle devra aller au lycée sans moi. Si je me fais toute petite, elle sera bien obligée de renoncer, non ?

— On a juste le temps de te préparer, dit-elle en arrachant mon drap.

Voyant que je me cramponne aux oreillers, elle me les enlève également. Je n'ai plus rien pour me cacher, et quand elle allume la chaîne hi-fi et relève le store, je capitule. C'est bon, j'irai au lycée.

Je maugrée :

— Je te déteste, Bex Conrad.

— La faute au Big Boss. C'est lui qui m'a dit de te réveiller.

Elle se dirige vers les tiroirs de ma commode. Elle les fouille un à un, à la recherche de trésors enfouis qui lui auraient échappé les cent ou deux cents fois précédentes. Bex a toujours convoité mes fringues. Primo, c'est moi qui ai les plus belles, et secundo, sa mère est une ratée, incapable de garder le moindre job et qui se ficherait pas mal de la voir partir au lycée habillée comme un sac. Aujourd'hui, pourtant, elle a joué le grand jeu avec sa minijupe en cuir noir et son T-shirt Hello Kitty deux tailles trop petit. En plus, elle porte les escarpins qu'elle a fauchés sous mon lit le mois dernier et qui rajoutent six bons centimètres à sa grande carcasse. Elle s'est lavé les cheveux et maquillée à mort. Tout en elle proclame : « Impressionnant hein ? » Ce qui veut dire qu'elle n'a pas débarqué à cette heure scandaleuse pour me piquer des vêtements.

— L'autre est sorti de prison et Tammy l'a laissé revenir, c'est ça ?

Elle hausse les épaules. Tammy est sa mère. « L'autre », c'est le diable incarné : son beau-père, Russell.

— Il faudra quoi pour qu'elle le vire définitivement ?

— Plus que des coups et blessures, j'imagine, répond-elle sur un ton désinvolte.

Je fronce les sourcils. Bex dissimule ses problèmes derrière une barricade de sourires et de plaisanteries. Même après tout ce temps, je suis rarement autorisée à passer de l'autre côté.

— Bex, je…

Elle trouve le bracelet noir que je me suis acheté dans

une brocante, le glisse à son poignet et s'observe dans le miroir.

— Ce truc est à moi, maintenant.

— Bex, sérieusement, tu es sûre que ça va ? Est-ce qu'il boit encore ?

— Où sont tes fringues sexy ? C'est le moment de les mettre.

— Bex, n'essaie pas de changer de conversation.

— On risque de passer à la télé.

Bex continue à fouiller dans mes affaires. Elle a dit tout ce qu'elle avait à dire sur le sujet. Elle y reviendra quand elle se sentira prête – pas avant.

— On pourrait faire l'école buissonnière, dis-je.

— Ils arrêtent tous ceux qui essaient.

— Mon père est flic.

— Tu crois que le Big Boss hésiterait à te passer les menottes ? (Elle rit, puis ouvre un autre tiroir.) Où sont tes jupes, Lyric ? Tes petits hauts moulants ? Tu es devenue mormone ou quoi ?

— Quelle importance, ce qu'on porte ? Personne ne fera attention à nous aujourd'hui.

Bex s'interrompt pour me dévisager avec un mélange d'horreur et d'incrédulité.

— Bien sûr que si ! Il y aura des caméras partout, et je te garantis qu'on va se retrouver en bonne place sur un site Web du genre Les Bombes Atomiques de Fish City point com. Sauf si tu nous ressors ton look de petite fille aux allumettes, ce que j'ai la ferme intention d'empêcher.

Je me traîne jusqu'à la fenêtre et grimace devant le spectacle en bas. Des camionnettes de la télévision surmontées d'antennes satellites sont garées tout au long de ma rue. Des reporters en jaillissent comme des diables de leur boîte et s'élancent au pas de charge, suivis de leurs cameramen. Chacun s'approprie un bout de trottoir et se prépare à rendre compte de l'événement « en direct ». Il y a aussi des hélicoptères des médias qui tournent dans le ciel. Le monde entier se presse autour de notre bocal aujourd'hui.

Bex abandonne ma commode et s'attaque à mon armoire. Un énorme sac à dos en bloque la porte. Le genre de sac qu'on emporte pour une expédition en haute montagne, et il est plein à craquer.

— Tu comptes te décider à ranger ce truc, un jour ? Il est sans arrêt dans le passage. Tu as mis quoi dedans, d'ailleurs ?

Je mens :

— Oh, des vieux trucs que je vais donner à l'Armée du Salut.

— Hé ! j'ai priorité sur toutes tes affaires !

Elle commence à ouvrir la fermeture Éclair, mais je pose une main sur son bras.

— C'est rien que des chaussettes et des sous-vêtements.

— Tu refiles tes vieilles chaussettes et tes culottes aux pauvres ?

Vu la quantité de bobards que je sers tous les jours, on pourrait s'attendre à ce que je sois une experte dans ce domaine, mais je reste d'une nullité confondante quand il s'agit de mentir à Bex. Je voudrais bien pouvoir lui dire ce qu'il y a dans le sac à dos, tout au fond, chargé et huilé, juste au cas où. Ce serait agréable de pouvoir me confier – je me sentirais moins seule –, mais ce que je cache, à elle comme aux autres, est trop lourd pour être partagé.

— Enfin, Lyric, c'est crade ! proteste-t-elle.

Puis elle repousse le sac à dos loin d'elle comme s'il était plein de… eh bien, de vieilles chaussettes et de sous-vêtements. Les portes de l'armoire s'ouvrent, déclenchant un concert de piaillements. L'intérieur recèle un véritable trésor : jeans déchirés avec art, T-shirts de groupes vintage, robes années 50, bracelets fluorescents, robes de cocktail, grosses chaussures montantes (aussi encombrantes que difficiles à porter) et chapeaux par dizaines, rangés dans des cartons. Je collectionne tous ces articles depuis que j'ai dix ans ; ils viennent aussi bien des bennes de l'Armée du Salut que d'eBay. J'avais de grands projets pour eux, mais aujourd'hui, mon armoire n'est plus qu'un musée dédié à une existence avortée. Je ne peux rien porter de tout cela si je veux me fondre dans la masse. Non pas que j'y tienne tellement, mais c'est plus sûr comme ça.

Bex, cependant, n'a toujours pas capitulé.

— Qu'est-ce que tu pourrais mettre qui dirait haut et fort « Regardez-moi » ? s'écrie-t-elle en faisant défiler les cintres, jaugeant les habits d'un œil critique et rejetant ceux qui ne remplissent pas ses critères. Oh, je sais. Ça !

Elle l'a trouvée. Cachée tout au fond, ma petite robe années 20 jaune champagne. Elle la plaque contre moi et pousse un petit cri. C'est une robe en perles qui m'arrive à mi-cuisses. Elle scintille comme un mirage. Je l'ai dénichée lors d'un vide-grenier. J'ai tout de suite vu qu'elle était d'époque. Le vendeur me l'a laissée pour dix dollars juste avant que les vautours professionnels de la brocante n'arrivent. L'un d'eux m'a littéralement poursuivie sur le trottoir et m'en a offert trois cents billets, mais je n'ai pas voulu céder. J'aimais trop cette robe. Je l'ai rapportée chez moi en la serrant comme un nouveau-né, je l'ai lavée, reprisée, et j'ai rêvé du jour où j'aurais suffisamment de formes pour la remplir. Je la porterais au lycée et je regarderais les garçons tomber sur mon passage comme des mouches.

— C'est tellement décalé, dit Bex en me la fourrant dans les mains avec un gloussement. Elle est parfaite !

Mon cœur se serre un peu, mais je choisis un jean noir et un T-shirt de Bruce Springsteen.

— La télé ! Internet ! s'écrie Bex en me les arrachant des mains. Cette robe te vaudra des milliards de commentaires assassins. Tu deviendras un mème. Pas la peine de secouer la tête, je suis sérieuse. Quand tu seras célèbre, je ferai comme si je ne te connaissais pas. C'est moche de la part d'une amie, mais je le ferai. Je te le jure !

Je tends les mains vers mes habits et Bex me les rend à contrecœur, me signifiant d'un froncement de sourcils : « Je préférais l'ancienne Lyric ! »

Moi aussi. Je regrette la princesse à paillettes et la fan de Sailor Moon d'il y a quatre ans. Je regrette l'époque où je me pavanais sur le front de mer de Coney Island, cheveux au vent, avec mes boucles d'oreilles extravagantes et mes chaussures à talons hauts qui me donnaient l'impression d'être juchée sur des échasses. Désormais je dois me faire toute petite, être une petite souris, couic-couic.

On frappe à ma porte. Mon père passe la tête dans l'entrebâillement avec toute la discrétion dont est capable un flic d'un mètre quatre-vingt-dix-sept. C'est une vraie montagne, avec des mains pareilles à des gants de base-ball et des épaules aussi larges que le pont de Brooklyn. Il arbore son uniforme de la police – chemisette et short noirs, verres fumés –, et sa mine de statue de l'île de Pâques, toujours à l'affût, toujours sérieux.

— Lyric, il faut que je te parle.

Il me fait signe de le rejoindre dans notre minuscule salon-salle à manger-placard. Je le suis et referme la porte derrière moi.

— Je n'ai pas besoin de te rappeler de faire profil bas aujourd'hui ? commence-t-il à voix basse.

— Pas besoin. Non.

— Lyric, ne le prends pas sur ce ton. Je suis sérieux.

— Je sais, papa.

Je me glisse dans la cuisine, où nous aurons plus de place.

— Reste à l'écart. Évite les ennuis. N'essaie pas de te montrer gentille. Ne parle pas aux nouveaux. Occupe-toi de tes affaires et c'est tout.

J'aboie :

— Je sais !

Combien de fois va-t-il me resservir ce sermon ?

— J'ai besoin d'en être sûr, réplique-t-il.

Ma mère nous rejoint. Elle s'est attaché les cheveux et a fait un gommage. Elle a l'air fatiguée mais reste toujours aussi belle.

— Ne vous disputez pas quand Bex est là, nous implore-t-elle.

— Désolée, mais j'ai déjà entendu ce discours un million de fois.

— Arrête, Lyric, ce n'est pas le jour, murmure mon père.

— Toi, arrête. C'est moi qui vais devoir aller sur place. (Je me tourne vers ma mère.) Pourquoi es-tu encore en pyjama ? Tu ne devrais pas t'habiller ?

Elle baisse les yeux et se balance d'un pied sur l'autre. Elle fait toujours ça quand elle est mal à l'aise. Je comprends aussitôt.

— Tu ne viens pas…

J'accuse le coup, sans me donner la peine de le cacher.

Elle inspire profondément avant de se tourner vers mon père.

— J'aurais bien voulu, mais…

Mon irritation se transforme en colère, et je fusille mon père du regard.

— C'est trop dangereux, explique-t-il. Il y a aura des flics et des soldats partout, sans oublier les gosses. On pourrait la reconnaître.

— Leonard, personne ne m'a identifiée jusqu'ici, plaide ma mère.

— Les fédéraux ont retrouvé presque tous tes amis, Summer, et ils ont disparu avec leurs familles. Il ne reste plus que toi et Angela Benningford maintenant. On ne peut pas courir ce risque.

Ma mère tressaille comme s'il l'avait giflée.

— Tu vas me faire rater aussi sa remise de diplôme ?

— Tu deviens ridicule, Summer.

— Et son mariage ?

— Summer…

— Est-ce que j'aurai au moins le droit de voir mes petits-enfants ? s'écrie-t-elle.

Mon père lève les bras au ciel.

— Tu n'es pas une prisonnière. On pourrait très bien déménager et mener une vie normale. J'ai des amis aux barrages qui nous feraient passer sans identification. On pourrait s'installer à Denver, ou bien…

— Chut ! fais-je en indiquant la porte de ma chambre.

J'ai peur que Bex n'en jaillisse avec une foule de questions. C'est un miracle qu'elle n'ait pas encore compris : la fille qui se cache sous ses frusques, la mère qui ne sort jamais, le père toujours au bord de la panique.

— Je suis désolé, murmure mon père. J'ai vu Terrance

Lir l'autre soir. Il escorte les enfants à l'école et fait office de porte-parole.

— Est-ce que Rochelle est avec lui ? Et Samuel ? Questionne ma mère.

Mon père acquiesce de la tête.

— Ils sont tous revenus. Et il y a des hommes avec eux. On dirait des agents des services secrets.

— Où étaient-ils passés ? je demande.

Mon père contemple ses pieds. La rumeur parle de camps d'internement et même de fosses communes, mais personne n'a de certitudes. La seule chose que nous savons, c'est que les amis de maman ont disparu, et que ce sera la même chose pour nous si nous sommes découverts.

— Aucune idée, mais ils font peine à voir. Ils ont beaucoup maigri, et portaient les mêmes vêtements que le jour de leur disparition.

— Tu lui as parlé ?

— Summer, je ne peux pas ! Si on nous voyait ensemble, on risquerait de faire le lien.

— Mais il sait peut-être quelque chose à propos de ma famille, plaide ma mère.

Mon père secoue la tête.

— Il vaut mieux garder nos distances. Surtout toi, Lyric. Il sera au lycée tous les jours. Il cherchera probablement à entrer en contact avec toi, mais je préfère que tu l'évites. Personne ne doit savoir que vous vous connaissez.

— Tu me demandes de l'ignorer ?

Terrance Lir était comme un oncle pour moi quand j'étais petite. Lorsqu'il a disparu avec sa famille, j'ai pleuré pendant des jours. Je ne m'imagine pas lui tourner le dos, surtout après tout ce qu'il a dû endurer.

Ma mère me prend dans ses bras et me serre comme si c'était la dernière fois qu'elle me voyait.

— Sois prudente, et n'oublie pas de respirer.

— Toi aussi.

Elle esquisse un sourire – une pauvre mimique trop petite pour son visage. Je me souviens de l'époque où son sourire brillait comme un soleil, alimenté par un bonheur sans nuages ; aujourd'hui, il n'a même plus assez de carburant pour animer ses yeux.

Mon père va dans sa chambre et en ressort avec son arme. Pendant que j'avale mes céréales, il éjecte le chargeur pour vérifier qu'il est plein, le remet en place puis enlève le cran de sûreté. Il vérifie le niveau de la batterie de son Taser et secoue vigoureusement deux bombes de gaz au poivre avant de les glisser dans ses poches. Enfin, il se tourne vers moi.

— Va chercher Bex. Il est temps de partir au lycée.

3

À peine les portes de l'ascenseur s'ouvrent-elles que je regrette de ne pas avoir pris l'escalier. Mme Novakova, petite et trapue, est embusquée à l'intérieur comme un nain de jardin tapi dans un buisson.

— Vous sortez ? je demande.

Elle fronce les sourcils et secoue la tête. Naturellement, qu'elle ne sort pas. Comment pourrait-elle nous interroger, sinon ? J'appuie sur le bouton du rez-de-chaussée et je retiens mon souffle pendant que les portes se referment.

— Vous emmenez les filles au lycée, Leonard ? demande-t-elle à mon père d'une voix rocailleuse.

Elle habite dans l'immeuble depuis cinquante ans, depuis son départ de la Hongrie, ou peut-être de la Russie, je ne m'en souviens plus ; en tout cas, d'un pays où les voisins avaient l'habitude de s'espionner les uns les autres pour le compte du gouvernement.

— Oui, madame Novakova, répond mon père en regardant le numéro d'étage passer du quatre au trois, puis au deux…

Mme Novakova esquisse une grimace désapprobatrice qui dévoile ses dents barbouillées de rouge à lèvres.

— Pas aujourd'hui que vous me verrez là-bas, ça non ! Se mêler à nous, mauvaise chose, surtout les enfants. Eux sont des animaux, et sales, en plus ! Toujours à fouiner dans les poubelles, se reproduire comme lapins et vivre dans la crasse. Pareil les Tsiganes chez moi. Seul bon Tsigane est Tsigane mort. Les approchez pas. C'est comme ça qu'on attrape des maladies.

— S'ils devaient nous contaminer, je crois que ce serait déjà fait, rétorque mon père. Ils sont là depuis un bout de temps.

— Ça faire aucune différence ! On peut avoir maladie de la vache folle pendant dix ans, et après kaput ! On marche tranquille sans même savoir qu'on est mort. C'est leur plan. Ils propagent maladie, attendent qu'on soit tous morts. J'essaie de dire aux gens, mais personne n'écoute vieille femme. Ne ramenez surtout pas eux ici !

— Promis, madame Novakova, dis-je.

Bex semble sur le point de pouffer, mais je l'en dissuade d'un regard. Mme Novakova est une vieille sorcière qui adore dénoncer ceux qui ne lui reviennent pas. Certains voisins qui se l'étaient mise à dos se sont retrouvés sortis du lit et interrogés aussi bien par les flics que par des gangs. J'ai appris à tourner sept fois ma langue dans ma bouche avant de dire quoi que ce soit en sa présence.

— Que fait police pour nous débarrasser d'eux, Leonard ? Je paie impôts pour la plage, et j'aimerais bien y retourner, bougonne-t-elle. Mon mari et moi promenions tous les vendredis soir sur le front de mer, avant que les basanés et les Polacks s'installent. Eux déjà assez pénibles. Alors maintenant, ces sauvages !

Je dois déployer des trésors de sang-froid pour ne pas lever les yeux au plafond. À l'époque où son mari vivait encore, ils se disputaient jour et nuit. Il ne s'écoulait pas une heure sans qu'elle hurle à qui voulait l'entendre à quel point il la décevait, qu'il n'avait jamais rien fait de sa vie et qu'elle aurait mieux fait d'épouser Pavel, un riche tailleur qui avait eu la décence de mourir jeune en laissant une fortune à sa veuve. Son mari était mort deux ans plus tôt. En s'étranglant avec sa soupe. Sérieusement, qui meurt en s'étranglant avec sa soupe ? Quelqu'un qui ne sait plus quoi inventer pour s'en sortir, non ?

Le temps d'atteindre le rez-de-chaussée, Mme Novakova nous a servi un long sermon sur les Chinetoques, les Latinos, les Japs, les Youpins, les basanés, qu'elle décrit tous comme uniformément crasseux et sournois, toujours à comploter pour nous tuer. Mon père fait preuve à son égard d'une patience qu'il n'a jamais eue avec moi. Il lui souhaite « bonne journée » quand les portes s'ouvrent et nous conduit dehors.

— Elle finira bien par casser sa pipe, promet-il une fois que nous sommes hors de portée de voix.

— Je ne parierais pas là-dessus, je grogne.

Malheureusement, l'atmosphère est encore plus lourde à l'extérieur qu'à l'intérieur. Il fait au moins trente-six degrés, avec un taux d'humidité de mille pour cent. Je transpire par tous les pores. Mon jean me colle aux cuisses. Ma frange dégouline, à croire que je me suis trempé les cheveux dans du sirop d'érable. Super. Je vais donner l'impression d'avoir nagé jusqu'au lycée. Et, parce que l'univers me déteste, voilà les journalistes qui s'amènent pour afficher ma honte aux yeux du monde entier. Ils nous sautent dessus comme des chiens sur un travers de porc. Ils piétinent les pelouses et nous encerclent avec leurs micros et leurs questions. Ils ouvrent de grands yeux avides. Leurs sourires dévoilent des dents d'une blancheur éblouissante. L'autobronzant leur donne un teint carotte.

— Vous êtes des élèves de Hylan ? me demande une femme.

Sa chevelure est tellement rigide qu'il pourrait aussi bien s'agir d'un casque. Je l'ignore, conformément aux instructions de mon père. « Garde la tête baissée et ils s'en iront. » D'habitude ça marche, mais ils sont des dizaines à bloquer le trottoir et il y en a d'autres qui continuent à rappliquer. Le quartier grouille de reporters depuis trois ans. Ils vont et viennent librement dans la Zone, mais cela faisait longtemps que je n'en avais pas vu autant à la fois. Même mon père semble pris de court.

— Pouvez-vous dire à nos téléspectateurs comment vous vous appelez ? crie l'un d'eux.

— Je suis l'agent Leonard Walker, déclare mon père.

— Vous êtes père. Vous n'avez pas peur d'envoyer vos filles au lycée aujourd'hui ?

Mon père hoche la tête.

— La Garde nationale, les Nations unies, l'Armée des États-Unis, la Sécurité intérieure et les groupes d'intervention d'urgence du SWAT seront là pour veiller à ce que tout se passe bien. La Brigade antiterroriste a fait du bon boulot également. Les élèves seront mieux protégés que le Président, aujourd'hui.

— Que ressentez-vous à l'idée d'envoyer vos filles au lycée en compagnie des… ?

— Je crois que c'est un grand pas en avant pour tout le monde, coupe mon père.

Il n'y croit pas, mais c'est ce que le maire a demandé à tous les membres de la police de répondre.

— Vous ne redoutez pas des violences ?

— Pas de leur part. Nos voisins de la plage sont plutôt pacifiques quand on ne les provoque pas, dit mon père en nous poussant devant lui.

— Savez-vous que le gouverneur Bachman a menacé de bloquer les portes pour empêcher les nouveaux élèves d'entrer ? demande un autre reporter.

— Alors j'espère être celui qui aura la chance de l'arrêter.

Les journalistes rient et adressent un clin d'œil ravi à leurs cameramen. Ils ont obtenu une bonne séquence ; on dirait bien que je vais me retrouver aux infos, finalement.

Mon père se renfrogne.

— Allez, messieurs-dames, il faut bouger, maintenant. Vous bloquez le trottoir. Dispersez-vous ou bien je vous fais arrêter.

— Vous ne pouvez pas nous arrêter : on représente la presse ! On a des droits, protestent-ils.

— Pas dans la Zone, rétorque mon père.

Les reporters s'écartent. Certains marmonnent quelque chose à propos de leurs droits constitutionnels. Quand nous sommes enfin en mesure d'avancer, je me tourne vers mon père.

— Rappelle-moi de te sermonner sur la nécessité de faire profil bas, lui dis-je sur un ton venimeux.

Notre quartier est affublé de différents surnoms : la Zone, la DMZ –, Downtown Militarized Zone, zone urbaine militarisée –, ou encore Fish City – Poiscaille-Ville. Il représente à peine trois kilomètres carrés de Coney Island, que l'armée, le gouvernement et la police maintiennent sous surveillance permanente. Il occupe la partie ouest de la péninsule jusqu'à Surf Avenue. Il s'étend à l'est jusqu'à Stillwell Avenue et au nord jusqu'à Neptune Avenue, à un pâté de maisons de notre immeuble. Au sud, il est bordé par l'océan. Il comporte deux frontières lourdement fortifiées. La première, au nord, est gardée par des chars, deux miradors et une palissade grillagée destinée à nous garder à l'intérieur. Si vous voulez sortir, vous devez apporter la preuve de votre identité : permis de conduire, certificat de naissance, carte de Sécurité sociale. S'il vous manque l'un de ces trois documents, vous n'allez nulle part. La deuxième frontière est le front de mer, où se dressaient autrefois le Luna Park, les montagnes russes Cyclone, les hot-dogs Nathan et la Wonder Wheel. Aujourd'hui, on y trouve une ville de tentes où séjournent trente mille migrants qui se donnent le nom d'Alphas, ou Premiers Hommes. Ils ont une palissade eux aussi, tenue par deux cents membres de la Garde nationale. Entre ces deux frontières, les heurts sont fréquents, et brutaux. On s'habitue à contourner les taches de sang.

Alors pourquoi ne déménageons-nous pas ? Évidemment, tous ceux qui en avaient les moyens ont plié bagage depuis longtemps. Six mois après l'arrivée des Alphas, le quartier avait déjà perdu dix mille habitants. Ils ont fait leurs valises, dénoncé leur bail et sont partis sans se retourner. Beaucoup de mes amis ont atterri plus au nord, échangeant une banlieue sordide contre une autre. Les autres sont coincés là sans un sou pour partir. Bien sûr, certains sont restés par choix. Ils ont grandi ici et n'ont pas l'intention d'abandonner leur quartier, mais la plupart habitent des lotissements miteux et n'ont nulle part où aller. La ville n'aide pas les pauvres à changer d'horizon, sauf quand des riches convoitent leurs terrains.

Et puis, il y a mes parents et moi. Nous avons nos propres mauvaises raisons pour rester, mais avec un peu de chance cela ne devrait plus durer très longtemps.

— Nom de Dieu ! s'exclame Bex quand nous tournons dans la rue qui mène au lycée.

Des centaines, peut-être des milliers d'habitants sont venus profiter du spectacle. Ils battent le pavé en prenant des photos qu'ils uploadent aussitôt sur Instagram ou Tumblr. Des chariots de hot-dogs sont rangés le long de la rue ; des gens vendent des bouteilles d'eau qu'ils tirent de glacières. J'aperçois un type qui fait des animaux avec des ballons, et un autre qui propose des T-shirts commémorant ce jour historique. On se croirait à la foire, sauf que l'ambiance n'a rien de festif. Il flotte dans l'air un parfum de danger. Il vous frôle le bras, vous fait avancer d'un pas hésitant. Il vous rappelle que vous n'êtes qu'un animal dans une cage surpeuplée.

Au-delà des badauds, plusieurs centaines de personnes en colère scandent des slogans et vocifèrent des menaces. Leurs paroles sont comme des coups-de-poing en acier. Elles brandissent des pancartes : PHÉNOMÈNES DE FOIRE ! MONSTRES ! ANIMAUX ! SUPPÔTS DE SATAN ! Les grands classiques, agrémentés, sans surprise, d'un certain nombre de versets de la Bible.

— Restez près de moi, dit mon père en me prenant la main.

J'attrape celle de Bex et nous nous glissons dans les rangs. Je me prends des coups de coudes, je me fais bousculer, et pour finir l'un des manifestants nous barre la route. Il porte un T-shirt orné d'un aigle qui jaillit du drapeau américain. Il est aussi large que haut, écarlate et ruisselant, proche de la crise cardiaque. Sa pancarte affiche ABOMINASSION.

— Vous n'êtes pas obligées d'aller en cours avec des monstres ! me postillonne-t-il à la figure.

— En fait, si, réplique Bex. C'est la loi.

— Ne leur répondez pas, aboie mon père en nous entraînant avec lui. Tous ces gens sont à cran. Le moindre incident peut les faire disjoncter. Servez-vous de votre tête !

J'aperçois des soldats en treillis qui portent un fusil d'assaut en travers du torse. Certains sont postés aux deux bouts de la rue, aux aguets, le doigt sur la détente. D'autres passent lentement à bord de grandes jeeps noires équipées de canons à eau. D'autres encore se découpent sur les toits et parlent dans des talkies-walkies. J'en vois un juché sur un cheval. Il tourne au trot derrière une barricade en énumérant à haute voix une liste interminable d'instructions :

— Tous les citoyens doivent rester à trois mètres des barricades sauf les élèves, les parents et le personnel éducatif. Les contrevenants seront arrêtés. Chacun d'entre vous est susceptible d'être contrôlé et fouillé. Ceux qui refuseront de se soumettre aux contrôles seront immédiatement arrêtés. Tous ceux qui refuseront d'obéir à un ordre direct seront arrêtés.

Dans la foule se trouve un garçon trapu aux cheveux bruns en bataille qui lui tombent dans les yeux. C'est un Latino café au lait avec un grand sourire. Il brandit son smartphone dans toutes les directions pour enregistrer les manifestants et leurs slogans haineux. Quand il nous aperçoit, il tourne son objectif vers Bex et moi.

— Dites bonjour au monde ! nous lance-t-il.

— Bonjour, le monde. Je m'appelle Bex, elle c'est Lyric, et c'est la folie ici !

Il rit, comme toujours. Il trouve Bex infiniment drôle ; dès qu'ils se retrouvent ensemble, ils se transforment en imbéciles qui n'arrêtent pas de glousser. Il s'appelle Tito mais on le surnomme Shadow, parce qu'il suit Bex comme son ombre depuis la maternelle, peu après que nous l'avons trouvé dans le réfectoire de l'école en train d'essayer de pleurer des larmes de lait. Il soutenait mordicus avoir vu quelqu'un le faire en ligne, alors nous l'avons observé avec une fascination mêlée de dégoût. Au bout de trois briques, il n'avait réussi qu'à se donner mal à la tête, mais Bex avait vu en lui une curiosité et un ami possible. Avec le temps, Shadow a perdu un peu de joues pour devenir un garçon plutôt séduisant. Et, Dieu merci, il a arrêté ses bêtises avec le lait.

Son principal centre d'intérêt aujourd'hui, en dehors de Bex, consiste à tourner des petits films qu'il propose ensuite sur Internet. Il y a beaucoup de choses à filmer dans la Zone, et le public raffole des séquences prises sur le vif. J'en ai vu quelques-unes sur CNN. Son site Web accumule un million de vues chaque mois.

— Ils sont arrivés ? demande Bex.

Il secoue la tête tout en continuant de filmer la foule avec son téléphone.

— Pas encore, mais j'ai entendu dire qu'ils étaient en chemin.

Un soldat nous indique des barrières de police devant le perron du lycée. Il nous demande de faire la queue, mais je ne vois aucun autre élève dans le coin. J'imagine que nous sommes les premiers, ou peut-être bien les seuls à nous présenter aujourd'hui. Beaucoup de parents ont menacé de garder leurs enfants chez eux à l'annonce du plan d'intégration, malgré l'obligation légale. Bex, Shadow et moi allons peut-être avoir le lycée pour nous tout seuls. Enfin, avec les Alphas.

À notre arrivée devant les barrières, un flic nous fait signe d'attendre pendant qu'il braille quelque chose dans sa radio. C'est un petit rouquin trapu qui pourrait aussi bien porter le mot « Irlandais » tatoué sur son visage rougeaud couvert de taches de rousseur. Sa chemise blanche trempée de sueur révèle bien plus de choses qu'on ne le voudrait. Ses bras et ses cheveux brillent. Ses doigts moites font gondoler le papier de sa planchette à pince.

Quand il aperçoit mon père, il se décompose et consulte sa liste, comme si on lui demandait de choisir lequel d'entre nous aura le droit de vivre.

— Leonard ? Ta gamine est inscrite ici ?

Mon père acquiesce de la tête.

— Tommy, je te présente ma fille Lyric, son amie Becca Conrad et… Comment tu t'appelles, petit ?

Shadow sourit.

— Tito Ramirez.

Tommy l'Irlandais prend nos papiers et les vérifie avec sa liste avant de nous les rendre.

— OK, les gosses. Gardez vos papiers sur vous en permanence. Si on vous surprend dans les couloirs sans aucun moyen d'identification, on vous embarque, fille de flic ou pas. C'est compris ?

Je fais oui de la tête.

— Une fois à l'intérieur, allez directement en classe et restez-y jusqu'à ce qu'on vous dise d'en sortir. Ne vous fiez pas à la sonnerie aujourd'hui. Ne traînez pas dans les couloirs ni dans les toilettes entre les cours. Vos casiers sont susceptibles d'être fouillés à tout moment. Si un soldat, un agent de police, un enseignant ou un membre quelconque du personnel vous dit de faire quelque chose, faites-le. Nous ne tolérerons aucune indiscipline. À la moindre bagarre, dispute ou regard de travers, vous partez pour les Tombes.

— Vous rigolez ? s'écrie Bex.

Les Tombes sont une prison de Manhattan où s'entassent les camés, les agresseurs et les violeurs en attente de comparution. Notoirement dangereuse. Les gens en ressortent souvent avec le nez brisé en plusieurs endroits. Parfois même ils y meurent. Le beau-père de Bex connaît bien cet hôtel infernal. Il en revient toujours doux comme un agneau, jusqu'à ce qu'il retrouve ses mauvais penchants.

Tommy nous palpe de haut en bas, un autre flic promène sur nous son détecteur de métal. L'appareil s'affole au-dessus de la boîte repas de Shadow et les flics lui confisquent sa cuillère.

— Maintenant, envoyez les portables ! déclare Tommy l'Irlandais.

— Pas cool ! s'écrie Shadow.

Mon père a l'air aussi étonné que moi.

— Et s'il y a une urgence ?

— Ne t'en fais pas pour les urgences. On a des équipes du SWAT dans chaque couloir, des agents postés dans les toilettes et des caméras dans toutes les classes, lui répond Tommy. Inquiète-toi plutôt qu'un cinglé se mette à tirer à travers les fenêtres parce qu'un des gosses l'aura appelé pour lui indiquer dans quelle classe sont les poiscailles. Pas de téléphones !

Mon père se crispe. Il déteste entendre cet affreux surnom. S'il pouvait, il arracherait la tête de Tommy.

Bex plonge la main dans sa poche et passe son téléphone à mon père.

— Je vous le confie. Ne regardez pas dedans.

Puis vient le tour de Shadow. On dirait qu'on lui demande de se couper un bras.

— Les gens ont le droit de savoir ce qui se passe à l'intérieur, bougonne-t-il. C'est un jour historique !

Je donne mon portable à mon père en jouant l'indifférence alors qu'en fait ça me demande un gros, gros effort. J'ai là-dedans des photos de l'époque où je n'essayais pas de me fondre dans le décor. Même si elles datent, je n'ai aucune envie qu'il les voie. « Tu n'as pas intérêt à fouiller dans mes textos. Oh, mince ! N'ouvre surtout pas le dossier Gabriel ! » Mon imagination est en hyperventilation.

Satisfait, Tommy l'Irlandais colle sa radio sur son oreille pour entendre ce qui s'y dit malgré le vacarme.

— Tenez-vous prêts ! Vous entrerez dès qu'on l'aura évacuée.

— Qui ça ? demande Bex.

Tommy pointe de la main la grande porte en haut des marches. Une femme entre deux âges bloque l'entrée. On ne peut pas dire qu'elle ait un joli sourire : il a quelque chose d'un peu trop suave, forcé, comme si elle se concentrait pour afficher ses dents de porcelaine. Elle roule des yeux fous, mais la foule ne paraît pas s'en émouvoir. Le gouverneur Pauline Bachman est très populaire. La plupart des lycéens de dix-sept ans ne connaissent aucun politique, pourtant je connais bien cette femme. Mes parents s'inquiètent depuis longtemps de sa croisade contre les Alphas. Elle s'enorgueillit de proposer des lois pour leur refuser les droits médicaux (qu'ils n'ont jamais réclamés) et de bloquer toute tentative de les loger dans des habitations en dur (qu'ils refuseraient de toute façon). Certaines de ses idées font froid dans le dos, comme leur implanter une puce de localisation dans le corps, les déporter à Guantanamo ou leur infliger une stérilisation forcée. Avant que le Président n'ordonne à notre système scolaire d'ouvrir ses portes aux Alphas, elle militait pour les tenir à l'écart derrière une palissade électrifiée. Beaucoup de gens la considèrent comme une cinglée. Ils prétendent qu'elle en fait des tonnes pour satisfaire sa base d'électeurs apeurés et récolter des fonds en vue de sa campagne. Ils la traitent de clown. Moi, je dis qu'elle est dangereuse. C'est peut-être un clown, mais son cirque la suit partout.

Elle porte à sa bouche son célèbre mégaphone rouge-blanc-bleu et s'adresse à la foule :

— La Garde nationale, la Sécurité intérieure, la police locale et même le président des États-Unis m'ont demandé de partir. Ils voudraient que je m'efface. Ils ne veulent pas savoir ce que les braves gens de l'État de New York pensent de ce désastre. Ils ne veulent pas entendre que cette décision met nos enfants en danger ! Eh bien, les amis, c'est pour ça que j'ai apporté un mégaphone !

La clameur de la foule résonne dans mon crâne.

— Nos lycées ne sont pas des lieux d'expérimentation sociale. Cela ne me pose aucun problème qu'ils instruisent leur... je suppose qu'on peut parler de progéniture, mais qu'ils le fassent dans leurs propres établissements, pas dans nos écoles payées par les impôts des contribuables américains ! Non, messieurs ! Il faudra me passer sur le corps ! J'ai l'intention de bloquer ces portes pour que pas un d'entre eux ne pose le pied à l'intérieur, et je n'en bougerai pas, à moins qu'on me chasse par la force !

La foule reprend ses paroles.

— C'est bon, nous crie Tommy l'Irlandais en ouvrant la barrière devant nous. Allez-y !

— Et elle ? proteste mon père en pointant du doigt Bachman.

— Allez, allez !

Mon père me prend la main et s'engage dans le passage.

— Non, Leonard, lui crie Tommy. Seulement les gosses.

— Ce n'est pas ce qu'on m'a dit au poste !

— La situation a évolué, Leonard. Tu ne peux pas entrer !

Mon père fait la grimace.

— Sois prudente !

— Promis.

J'espère qu'il s'agit d'une promesse que je pourrai tenir.

— Je veillerai sur elle, Big Boss, assure Bex.

Elle attrape ma main, celle de Shadow, puis nous courons tous les trois entre les visages haineux et leurs stupides pancartes.

Quand nous arrivons au sommet des marches, Bachman nous barre la route. Elle prend mes mains et scrute mes paumes, puis elle examine mon cou. Elle fait son show pour la foule, et je suis trop stupéfaite pour protester.

— C'est l'une des nôtres, proclame Bachman. Tu n'es pas obligée d'aller là-dedans avec eux, ma chérie.

Puis j'entends le bourdonnement. Le gouverneur l'entend aussi. Elle essaie d'en identifier la source, mais il semble provenir de partout à la fois. Tandis que le bruit sourd enfle de plus en plus, il ne nous reste plus qu'à ouvrir les yeux et attendre. Bachman bredouille, mais les mots lui manquent. Comme nous, elle se retrouve piégée au cœur de l'histoire en marche.

Je vois soudain des soldats, des flics et des agents du FBI foncer dans notre direction. Ils repoussent la foule pour ouvrir la voie à un groupe qui avance juste derrière eux : les Alphas. On ne peut pas leur donner le nom d'hommes. Les hommes ne sont pas des montagnes de muscles à la peau cuivrée. Ils ne marchent pas dans la rue en brandissant des épieux. Ils ne portent pas d'armures faites de coquillages et d'os, de dents ou de pattes de homards géants. Ils n'utilisent pas des huîtres larges comme des pneus de camion en guise de boucliers. Ils ne chantent pas dans une langue ancienne dont chaque mot paraît hostile et agressif. Ils n'ouvrent pas la bouche le plus grand possible pour rugir à l'adresse des nuages, grogner et menacer le ciel comme s'ils défiaient le soleil en personne.

Ces gens-là ne sont pas des hommes.

Les manifestants ne les ont jamais vus de si près. Ils s'écartent précipitamment en poussant des cris d'effroi devant les gardes selkies qui escortent les nouveaux élèves du lycée Hylan.

L'un d'eux est un jeune colosse, version légèrement réduite des guerriers géants qui ouvrent la marche. Ses yeux sont enfoncés dans leurs orbites et il a de minuscules piquants sur la nuque, les épaules et les avant-bras.

Une fille à la peau gélatineuse et translucide, aux grands yeux noirs, s'avance d'un pas serein. Si on regarde de près, on peut voir le sang couler dans ses veines violet foncé. Encore plus près et on peut distinguer ses os.

Un garçon pas plus haut qu'un gamin de huit ans a une tête en forme de courge plantée sur un petit corps maigrelet. Il a l'air d'un squelette drapé dans sa peau grisâtre, avec de longs doigts et des ongles noirs. Ses yeux sont deux morceaux de charbon, et son nez se résume à deux fentes humides.

Les trois derniers paraissent presque humains. Il y a d'abord une beauté délicate, grande et mince avec de longues boucles rousses qui lui tombent en cascade jusqu'au creux des reins. Des écailles rose et bleu parsèment sa gorge, ses épaules ainsi que l'intérieur de ses bras. Elle a l'air terrifiée.

Les deux autres, des Tritons, donnent l'impression de n'avoir jamais eu peur de toute leur vie. Deux divinités dorées aux traits sculpturaux. La fille a environ la même taille et le même âge que moi, avec des cheveux courts et un corps qui a clairement sauté la phase de la gaucherie adolescente. Son visage est un modèle de symétrie, souligné par des pommettes saillantes et des lèvres charnues, mais il a aussi quelque chose de grave et inquiétant. C'est moins un visage qu'une arme, aussi mortelle que les épieux des titans qui la protègent. Quant au garçon, eh bien, il est à la fois beau et troublant. Son visage fier et vigoureux porte de nombreuses traces de coups. Des marques verdâtres encadrent une ecchymose violacée sur sa joue droite. Mais qui pourrait se focaliser là-dessus alors que ses yeux hypnotiques sont deux tourbillons impétueux ? À l'instant où je me sens sur le point d'être aspirée dedans, je remarque ses avant-bras tailladés de cicatrices évoquant une toile de Jackson Pollock. Pourtant, ce n'est rien en comparaison d'un détail beaucoup plus sinistre : partant des poignets et remontant jusqu'aux coudes, il a deux fentes rouges d'où des lames noires sortent et rentrent nerveusement. Leur bord est dentelé, comme une chaîne de tronçonneuse, et chaque fois qu'elles sortent, elles produisent un bruit de succion répugnant. Schhhhliiickkk ! Je ne sais pas trop si ce garçon est un ange ou un monstre.

Bachman soulève son mégaphone.

— Pas un pas de plus ! glapit-elle.

En un claquement de doigts, le monde se remet à tourner. Un flic nous écarte avec rudesse et bondit en haut des marches pour passer les menottes au gouverneur. Après quoi un collègue et lui la prennent chacun par un bras, lui font descendre l'escalier et franchir les barrières et l'entraînent vers un véhicule de police. Alors qu'ils la poussent sur la banquette arrière, Bachman se retourne et adresse à la foule un sourire reptilien. Ce sourire allume une mèche qui serpente à travers les rangs, crépitant et pétaradant, et tout à coup les gens s'élancent avec une grande clameur, emmenés par une bande de brutes en T-shirts rouge vif. Ils balancent des poubelles, fracassent des bouteilles et renversent une voiture de flics. Ce sont les Coney Island Nine – CI9 ou Niners en abrégé –, et ils ne se calmeront pas avant d'avoir déclenché une émeute. La police leur tombe dessus à grands coups de matraques. S'ensuit une mêlée brutale. Des cris de souffrance s'élèvent au-dessus du vacarme. Partout où je regarde, je vois du sang et de la haine.

— Bande de sauvages ! Retournez d'où vous venez ! hurlent les Niners en nous balançant des poissons-chats morts.

L'un d'eux s'écrase contre le mur à côté de moi, laissant une traînée écœurante d'écailles et d'yeux crevés. J'en prends un autre en pleine figure ; j'en perds mes lunettes de soleil. On me pousse à l'intérieur du lycée et j'entre en titubant, avant de trébucher et de m'étaler durement sur le sol. Une douleur cuisante me vrille la hanche. Je me retrouve submergée par une marée de jambes et de peur. Quelqu'un me marche sur la main. Je pousse un cri mais je continue à ramper à travers la cohue. Je finis par atteindre le mur et m'y adosse dans l'espoir d'être à l'abri. Une fois que je me suis essuyé les yeux avec mon T-shirt, je découvre les six Alphas dressés autour de moi. Le garçon couvert de bleus et aux lames dans les bras me toise avec un mélange de mépris et de méfiance. Je ne suis rien pour lui : de la vermine qu'il aurait dénichée sous un rocher. Puis son regard s'adoucit, comme s'il me reconnaissait. Mais c'est impossible. Cela remonte à trois ans, et c'était la folie sur la plage ce matin-là. Pourtant, quelque chose dans son expression donne à penser qu'il se souvient de moi.

Moi non plus, je ne l'ai pas oublié.

4

Les gens parlent toujours du Coney Island d'avant les Alphas comme s'il s'agissait d'une période bénie, où nous vivions tous dans une espèce de Disneyland. Ils oublient que notre Disneyland était en réalité un quartier aux couleurs criardes, qui comptait un taux de criminalité stratosphérique, un commerce sexuel prospère, un dispensaire de distribution de méthadone et un système éducatif bon à jeter aux toilettes. Alors d'accord, l'arrivée des Alphas n'a rien arrangé. Ils ont transformé l'endroit en État policier. Mais ce n'est pas comme si la veille nous étions tous dehors dans la rue à chanter de joie.

Il y en a aussi qui s'imaginent que ce sont les Alphas qui seraient à l'origine de toute cette xénophobie. Tu parles ! Le quartier a toujours été bourré de préjugés raciaux, et on ne peut pas dire que les différents groupes ethniques s'entendaient bien. Les Chinois détestaient les Japonais, les Jamaïcains ne pouvaient pas sentir les Coréens, les Mexicains ne supportaient pas les Afro-Américains, les Russes haïssaient les Juifs orthodoxes et les Blancs vomissaient tout ce petit monde. Et parfois, les jours de grande chaleur, quelqu'un se faisait poignarder pour un drapeau sur sa voiture. Si l'Amérique est un creuset culturel et racial, Coney Island en est la partie brûlée qui attache au fond de la marmite.

Cela n'étonnera personne que nos souvenirs du quartier soient quelque peu déformés. À l'époque où j'avais encore du temps pour les bouquins, j'ai lu un poème qui comparaît les souvenirs à de l'argile : faciles à modeler en fonction de nos besoins. Avec le temps, les gens sculptent leurs mauvaises expériences en quelque chose de plus satisfaisant sur le plan esthétique, étirent les moments les plus intéressants, malaxent les faits gênants pour les faire disparaître. Ce qu'ils obtiennent au bout du compte n'est plus un souvenir mais une histoire, et les deux se ressemblent rarement. L'arrivée des Alphas n'échappe pas à la règle. Certains la racontent comme une invasion, un acte de guerre, voire un signe annonciateur de la fin des temps. Mon histoire à moi n'est pas moins subjective, mais, au moins, j'ai tout vu de mes yeux, pas à la télé ou sur Internet. Et je crois que ma version a plus de valeur que beaucoup d'autres, parce que je sais une chose que la plupart des gens ignorent : en réalité, les Alphas sont arrivés la veille du jour où le monde est devenu dingue.

C'était la première nuit des vacances d'été précédant mon entrée au lycée, et les maximonstres – c'était le surnom que Bex nous avait donné – étaient de sortie. Nous avons bu. Nous avons flirté. Nous avons tiré des bouteilles-fusées vers les étoiles, déambulé dans les rues, bombardé le quartier de grondements de basses à vous déchausser les dents. Et tous ceux à qui cela ne plaisait pas pouvaient aller au diable.

J'étais avec Bex et Shadow, qui représentaient déjà le centre de mon univers à ce moment-là, et nous avions une vingtaine de copains avec nous. Nous nous sommes incrustés dans des soirées, avons sifflé des bières sur des parkings, et j'ai embrassé je ne sais plus combien de garçons. Tout ce que nous rations nous était rapporté par des textos, minuscules dépêches en direct du front de la bêtise. Quelqu'un avait vomi sur un flic, Machine sortait avec Machin, et tel garçon s'était battu avec tel autre. Avant minuit nous avions accumulé des centaines de textos de ce genre, graines d'une légende de débauche adolescente dont nous savions déjà que nous parlerions pendant des années. Je me rappelle qu'un élève de seconde du nom de Jessie Combs s'était réveillé sous la jetée dans les bras d'un clodo. Jessie était un maximonstre.

J'ai savouré la nuit brûlante de juin, le spectacle permanent et le bruit jusqu'à ce que mon cerveau se rebelle et qu'une migraine se déclenche aux alentours de minuit pour me gâcher la fête.

— Mal de tête ? a demandé Bex en me voyant m'asseoir.

— Mal de tête.

Le martèlement régulier avait débuté depuis des heures, mais je l'avais refoulé dans l'espoir qu'il s'étiole par manque d'attention. Malheureusement, il avait trouvé son rythme et ne me lâchait plus.

— Viens, on te ramène, a dit Shadow.

Les autres ont pesté et bougonné. Bex et Shadow auraient pu se plaindre, eux aussi ; après tout, j'avais déjà ruiné suffisamment de bons moments avec mes « problèmes », mais Bex s'est mise à engueuler la bande, à les traiter de tous les noms et à exiger qu'ils se prosternent devant moi. Bex, c'est ma copine.

— Vous n'aurez qu'à me laisser à la plage, ai-je proposé.

— Tu crois qu'elle y sera ? a demandé Bex.

J'ai fait oui de la tête. Elle était tout le temps là-bas.

Bex et Shadow m'ont prise par la main et nous nous sommes faufilés entre les camionnettes de livraison qui fonçaient à toute heure du jour et de la nuit et les ivrognes vicelards qui traînaient à l'entrée des bars louches. Arrivés devant la vieille rampe en bois au niveau de la Wonder Wheel, nous avons ignoré la pancarte « Interdit au public » et avons couru vers l'Atlantique. J'ai inspiré une grande bouffée d'air iodé en savourant d'avance le soulagement qu'il me procurerait. La plage allait tout arranger.

Comme prévu, nous avons trouvé ma mère assise en tailleur sur le sable, ses tongs à côté d'elle et ses cheveux attachés en arrière par un élastique. Elle faisait un bouddha d'une beauté hypnotique avec son teint mat, ses lèvres pleines et ses yeux à la fois bleu et gris. Comme moi, elle était grande, avec de longues jambes et des hanches de danseuse orientale, mais elle, elle respirait la confiance en elle. Elle adorait son corps et cela se voyait. Ce qu'une autre aurait pu percevoir comme un défaut devenait chez elle un argument de charme, et c'est pourquoi tout le monde se retournait sur son passage. Les gens tombaient amoureux d'elle au premier regard. Même sa démarche, sorte de danse légère qui faisait glousser les petits enfants, avait quelque chose d'étrangement séduisant.

— Vous voulez bien signer pour ce colis ? lui a lancé Shadow.

Ma mère a froncé les sourcils.

— Ton père piquerait une caisse s'il te voyait traîner dehors aussi tard.

— On dit piquer une *crise*, m'man.

Les autres ont rigolé.

— Je n'arrête pas de confondre les mots, s'est-elle excusée. Migraine ?

J'ai fait oui de la tête.

— Probablement une F3.

— Oh. Eh bien, assieds-toi.

Ma mère s'est tournée vers mes amis.

— Vous allez pouvoir rentrer chez vous sans souci ?

— On pourrait, si c'était ce qu'on avait l'intention de faire, a répondu Bex avec un clin d'œil. (Elle a sorti son téléphone de sa poche et fait défiler ses textos, s'arrêtant sur l'un d'eux avec un sourire malicieux.) Il y a une fête chez Samuel Lir. Ses parents sont au théâtre. On y va ?

— J'en suis, a déclaré aussitôt Shadow.

— Ne mettez pas la maison sens dessus dessous, a dit ma mère. Son père est un ami !

Bex m'a soufflé un baiser.

— Soigne-toi bien.

Shadow a sorti son téléphone de sa poche pour me le montrer.

— On t'enverra des photos !

Après leur départ, je me suis allongée dans le sable, laissant le grondement des vagues me pénétrer. Le ciel était clair, l'océan une toile d'un noir d'encre que la lune jaune effleurait à petits coups de pinceau.

— Je suis prête, ai-je annoncé, croisant les jambes et joignant les mains en Anjali Mudra, une position de yoga facile.

— Tu n'es pas prête, a protesté ma mère. (Elle a détendu ses épaules, puis son cou.) Il faut être *présent* pour pratiquer.

— Je suis présente !

— Tu n'es pas avec moi.

J'ai grommelé. Mon besoin de soulagement devenait urgent, mais c'était elle l'experte et il ne servait à rien de discuter. À l'époque, elle enseignait la méditation et le yoga sur la plage et elle avait des dizaines de clients, dont certains faisaient le déplacement depuis l'Upper East Side, une heure et demie de métro, pour suivre ses cours de cinquante-cinq minutes. Alors je m'en suis remise à son savoir-faire et j'ai fermé les yeux. J'ai respiré profondément et suivi ses instructions, imaginant l'air s'écouler directement dans mon corps, mon diaphragme, mon bassin. Je l'ai canalisé dans mon ventre et dirigé le long de mes jambes vers mes orteils, jusqu'à ce que mon souffle et mon corps ne fassent plus qu'un. Et bientôt, j'ai senti une petite tape sur mon épaule.

— Maintenant, tu es présente.

Je l'étais. Nous nous sommes mises à quatre pattes en pressant le dessus de nos pieds contre le sable humide. Je me suis abandonnée dans la position de l'enfant. Ce que cela faisait du bien ! Rien n'a pu remplacer le yoga sur la plage. C'était le meilleur remède à mes migraines, largement avant les tisanes, l'aspirine ou l'acupuncture. Chaque nouvelle position – le chien couché, la montagne, le pigeon – me transportait dans la béatitude vanillée de la paix de l'esprit. L'*om* flanquait une bonne dérouillée à mes migraines, chaque fois.

Après avoir terminé, nous nous sommes assises sur le sable, alanguies comme des chats, à regarder le personnel bâcher les attractions. J'ai fini par m'endormir, et elle m'a réveillée d'une main sur mon épaule.

— Ton père ne dormira pas éternellement, m'a-t-elle dit, signalant par là qu'il était temps de rentrer.

Nous nous sommes mises debout et avons ramassé nos

godasses, mais à peine avions-nous fait deux pas qu'un grondement sourd est sorti de l'océan.

— C'était quoi, ça ? ai-je demandé en scrutant l'obscurité, incapable d'imaginer ce qui avait pu produire un tel son.

Je soupçonnais une baleine à bosse. J'en avais vu plusieurs s'échouer sur la plage au fil des ans, mais ce bruit avait quelque chose de rythmique qui évoquait plus la vibration d'une corde de basse qu'un chant de baleine, et il résonnait de plus en plus fort.

Ma mère s'est figée comme une statue, le regard fixé sur les vagues, plus grave et concentrée que je ne l'avais jamais vue. Sans son sourire elle était presque méconnaissable. Je n'ai pas eu le temps de la questionner. Le grondement est devenu si puissant que j'ai failli en tomber à la renverse. Puis j'ai fait un pas vers l'eau pour tâcher de voir ce qu'il y avait là-bas, mais ma mère m'a attrapée par le poignet et tirée en arrière sans ménagement. J'ai poussé un cri, choquée par la douleur.

— M'man, tu m'as fait mal !

— Attends-moi ici, m'a-t-elle ordonné.

Elle a filé comme une flèche, plongé bras écartés dans les rouleaux et disparu sous la surface noire. Pendant un long moment je n'ai plus aperçu aucun signe d'elle. Prise de panique, j'ai couru dans l'eau à mon tour, jusqu'à la taille. Je me suis égosillée à crier son nom et, comme elle ne réapparaissait toujours pas, je suis devenue hystérique. J'étais convaincue qu'elle s'était noyée. Je suis retournée sur la plage au pas de course récupérer mon téléphone pour appeler mon père, et puis je me suis souvenue que j'avais vidé la batterie avec tous mes textos. J'étais seule et impuissante.

Après plusieurs minutes insoutenables, elle a finalement refait surface, mais ce n'était plus la Summer Walker que je connaissais : on aurait dit une bête aux abois.

— Qu'y a-t-il là-dedans ? Tu as vu quelque chose ?

— Rentrons à l'appartement, a-t-elle dit.

Et, sans un mot de plus, elle s'est mise en route. Je l'ai bombardée de questions pendant tout le trajet, mais elle n'a pas voulu parler de ce qui venait de se passer, et à peine avions-nous franchi le seuil de chez nous qu'elle filait s'enfermer à clé dans sa chambre.

— M'man ?

— Va te coucher, Lyric, m'a-t-elle murmuré à travers la porte. Sinon, tu vas réveiller ton père.

J'ai fait des cauchemars cette nuit-là. Ma mère y affrontait un monstre marin et les courants la tiraient comme des mains avides vers sa gueule noire insatiable. Je plongeais pour l'aider et me retrouvais happée moi aussi. Au petit matin je me suis réveillée grelottante dans mes draps trempés de sueur. Je me suis changée et j'ai foncé dans le salon, prête à exiger des réponses, mais ma mère était sortie. J'ai trouvé mon père devant le comptoir de la cuisine, penché sur un petit mot qu'elle lui avait laissé. Dès qu'il m'a vue essayer de le lire par-dessus son épaule, il l'a froissé et l'a fourré dans sa poche.

J'ai demandé :

— C'est à propos de la baleine ?

— Hein ?

— Ce bruit sur la plage, hier soir. Il était drôlement fort. Ça aurait pu être une baleine. Peut-être qu'elle est toujours là-bas. On devrait aller jeter un coup d'œil.

— Non ! s'est-il écrié. Pas question !

— D'accord, pas la peine de hurler.

— Qu'a fait ta mère quand elle a entendu ce bruit ?

— Elle a plongé dans l'eau.

Il est devenu livide, et j'ai eu l'impression d'avoir trahi ma mère, même si j'aurais été bien en peine de dire pourquoi.

— Papa ? Qu'y a-t-il ?

Sans répondre, il a pris son téléphone et composé un numéro.

— Mike ? C'est moi. Je ne viendrai pas aujourd'hui... Oui, je crois que j'ai attrapé froid, a-t-il dit sans même se donner la peine de faire semblant de tousser ou de renifler.

J'étais stupéfaite. Mon père ne se faisait jamais porter pâle. Il disait toujours que nous n'en avions pas les moyens. Appartenir à l'élite des services de New York voulait dire qu'il était constamment fauché, et il se traînait parfois au poste dans un état où la plupart de ses collègues auraient déjà planifié leurs funérailles.

— Reste ici, m'a-t-il ordonné après avoir raccroché. Enferme-toi à clé, garde ton téléphone à portée de main et ne t'en sers pas. S'il se passe quoi que ce soit, je reviendrai immédiatement. Attends-moi.

— Que pourrait-il se passer ?

— Si tu vois revenir ta mère, appelle-moi aussitôt. Ne la laisse pas repartir.

Il a foncé aux toilettes, et je l'ai entendu soulever le couvercle du réservoir d'eau. Intriguée, je l'ai suivi et l'ai vu en tirer un sac de congélation plein d'argent. Il en a sorti une poignée de billets et me l'a fourrée dans les mains. Je n'avais jamais vu autant de liquide – rien que des billets de cinquante ou de cent, facilement mille dollars. Il a remis le reste où il l'avait trouvé.

— Qu'est-ce que c'est ?

— Pour les cas d'urgence, a-t-il répondu en filant dans sa chambre.

— Quels cas d'urgence ?

Mais il m'a ignorée une fois de plus. Par la porte ouverte de sa chambre je l'ai vu enfiler sa chemise d'uniforme et boucler son ceinturon. Un instant plus tard, il sortait son arme de service de la mallette verrouillée sous son lit et la glissait dans son étui.

— Papa, pourquoi as-tu besoin de ton arme si tu ne vas pas travailler ?

Il n'a pas répondu. Il est sorti en trombe et m'a laissée toute seule.

J'avais mes chaussures à la main avant même que la porte d'entrée ne se referme. J'avais entendu ses instructions, mais pas question de les suivre. De la façon dont je voyais les choses, il était le patron tant qu'il restait sain d'esprit, mais il se passait clairement quelque chose de dingue. J'ai dévalé les quatre étages à fond de train, espérant pouvoir l'arrêter à l'instant où il déboucherait de l'ascenseur, mais quand je suis arrivée en bas, il était déjà parti. J'ai couru dans la rue, regardé dans les deux directions, sans le voir.

Plantée sur le trottoir, j'ai élaboré un scénario horrible dans ma tête. Ma mère avait quitté mon père. Son message était le genre de lettre qui commence par « Cher John… ». Il avait pété un câble. Il comptait essayer de l'arrêter, peut-être même la tuer. J'allais me retrouver orpheline.

Oui, un peu mélodramatique, surtout que mes parents étaient désespérément, follement, irrémédiablement amoureux. Ils étaient tellement collés l'un à l'autre que ça en devenait obscène. Je ne sais plus combien de fois je les avais surpris en train de s'exercer à faire un bébé. Ma mère ne pourrait jamais le quitter, et mon père ne pourrait jamais lui faire de mal, pas vrai ?

Sauf qu'à ce moment-là mon cerveau a fouillé dans son disque dur et ressorti une centaine d'histoires que nous avait racontées mon père à propos d'un mari ou d'une femme qui devenait dingue et assassinait son conjoint.

Ces histoires se terminaient toutes par un « Personne ne l'avait vu venir ».

Alors, oui, j'ai commencé à paniquer. J'ai remonté la plage dans les deux sens à leur recherche. J'ai vérifié au stade de base-ball et au bout de la jetée où les petits Mexicains se servaient de pilons de poulet comme appâts pour les crabes. J'ai fouillé les rues et les ruelles comme une gamine perdue au supermarché, au bord de l'hystérie. Finalement, trop épuisée et ruisselante pour continuer à chercher, je me suis affalée sur un banc et j'ai sorti mon téléphone. Faute de mieux, j'allais me rabattre sur une stratégie qui m'avait toujours réussi par le passé : l'envoi de textos passifs-agressifs. Le premier a été pour ma mère.

BONJOUR, C'EST TA FILLE, TU TE SOUVIENS DE MOI ?

N'obtenant pas de réponse, j'ai laissé tomber le passif pour mettre le paquet sur l'agressif.

PUTAIN, MAIS TU ES OÙ ?

Les gros mots m'avaient toujours valu une réponse très rapide, mais après dix minutes sans nouvelles j'ai tourné ma frustration contre mon père.

VOUS AVEZ TOUS PRIS DE LA DROGUE OU QUOI ?

Rien. Il était temps de recourir à des moyens plus drastiques.

JE SUIS ENCEINTE ET J'AI L'INTENTION DE GARDER LE BÉBÉ.

Au bout de dix minutes d'attente supplémentaire, je n'ai pas pu retenir mes larmes.

VOUS ÊTES PRIVÉS DE SORTIES TOUS LES 2.

Puis j'ai repris mon sang-froid et décidé que la meilleure chose à faire était de rentrer chez moi. Peut-être que maman finirait par se montrer. Elle m'expliquerait que je m'étais fait une montagne de rien du tout. Ce serait une bonne histoire à raconter quand je serais adulte : « La fois où Lyric a cru que son père allait me tuer. Ha, ha, ha ! » J'étais sur le point de partir quand j'ai remarqué un groupe de personnes sur la plage. J'en ai compté dix-neuf, qui se tenaient par la main en marchant vers l'océan. Arrivées au bord de l'eau, elles se sont agenouillées pour prier. Au début, cela ne m'a pas fait tiquer plus que ça. Cela n'avait rien d'inhabituel sur la plage à cette époque. Les gens venaient s'y marier, se faire baptiser avec leurs marmots vagissants, ou même lancer de petits canoës remplis de fleurs et de bougies destinés à leurs chers disparus. Mais la différence avec ce groupe, c'était que ma mère en faisait partie.

J'ai sauté par-dessus la minuscule barrière qui bordait la plage et j'ai couru la rejoindre. Son visage avait la même expression inquiète que la nuit précédente. Elle semblait fascinée par l'océan ; il lui a fallu plusieurs secondes pour s'arracher à sa transe.

— Lyric, retourne à la maison, m'a-t-elle implorée, soudain affolée.

Elle avait les yeux écarquillés, les pupilles dilatées. Elle a pris mes mains dans les siennes, et j'ai senti qu'elle tremblait.

— Pourquoi ? Vous faites quoi, là ? Et qui sont ces gens ?

— Pas de questions. File ! a-t-elle crié.

J'ai reculé d'un pas. Ma mère n'élevait jamais la voix contre moi, même quand je le méritais. Je n'avais aucun repère face à sa colère. Je suis restée figée sur place. Une femme agenouillée à côté, très belle, très grande, aux cheveux blond platine, nous a jeté un regard assassin, puis nous a aboyé dessus – oui, aboyé, comme un chien, ou plutôt comme un lion de mer avec sa voix de gorge. Ce son était si grotesque et choquant que j'ai ri, comme quand un cinglé s'adonne à des bizarreries et qu'on ne sait plus comment réagir. Cela n'a fait qu'accentuer la fureur de la femme.

— Lyric, s'il te plaît, a supplié ma mère, va-t'en.

— Mais…

Nous avons été interrompues par le même grondement sourd que durant la nuit. Un homme a poussé un cri d'excitation. Il a bondi sur ses pieds et pointé les vagues, mais je n'ai pas regardé. J'étais trop abasourdie. C'était M. Lir, un homme qui m'avait gardée quand j'étais bébé, qui m'avait posé des pansements sur les genoux et nous avait emmenés chaque été au zoo du Bronx, son fils Samuel et moi, jusqu'à mes dix ans.

— Lyric, va-t'en tout de suite ! a insisté ma mère en se redressant avec ses amis.

Ils se sont tous pris par la main et ont levé les bras au-dessus de leurs têtes, face à l'océan.

— Les voilà ! a crié M. Lir.

J'ai tourné mon regard vers l'eau, et ma gorge s'est nouée

de terreur. Des gens émergeaient des vagues. Une cinquantaine environ. Sauf que ce n'étaient pas des gens ordinaires. Ils mesuraient facilement un mètre quatre-vingts, étaient tout en muscles, avec une peau cuivrée, et portaient des armures bizarres faites d'os et de coquillages. Ils tenaient des armes, qu'ils agitaient d'une manière agressive. Derrière eux venait une deuxième vague de personnes, moins imposantes mais tout aussi inquiétantes. Elles ne brandissaient pas d'armes parce que celles-ci se trouvaient dans leur corps : des lames d'aspect redoutable qui sortaient de leurs bras. Deux hommes se détachaient du groupe. L'un avait le crâne rasé et portait un bouc taillé en pointe sous le menton. L'autre avait une longue crinière de cheveux dorés et portait des coquillages autour du cou et des poignets. Une femme les accompagnait, dont la beauté à couper le souffle semblait se multiplier à chaque pas qu'elle faisait dans ma direction ; pourtant on sentait aussi quelque chose de dérangeant chez elle, une forme de férocité, qui faisait penser à un grand requin blanc dissimulé sous l'apparence d'une femme. À sa droite marchait une vieille femme portant un genre d'habit de nonne, coupé dans la peau d'un animal au poil sombre. Ce vêtement la recouvrait entièrement, sauf le visage et les mains, et prenait une drôle de forme en marteau de chaque côté de sa tête.

Et puis, il y avait le garçon. Environ mon âge, les cheveux courts, des yeux bleus et brillants que je continuais à voir même avec les paupières closes. Il avait l'air égaré, troublé par ce qu'il observait autour de lui, comme s'il découvrait le monde pour la première fois.

Derrière lui venaient d'autres personnes beaucoup plus étranges et dont j'apprendrais les noms par la suite : les Nixes, avec leurs crocs et leurs griffes, les Cétos, calmes et assurés, et les Sirènes, dont les écailles colorées reflétaient chaque émotion. Et d'autres que je n'ai plus revus depuis, à la peau translucide, avec des tentacules en guise de membres. Tous étaient en pleine métamorphose. Les queues devenaient des jambes. Les nageoires s'enfonçaient dans la chair. Les ouïes se bouchaient, faisant s'étrangler leurs propriétaires avec leur première goulée d'air. On voyait des vieillards, des bébés, des adolescents, des familles, qui débarquaient sur la plage en nous fixant avec de grands yeux émerveillés. Il y en a eu d'abord des centaines, puis des milliers, jusqu'à ce que je ne puisse plus voir le sable sous cette foule immense.

Autour de moi, c'était la panique. Les baigneurs abandonnaient leurs serviettes, leurs glacières, leurs chaises pliantes. Ils se piétinaient pour s'enfuir, les enfants se retrouvaient séparés de leurs parents. Au milieu du chaos, j'ai entendu quelqu'un crier mon nom. J'ai scruté la foule, prenant garde à ne pas me faire renverser dans la bousculade, et j'ai vu mon père se précipiter vers nous l'arme à la main.

— Summer ! Tu m'avais promis de tenir Lyric à l'écart ! a-t-il crié.

— Ce n'est pas ma faute ! C'est elle qui m'a retrouvée, Leonard ! a protesté ma mère. Emmène-la chez nous, tu veux bien ?

— On va tous rentrer ! a-t-il exigé.

Ma mère s'est écartée de lui.

— Tu sais bien qu'il faut que je reste. J'ai une responsabilité envers eux.

— Et ta responsabilité envers nous ? a rétorqué mon père.

J'ai crié :

— Est-ce que quelqu'un va se décider à me dire ce qui se passe ?

M. Lir nous a rejoints.

— Summer, renvoie ta famille à la maison. C'est dangereux pour eux de rester ici.

Mon père a balayé l'argument d'un revers de bras.

— C'est dangereux pour chacun d'entre nous, Terrance. Les gens vont prendre un maximum de photos – ils sont en train de mitrailler en ce moment même –, et si nous restons plus longtemps sur la plage, nous allons tous être dessus. Ils comprendront ce que vous êtes, ce que sont Samuel et Lyric, et ils viendront les chercher. Ils viendront tous nous chercher.

— Ce que je suis ? me suis-je écriée. Mais qu'est-ce que tu racontes ?

— Désolée, Lyric, s'est excusée ma mère. Nous ne savions pas comment te le dire.

Elle a pris mon visage au creux de ses mains et j'ai vu des plaques rosacées apparaître sur son cou et ses avant-bras. C'étaient des écailles, comme celles d'un poisson ou d'un serpent, à la fois très belles et terriblement incongrues.

J'ai battu en retraite avec un cri de frayeur.

— Et toi, tu es quoi ?

— Nous t'expliquerons plus tard, Lyric, a crié mon père. Pour l'instant, il faut nous tirer d'ici. Summer, viens avec nous.

Ma mère l'a dévisagé longuement, mettant en balance sa vie quotidienne et sa responsabilité vis-à-vis des étranges visiteurs, puis elle s'est tournée vers l'océan et ses écailles sont devenues rouge vif et blanc immaculé.

— Dis-leur que je regrette, Terrance, a-t-elle dit à M. Lir sans le regarder. Essaie de leur faire comprendre.

— Summer, tu ne peux pas tourner le dos à ton peuple ! s'est récrié M. Lir. On t'accusera de trahison. Tu deviendras une intouchable !

— Courons, a-t-elle dit en me prenant la main.

Mon père m'a pris l'autre main et nous nous sommes enfuis loin de la foule tandis que les drôles d'amis de ma mère nous lançaient des mots bizarres et rageurs.

NEW YORK POST

DES BANCS POUR LES POISSONS LES PETITS ALPHAS SÈMENT LE CHAOS LORS DE LEUR PREMIÈRE JOURNÉE D'ÉCOLE

Par Naomi Rifkin

Aujourd'hui, le Président a obtenu ce qu'il voulait. Six enfants alphas sont allés à l'école à Coney Island, coûtant des millions à la ville pour assurer leur sécurité et mettant le lycée Hylan sens dessus dessous. Avant même l'ouverture des portes, ces élèves inhumains avaient déclenché une émeute comme nous l'avions prédit, moi et tous ceux qui ont un cerveau. Deux mille policiers venus de tout New York, ainsi que des milliers de soldats de la Garde nationale, ont tenté de maintenir l'ordre face aux milliers de personnes venues manifester contre ce projet délétère. On compte cent quatre arrestations et des dizaines de blessés.

Le coût du renforcement annoncé des mesures de sécurité promet d'être astronomique.

« On ne sait pas encore combien ça va coûter, mais on risque de le sentir passer », a déclaré un membre des services comptables de la mairie qui a souhaité demeurer anonyme. Je ne l'en blâme pas. Moi non plus je ne voudrais pas qu'on me tienne responsable de l'argent que nous sommes en train de gaspiller pour des enfants qui n'ont aucun désir d'apprendre. Toutes ces heures supplémentaires perdues à organiser l'événement… Les gens auront un choc quand on leur présentera la facture. Et ce n'était que le premier jour.

Mais le vrai coût sera humain, et ce sont les habitants de Fish City qui vont le payer. Des affrontements sanglants entre la police et les activistes du groupe Coney Island Nine ont lieu presque quotidiennement. Pour moi, la police devrait s'effacer. Les Niners sont chez eux à Brooklyn. Ils se sont baptisés ainsi en hommage aux neuf soldats américains qui ont perdu la vie au cours d'une confrontation avec les Alphas. Nous devrions faire confiance à un groupe qui s'efforce d'empêcher qu'une tragédie pareille se répète jamais.

« Ces monstres se baladent peut-être sous une apparence humaine, mais ce ne sont pas des hommes, a déclaré Mitchell Parker, lieutenant dans les CI9. Ce sont des animaux. On ne laisse pas entrer des chiens errants dans une école. Ils sont dangereux. »

Le gouverneur Bachman, qui est à mon humble avis la seule de nos élus à ne pas avoir perdu la tête, se trouvait sur place pour porter la voix de tous ceux qui souhaiteraient voir les Alphas retourner dans l'océan, et où cela l'a-t-elle menée ? En cellule, menottes aux poignets.

« Nous allons continuer à tout mettre en œuvre pour faire obstacle à ce projet, et si je dois me faire arrêter tous les jours pour cela, tant pis », a-t-elle déclaré. Chapeau, gouverneur.

Pendant ce temps, les New-Yorkais peuvent préparer leur carnet de chèques : cette petite expérience va leur coûter un bras.

DAILYBEAST.COM

LE MAIRE DE NEW YORK ÉLUDE LA QUESTION DES RENCONTRES SECRÈTES AVEC LES ALPHAS

Les porte-parole du maire et du président de l'arrondissement de Brooklyn se sont montrés particulièrement évasifs concernant l'existence de réunions secrètes entre les autorités de la ville et les représentants des Alphas. Des voix de plus en plus nombreuses accusent la mairie d'avoir forcé le système scolaire de la ville à ouvrir ses écoles aux enfants alphas. Malgré la publication la semaine dernière d'enregistrements téléphoniques dévoilant de longues conversations entre le directeur du personnel de la mairie et la Croix-Rouge, personne ne veut admettre qu'elles aient eu lieu. Les spéculations vont bon train à propos des menaces policières et militaires qu'encourraient les Alphas s'ils refusaient leur assimilation au sein de notre société. Rappelons que le maire s'est fait élire à une large majorité sur la promesse de chasser les Alphas des plages de Coney Island.

Mother Jones

Des Activistes Demandent une Enquête sur les Elphas Disparus

Par Molly Belden

La Croix-Rouge, Human Rights Watch et l'Union new-yorkaise des libertés civiles (NYCLU) se sont associées pour porter plainte contre le gouvernement fédéral, qu'elles accusent d'avoir kidnappé des membres des Alphas et leurs familles humaines. D'après le dossier, elles accusent également le gouvernement de détenir plus d'une cinquantaine d'individus, officiellement disparus, qui étaient tous en relation avec les Alphas. Elles réclament leur libération immédiate.

Les avocats du ministère des affaires étrangères ont jugé cette plainte farfelue et protestent qu'ils ne savent rien des personnes disparues, mais l'avocate de la NYCLU Andrea Quindlin affirme avoir des preuves, notamment le témoignage d'une personne qui se serait trouvée à l'intérieur d'un centre de détention secret pour Alphas.

« Le gouvernement nous raconte des bobards depuis trois ans. Il lève les yeux au ciel et jure qu'il n'est au courant de rien. C'est un mensonge, et nous le prouverons, a déclaré Quindlin ce matin lors d'une conférence de presse. Les autorités ne pourront plus dire qu'elles ne savaient pas. Nous avons un témoin qui revient de là-bas. Il a vu ce qui s'y passe. »

Quindlin a refusé de nommer son témoin de peur de compromettre sa sécurité mais a décrit ses informations comme « accablantes ».

La question fait l'objet de folles spéculations depuis la disparition il y a trois ans du premier membre des Alphas, en compagnie de sa femme humaine et de leurs deux filles. Charles Sands, son épouse Kathryn, Belle, douze ans, ainsi que Lara, huit ans, ont disparu moins d'un mois après que Charles a avoué appartenir au groupe familièrement surnommé « les Originaux », dont les membres arrivés vingt ans plus tôt se faisaient passer pour des humains.

Dix-sept de ces Originaux sont portés disparus avec leurs familles. Selon la rumeur, un autre serait mort dans un accident de voiture et deux seraient encore en liberté.

5

J'ai du poisson-chat plein les cheveux, et tout ce que j'ai sous la main pour me nettoyer, c'est une poignée de serviettes en papier et un évier sans robinet d'eau chaude. C'est peine perdue. Saleté de poisson !

Bex me trouve en train de sangloter et me serre dans ses bras.

La porte des toilettes s'ouvre en grand et un agent féminin du SWAT fait son entrée. Elle porte un gilet pare-balles noir sur une combinaison assortie. Son casque comporte une visière en plexiglas capable d'arrêter une brique, d'après mon père. Elle nous adresse un signe de tête, puis s'avance d'un pas ferme en faisant claquer ses bottes cirées sur le carrelage. Elle pousse la porte d'un premier box et vérifie qu'il est vide, avant de passer au suivant.

Une fois son inspection terminée, elle s'adosse au mur à côté de la porte, rectifie la bandoulière de son fusil de manière à ce qu'il pende juste sous sa main, et entreprend de nous surveiller.

— Super, me souffle Bex alors que nous échangeons des regards incrédules. J'espère que tu n'avais pas l'intention de pisser aujourd'hui.

Bex arrive toujours à plaisanter de tout, mais pas moi. Je déteste cette femme. Elle devrait avoir honte de faire un métier où l'on espionne les jeunes filles jusque dans les toilettes, mais la voix de mon père résonne dans ma tête : « Sois gentille, prends un air respectueux, fais en sorte qu'on y croie. » Alors je souris, et la fliquette me sourit en retour.

— Alors, qu'en penses-tu ? me demande Bex.

— De quoi ?

— Des nouveaux. Je me suis approchée tout près du grand. Il a des piquants sur les épaules ! s'extasie Bex.

— C'est un Selkie.

— Un Selkie… Et tu as remarqué le petit ?

— Le Nixe ?

— Peut-être. Comment tu fais la différence ?

Je murmure :

— On les voit tous les jours à la télé depuis trois ans, Bex.

J'en sais beaucoup plus long sur eux que ce qu'on peut en apprendre à la télé, mais je suis supposée jouer les idiotes. « Joue les idiotes, Lyric ! » D'accord, papa.

— Les Nixes, c'est ceux qui ont des tonnes de dents ? demande Bex.

L'agent du SWAT ricane.

— Alignées sur plusieurs rangées, oui. Tranchantes et pointues.

— Deux des filles sont très jolies, observe mon amie en me chipant mon gloss dans ma pochette.

— Pour des poissons qui parlent, commente la fliquette.

— L'un des garçons est mignon aussi, et c'est un prince, réplique Bex. Je vais me marier avec lui et lui donner un million de bébés poissons.

Notre gardienne nous adresse le genre de regard que mon père réserve aux meurtriers et à mes petits amis.

— C'est répugnant, petite. Ces choses ne sont pas des gens.

— J'ai dit ça pour rire, se défend Bex.

— Annoncer qu'on va coucher avec des animaux, ça n'a rien de drôle. Je devrais faire un rapport sur toi.

— Oh, ce n'était qu'une plaisanterie innocente, dis-je sur un ton apaisant, mais elle refuse de m'écouter.

— Tu devrais faire plus attention à ce que tu dis, petite. Il y a pas mal de gens qui risqueraient de te prendre au sérieux l'agent du SWAT.

— Pas mal de crétins, peut-être, rétorque Bex d'un air de défi.

— Il va t'arriver des bricoles… Rappelle-toi ce gosse qu'on a trouvé pendu à la Wonder Wheel.

Le gosse en question s'appelait Kevin Folkes. À l'arrivée des Alphas, les gens venaient sur la plage pour les observer. À l'époque, ils étaient encore un sujet de curiosité plus que de crainte. Kevin a noué des liens avec l'une d'entre eux et l'a même aidée à se choisir un nom : Madison. C'était un vrai canon, comme la plupart des Sirènes. Elles ressemblent en tout point aux sirènes des contes de fées – longs cheveux flottants, traits délicats, corps parfait –, sauf qu'en posant le pied sur la terre ferme elles perdent leur queue et paraissent aussi humaines que n'importe qui. Ma mère est une Sirène.

Kevin était fou amoureux. Il offrait toutes sortes de cadeaux à Madison : des fleurs, des vêtements, des chaussures. Il lui avait préparé une playlist et lui passait l'un de ses écouteurs à travers le grillage pour qu'ils puissent l'écouter ensemble. C'était un amour de gamins, parfaitement innocent, mais les gens ont commencé à parler. Un prédicateur télé a accusé Kevin de commettre le crime de bestialité, un péché contre Dieu. Kevin l'a ignoré. Et puis, un matin, des soldats ont retrouvé son corps accroché à la Wonder Wheel, à quinze mètres du sol. Quelqu'un l'avait enchaîné par le cou à l'une des nacelles avant de mettre l'attraction en marche.

— Oh, je n'ai rien à craindre, puisque vous êtes là pour me protéger jusque dans les toilettes ! claironne Bex.

La sonnerie retentit.

— Tirez-vous d'ici, maugrée la fliquette.

Je ramasse mes affaires et entraîne mon amie.

Une fois dans le couloir, je lui dis :

— Bex, tu ne peux pas faire ça. Elle pourrait te signaler.

— Qu'elle aille se faire voir, cette foutue fliquette de chiottes.

— Je ne plaisante pas !

— Il y a des fois où je ne te comprends pas, Lyric, m'avoue-t-elle. Tu comptes te laisser intimider par tout le monde ?

J'aimerais tellement que la réponse ne soit pas oui.

6

Il y a des écoles à New York, et même à Brooklyn, qui sont des temples de l'éducation. Leurs murs de verre et de pierre se dressent vers le ciel comme un appel à la jeunesse dorée de la ville. Mais pas notre lycée John F. Hylan, qui n'est qu'un centre de détention sinistre et sans espoir pour futurs délinquants, avec des manuels vieillots, un corps enseignant qui regroupe les rebuts de tous les autres lycées de l'État, et des dégénérés mal réveillés en guise d'élèves. Le ministère de l'Éducation n'a pas débloqué les fonds suffisants pour diffuser Internet dans tout le bâtiment. Apparemment, ils pensent que le Web n'est qu'une mode. Cela fait un bail qu'il n'y a plus de bibliothécaire à plein temps, mais ce n'est pas grave parce qu'on ne peut pas dire que ça se bouscule au portillon. Il n'y a pas de cours de musique. Pas de cours de dessin. Pas d'activités sportives. L'architecte de Hylan a dû poursuivre une carrière lucrative dans la construction de prisons de haute sécurité. Créé en 1945, le lycée aurait probablement été rasé depuis des années s'il ne se trouvait pas dans la Zone. On ne démolit plus rien dans le quartier. On ne construit plus rien non plus, d'ailleurs, sauf des palissades grillagées.

Hylan a tout de même une chose pour lui : M. Ervin, un professeur gentil, passionné, qui donne vraiment l'impression d'aimer son travail. Il attend à l'extérieur de ma salle de classe, tout sourires, pleinement focalisé sur ses élèves. C'est le premier visage heureux que je vois, et depuis des jours et, si je ne le connaissais pas, je le soupçonnerais d'avoir pris de la drogue. Il vient du collège, où Bex et moi l'avions en cours d'hygiène (autre nom pour éducation sexuelle). Il devait supporter nos gloussements chaque fois qu'il nous passait ses diapos répugnantes de MST. Je me demande s'il se souvient de nous à cet âge-là.

— Ah, les voilà enfin ! se réjouit-il en nous voyant. (J'ai envie de le serrer dans mes bras.) Trouvez-vous une place, jeunes filles. Nous avons beaucoup de travail ce matin.

Nous entrons dans la pièce. Je repère une caméra de surveillance au plafond. C'est nouveau. Et un boîtier en acier rouge sur le mur, fermé par un gros cadenas. Ça aussi, c'est nouveau. Les autres élèves ignorent ce qu'il contient mais mon père m'a mise au parfum. C'est un pistolet. Il y en a un dans chaque classe maintenant. M. Ervin a une clé et l'autorisation de s'en servir. Je ne veux pas imaginer dans quelle situation il pourrait en avoir besoin.

— C'est quoi, leur délire, avec les fenêtres ? demande Bex en pointant le papier craft qui nous masque le ciel.

Je lui chuchote à l'oreille :

— Contre les snipers. Les flics ont peur que des cinglés puissent apercevoir les Alphas depuis un des toits d'en face.

Il y a au moins une chose qui ne changera jamais. Rassemblé dans le fond, voici le même groupe que depuis le jardin d'enfants : les punks hardcore, les filles en colère, les brutes et le gars effacé qu'il vaut mieux garder à l'œil. Ils se jettent des objets à la figure, échangent des vannes et des insultes. À une époque je les considérais avec mépris. Aujourd'hui je suis heureuse de les retrouver fidèles à eux-mêmes. Ils me donneraient presque l'impression qu'il s'agit d'une journée normale.

Il n'y a que deux Blancs dans leur petit club fermé, et l'un d'entre eux est Gabriel – mon Gabriel. Il déboule en jean noir, débardeur et chemise blanche ouverte, les yeux gonflés de sommeil et les cheveux en bataille. Il m'adresse un grand sourire puis s'installe si loin dans le fond qu'il aurait aussi bien pu rester dans le couloir. Les racailles l'ont adopté parce qu'il est toujours le premier à rire de leurs bêtises. Moi je l'ai adopté parce qu'il est sexy. Ce n'est qu'un petit ami à temps partiel. S'il y avait plus de garçons dans la Zone, jamais je n'accepterais ce genre de mec. Mais peut-être que si, au fond. J'ai mentionné qu'il était sexy ?

Je lui lance :

— Il paraît que tu as cassé ton téléphone ?

Il prend un air perplexe.

— Ça doit être pour ça que tu ne m'as pas envoyé de textos.

Ça le fait rire. J'imagine que les excuses, c'est bon pour les petits amis à plein temps.

— Jeunes gens, je voudrais votre attention, s'il vous plaît, implore M. Ervin. Nous avons un certain nombre de choses à voir avant que les Alphas…

Soudain, la porte s'ouvre et cinq agents de police pénètrent dans la classe, accompagnés de deux soldats de la Garde nationale, de deux Casques bleus des Nations unies et d'un homme en cravate et costume sombre qui porte une oreillette et cache ses yeux derrière des verres fumés.

Deux jeunes Alphas entrent derrière lui. L'un d'eux est le Nixe. Sa peau est grise et son corps osseux. Ses membres sont fins, déliés, et sa tête difforme semble en pâte à modeler. Il porte à la main une sorte de gantelet en métal doré recouvert d'arabesques. C'est un ornement un peu grotesque, le genre de bijou que porterait une star du rock, pour peu que la star en question ait des doigts livides aux ongles noirs de trois centimètres de long. À côté de lui, la Sirène rousse que j'ai vue tout à l'heure. Elle porte le même gantelet que lui. Sans doute une mode chez les Alphas.

Bon nombre d'élèves les dévisagent avec stupéfaction, mais c'est le dernier à entrer qui me laisse bouche bée : Terrance Lir. Je ne l'avais pas revu depuis trois ans, ni lui ni sa famille. Rochelle, Samuel et lui ont disparu du jour au lendemain. Sans un au revoir, sans une lettre. Ils avaient laissé toutes leurs affaires derrière eux, et même les médecins de Samuel, qui le préparaient à recevoir une prothèse de hanche, ignoraient où ils avaient bien pu passer. On sait aujourd'hui qu'on les avait emmenés quelque part, comme Melissa Wheeler, son mari et leurs cinq enfants, comme Bennett Walsh et son compagnon, Darren, ou encore les Griffin, les Han et les Deviller. Tous disparus, tous des familles originales.

Mon père m'avait prévenue que Terrance allait mal, mais je ne m'attendais pas à ce que ce soit à ce point. Ses vêtements sont en loques, il a des trous dans ses chaussures. Amaigri, visiblement à bout de forces, il jette des regards inquiets autour de lui, comme si l'un d'entre nous risquait de lui sauter dessus à tout moment.

— On m'avait promis un peu de temps pour préparer mes élèves, proteste M. Ervin.

— L'heure tourne, explique l'homme en costume sombre.

Il quitte la pièce, emmenant les soldats avec lui. Terrance

les suit. Il ne m'a pas remarquée ou, en tout cas, ou il n'en a rien montré. L'un des soldats de la Garde nationale reste planté à la porte. Il nous surveille, le doigt sur la détente de son arme.

— Vous pouvez y aller aussi, lui dit M. Ervin.

Le soldat secoue la tête.

— J'ai des ordres.

M. Ervin fronce les sourcils.

— Il faut que je parle à votre supérieur.

Le soldat lui retourne un regard meurtrier, puis lui indique le couloir. M. Ervin passe en trombe devant lui et sort en claquant la porte. Une dispute éclate aussitôt dans le couloir. Je distingue les mots « salle de classe » et « prison ». Le soldat posté à la porte ne semble pas s'en émouvoir. Pendant ce temps, le Nixe et la Sirène se tiennent debout devant la classe, à nous regarder fixement.

Au bout d'un moment, M. Ervin revient.

— Désolé pour tout ça. Je suis M. Ervin. Bienvenue dans la classe.

Il prend la main de la Sirène et la serre vigoureusement. Elle la contemple avec inquiétude, comme si elle craignait qu'il ne la lui rende pas. Puis il procède de même avec le Nixe, qui se dégage en sifflant.

— Jeunes gens, je vous présente Luna et Ghost. Ils vont suivre les cours avec nous ; pour observer, dans un premier temps. Ils prendront en parallèle des cours de rattrapage en lecture et en maths.

L'un des durs du fond de la classe déclenche un fou rire général en s'exclamant :

— Attendez… il s'appelle vraiment Ghost ? Ça déchire !

— Merci, Jorge. Oui, c'est un prénom plutôt inhabituel. La langue des Alphas est complexe et conçue pour être parlée sous l'eau, explique M. Ervin. D'après ce que j'ai compris, certaines de ses sonorités sont impossibles à reproduire pour l'homme, c'est pourquoi chacun des trente mille migrants s'est vu attribuer un nouveau nom par les membres de la Croix-Rouge. Ils ont essayé de choisir des noms similaires aux leurs, mais quand ils n'en trouvaient pas, ils leur ont donné des noms anglais. Comme vous l'imaginez, ils se sont vite retrouvés à court de Jennifer, de David et de Jorge ; alors il a fallu faire preuve d'imagination. Le nom de Luna vient de l'ancien parc d'attractions. Celui de Ghost a été inspiré par le train fantôme.

— Quoi, vous voulez dire qu'il y en a un quelque part qui s'appelle Montagnes-Russes ? lance Gabriel.

Il est récompensé par des hurlements de rire.

— Soyez gentils, intervient M. Ervin. Luna, Ghost, vous êtes les bienvenus. Ne nous en veuillez pas, mais nous sommes tous très curieux de vous connaître. Il n'y a pas beaucoup de gens qui ont pu discuter avec un Alpha, et je parie que la classe a des tas de questions à vous poser. En tout cas, moi, j'en ai. Vous voulez bien vous présenter en quelques mots ? Peut-être en commençant par toi, Luna ?

Luna regarde Ghost d'un air suppliant. Il hoche la tête ; elle se retourne vers M. Ervin.

— Je m'appelle Luna. Je suis une fille de Sirène.

— Une fille de Sirène ? répète M. Ervin.

— Oui. Sirène était la première des Alphas. Notre clan a pris son nom glorieux.

— Comme c'est fascinant !

Les écailles de ses bras et de son cou virent au rose vif. Cela fait l'effet d'un feu d'artifice sur la classe, qui lâche des « oooh » et des « aaah », au grand embarras de la pauvre Luna. Elle se balance d'un pied sur l'autre comme un enfant qui se retient de faire pipi.

M. Ervin ne semble pas s'apercevoir qu'elle est horriblement mal à l'aise.

— Écoutez bien, tout le monde. Un clan est un peu la même chose qu'une tribu, comme chez les premiers habitants de notre pays, les Indiens.

Je vois bien que Luna ne comprend rien à ce qu'il raconte. Et pourquoi en serait-il autrement ? Elle a grandi au fond de l'océan Atlantique. Elle ne connaît rien à l'histoire américaine.

— Donc, Ghost et toi faites partie du clan…

— Non ! aboie Ghost. Je suis un fils de Nixe, le saint penseur.

— Un penseur ?

— Un inventeur, un fabricant de médicaments, un additionneur de chiffres, proclame-t-il avec orgueil.

— Un scientifique ! Fantastique ! Combien de clans y a-t-il ? demande M. Ervin.

Luna se tourne à nouveau vers Ghost. Est-il responsable d'elle ? Maman m'a parlé du système de castes des Alphas : ceux des niveaux inférieurs obéissent sans discussion aux supérieurs. La famille de Ghost doit occuper une place importante au sein des Alphas.

— Il y en a beaucoup, répond-elle.

— Mais combien exactement ? insiste M. Ervin.

Ghost pousse un grognement.

— Vas-tu cesser de nous espionner, humain ?

Ce mot d'« humain » a giclé comme une insulte.

M. Ervin est si abasourdi qu'il recule d'un pas.

— Je ne veux pas vous espionner, Ghost. Je cherche

simplement à vous connaître. Ne te poses-tu aucune question sur nous ?

Ghost secoue la tête avec un petit rire méprisant.

M. Ervin reporte son attention sur Luna.

— En dehors de votre apparence, qu'est-ce qui sépare une Sirène d'un Nixe ?

Luna se tourne vers Ghost. Il lui fait oui de la tête et elle sourit fièrement.

— Les Sirènes sont des porte-parole, des conseillères et des… Je ne connais pas le mot dans votre langue.

M. Ervin sourit.

— Tu n'as pas à t'excuser, Luna. L'anglais n'est pas une langue si facile. Peut-être pourrais-tu nous décrire ce que tu fais ?

Luna quête l'approbation de Ghost une fois de plus. Il pousse un soupir d'impatience.

— J'apporte du… réconfort ? hasarde-t-elle dans un murmure. Est-ce comme cela qu'on dit ?

« Ça suffit, Luna ! S'il te plaît, boucle-la. » Je ferme les yeux et m'efforce de projeter cette pensée le plus fort possible, mais Luna est fière de ce qu'elle fait. Son rôle représente un grand honneur au sein de son peuple, une position influente. Elle a été choisie comme coach de vie, si l'on peut dire, pour aider un futur chef à prendre de bonnes décisions et guider sa carrière afin qu'il grandisse en pouvoir et en prestige. Luna est la femme qu'on trouve derrière chaque grand homme, comme dit le proverbe, et dans son cas, le grand homme, c'est Ghost. Elle est compagne dans tous les sens du terme, sauf que sa mission consiste à le préparer à de hautes responsabilités au sein du gouvernement alpha, ainsi qu'à son rôle de mari pour une autre.

— Du réconfort ? répète M. Ervin.

« Ça suffit, Ervin ! Laissez tomber ! »

— Oui, certaines Sirènes ont l'honneur d'être des… dispensatrices de plaisir.

Je voudrais bondir de mon siège et la faire taire. Ce n'est pas un truc à dire à une bande d'adolescents excités le jour de la rentrée. Ils vont la cataloguer comme prostituée. Je le sais parce que j'ai pensé la même chose quand ma mère m'a parlé de cette histoire. C'est beaucoup plus complexe que cela, mais cette pauvre fille n'a pas les mots pour l'exprimer.

Heureusement, M. Ervin devine ce que Luna essaie de lui dire. Son visage s'empourpre, et il se met à bredouiller.

— Bien, heu, voyons voir. Et si tu nous parlais de ce gant que vous portez tous les deux ? S'agit-il d'un bijou ?

« Oui, changez de sujet ! »

— C'est une pute ! s'écrie quelqu'un depuis le fond de la classe.

Les garçons se mettent à huer, crier, siffler et tambouriner sur leurs pupitres. Les filles retiennent leur souffle en une réprobation collective qui aspire tout l'air de la classe. Les adolescents américains sont revenus de tout, mais voilà un concept qui les prend complètement de court.

Comment leur expliquer que Luna est libre, que c'est elle qui décide qui elle veut guider ? Les Sirènes choisissent parmi les Alphas au plus grand potentiel. Je voudrais leur dire que le rôle de Luna est complexe, mais c'est pure naïveté de ma part. Jorge, Deshane et Keith ne font pas dans la nuance.

— Combien tu prends ? crie Jorge.

Un dollar froissé vole au-dessus de ma tête et retombe aux pieds de Luna.

Effrayée, elle se raccroche à la main de Ghost. C'est peut-être un effet de mon imagination, mais j'ai l'impression de voir leurs gants scintiller et un reflet passer sur les gravures.

— Mon petit fantôme, tu ne veux pas jouer les Casper avec moi, dis ? crie Deshane.

Ce garçon est une vraie brute. Taillé en hercule, arrogant et sans aucun self-control. Si notre lycée avait assez d'argent pour une équipe de football américain, il pourrait y défouler son agressivité, seulement notre lycée est fauché.

— Tu as besoin d'un protecteur, chérie ? ajoute Deshane.

Ghost écume de rage.

— Immonde canaille, gronde-t-il. (Il serre les poings si fort que la peau blanche entre ses doigts palmés devient cramoisie.) Luna est tenue en grand honneur au sein de notre peuple. Reste à ta place, détritivore.

Tout à coup, Deshane n'a plus envie de rire.

— Comment tu m'as appelé, poiscaille ?

— Détritivore. Comme les poissons qui se nourrissent d'excréments au fond de l'océan, réplique Ghost en s'avançant d'un pas lourd vers Deshane.

— Ça suffit, déclare M. Ervin en s'interposant entre eux. Je voudrais que tout le monde se rappelle que nous sommes issus de deux cultures très différentes, avec des modes de vie très éloignés. Des choses qui nous paraissent étranges peuvent être parfaitement naturelles pour d'autres. Je suis sûr qu'il y a certaines de nos coutumes que nos amis à écailles…

— Amis ? le coupe Ghost. Ai-je l'air amical ? Trouvez-vous que je ressemble à une gentille petite sirène de vos contes pour enfants ? Je suis un fils de Nixe ! Je m'appelle…

Le son qu'il produit fait s'entrechoquer mes dents. C'est tout à la fois un gémissement sonore, un aboiement et un rugissement. Il aurait pu me crever les tympans si je ne m'étais pas bouché les oreilles.

M. Ervin entreprend de balbutier des excuses, mais Ghost ne le laisse pas poursuivre.

— Pauvres méduses sans cervelle. Mon peuple vous ferait jeter dans le Grand Abysse pour vous empêcher de vous accoupler et de créer d'autres têtards comme vous, aussi stupides que des concombres de mer.

Deshane se dresse d'un bond.

— Viens me répéter ça en face !

Ghost le dévisage et s'esclaffe.

— Approche-toi si tu m'as mal entendu, mais sache ceci : à l'instant où tu seras à ma portée, je t'arracherai les tripes.

Jorge se lève à son tour.

— Fais-lui sa fête, Deshane.

Le soldat fait un pas vers nous, son fusil à la hanche.

— Vous allez tous vous rasseoir, tout de suite !

Mais personne ne s'intéresse à lui. Tous les regards sont tournés vers Deshane. C'est un bagarreur-né. Un jour, en primaire, il a envoyé un professeur à l'hôpital, mais si j'en crois les histoires de ma mère, c'est plutôt du Nixe qu'il faudrait avoir peur. J'ai toujours cru qu'elle exagérait quand elle me décrivait leur transformation lors d'un combat. Cela semblait tout droit sorti d'un film d'horreur. Mais quand Deshane s'avance entre les pupitres, je le constate par moi-même. Les doigts de Ghost se fendent aux extrémités. Des griffes noires sortent des chairs. Il ouvre une gueule immense, comme si sa mâchoire n'était plus rattachée à son crâne et qu'elle allait continuer à grandir,

grandir, jusqu'à engloutir toute la classe. À l'intérieur, plusieurs rangées de crocs s'alignent sur des gencives laiteuses. Mais le plus effrayant, c'est la lueur carnassière qui s'allume dans ses yeux injectés de sang. Ghost brûle d'envie de faire mal à Deshane.

Je ne peux pas rester les bras croisés, même si je crois entendre mon père me crier dans les oreilles : « Ne t'en mêle surtout pas ! Occupe-toi de tes affaires ! Laisse le soldat gérer ça. » Sauf que mon père n'est pas là, et que j'ai retenu d'autres leçons qu'il m'enseignait à l'époque où faire ce qu'il fallait était plus important que d'être en sécurité. « Sois plutôt celle qui met fin aux bagarres. »

— Assieds-toi, Deshane, dis-je en me levant d'un bond.

— Heu, Lyric ? dit Bex, cherchant à me retenir par la main.

Deshane me regarde comme si je venais de me matérialiser sous ses yeux. Je ne lui ai plus adressé la parole depuis la quatrième, quand lui et moi nous sommes fait renvoyer d'une sortie scolaire à l'aquarium municipal parce que nous n'arrêtions pas de nous moquer du zézaiement de notre guide. J'espère qu'il s'en souvient.

— Tire-toi de mon chemin, connasse.

Bon, on dirait qu'il a oublié.

Il essaie de m'écarter, mais je résiste. Il me dévisage, éclate de rire, puis me repousse avec une telle violence que je bascule par-dessus mon pupitre et me cogne l'épaule contre le sol. Je sens une douleur fulgurante et des points lumineux dansent devant mes yeux.

Bex s'accroupit auprès de moi.

— Ça, c'est mon maximonstre ! dit-elle avec un sourire plein de fierté.

— Restez tous à vos places ! rugit le soldat.

Il réclame des renforts à grands cris dans sa radio. Quelques secondes plus tard la porte s'ouvre à la volée et dix hommes lourdement armés font irruption dans la pièce. Ils traînent Deshane et Jorge dans le couloir, avant de revenir chercher Ghost.

— Ne me touchez pas, siffle le Nixe alors qu'ils le tirent hors de la salle.

Je sens des mains se poser sur mes bras et je réalise que ce n'est pas pour m'aider à me relever : je suis en état d'arrestation.

7

Le gymnase sert de centre de détention temporaire pour les élèves qui attendent leur départ en bus à destination des Tombes. Vingt-cinq sièges boulonnés dans le parquet en bois dur s'alignent sur cinq rangées. Je suis menottée à l'un d'eux. Il y a un nouveau qui pleurniche à ma droite. Ghost est à ma gauche, à bougonner dans sa langue gutturale, et Deshane et ses copains sont derrière, en train de rigoler. Ils ne prennent pas du tout cette affaire au sérieux.

Moi, par contre, je tremble de peur. Nous sommes là depuis trois heures et je n'ai pas cessé de me ronger les sangs. Mon intervention était stupide. En dehors du fait que je vais me retrouver en cellule avec Dieu sait qui, un aller-retour aux Tombes va me catapulter dans le système. Je viens d'inviter la police à découvrir mes petits secrets, à examiner mon ADN. Des voyants rouges vont s'allumer. On m'interrogera sur mes parents, on me demandera pourquoi ma mère n'a pas de numéro de Sécurité sociale, de permis de conduire ni de certificat de naissance. On viendra les chercher, exactement comme mon père l'avait prédit, et ce ser ma faute. Je regrette de ne plus avoir mon téléphone. J'aimerais tellement pouvoir leur dire de s'enfuir.

Les portes du gymnase s'ouvrent. Un homme en chemisette serrée et pantalon kaki entre, un mug de café à la main. Il a les cheveux en brosse, une mâchoire en parpaing et un tatouage qui dépasse de sa manche. Arrivé devant mon siège, il boit une gorgée de café et me dévisage de haut en bas.

— Soldat, ôtez les menottes de Mlle Walker, voulez-vous ?

Un jeune militaire me détache. C'est bon de se sentir libre, mais la fin des menottes veut dire aussi que je suis en route pour la prison.

— Suivez-moi, mademoiselle Walker, me dit l'homme.

— Qui êtes-vous ?

— David Doyle, le nouveau principal.

Il s'éloigne en direction de la sortie.

Je jette un coup d'œil au soldat, m'attendant à le voir me braquer son arme sous le nez, mais il ne fait plus attention à moi. Il regagne son poste et reprend la surveillance des autres élèves.

— Mademoiselle Walker ? me lance Doyle avec un geste impatient. Je vous attends.

Je vois deux explications possibles. Peut-être vient-il simplement me conduire jusqu'au fourgon de police qui doit m'emmener aux Tombes. Ou alors (et cela me paraît beaucoup plus probable), il a déjà déterminé qui je suis et souhaite m'attirer hors du gymnase afin d'éviter un scandale. Aucun de ces deux scénarios ne me plaît vraiment, mais je n'ai pas d'autre choix que de le suivre. Si j'ai du sang d'Alpha dans les veines, je n'en ai ni les muscles ni la vitesse. Je serais incapable de m'échapper par la force.

Doyle m'entraîne dans un couloir désert, jusqu'à une porte avec un écriteau marqué INFIRMERIE. Il la déverrouille et me fait signe d'entrer. Je m'attends à ce qu'on me fasse asseoir sur une chaise pour m'interroger, mais il n'y a personne dans la pièce. D'ailleurs, on dirait bien que personne n'y vient plus depuis longtemps. J'aperçois une trousse de premiers secours contre le mur du fond. Un tensiomètre gît à côté d'une pile de cartons qui déversent sur le sol des fichiers médicaux jaunis. Une planche de coupe de l'œil traître dans la poussière sous le bureau ; au mur, celle du squelette humain ne tient plus que par un bout de scotch. On a repoussé tout le mobilier sur le côté pour tapisser un mur d'écrans de surveillance. J'en compte une trentaine. Je reconnais les salles de classe, les couloirs, les rayons de la bibliothèque, la salle des professeurs, et même le dessous des gradins dans le gymnase. M. Ervin est en train de donner son cours. Un soldat est posté à la porte, armé et vigilant. Deux flics font monter Deshane dans un fourgon à l'arrière du bâtiment.

M. Doyle m'indique une chaise, mais je l'ignore. Je préfère rester debout afin de pouvoir courir. C'est ce que mon père m'a appris.

Je demande :

— Où est passée Mme Channing ?

— L'ancienne principale ? On l'a réaffectée ailleurs.

— Est-ce que vous allez m'envoyer aux Tombes ?

Il prend une longue gorgée de café en me toisant comme s'il n'avait pas encore pris sa décision.

— Détendez-vous, mademoiselle Walker.

— Je suis détendue.

— Vous tremblez.

M. Doyle s'assoit dans un fauteuil à roulettes, puis se

sert de ses pieds pour se propulser vers moi, comme une araignée s'approche d'une proie prise dans sa toile. Il sent l'after-shave, la cigarette, le dentifrice et je ne sais quel produit qu'il se met dans les cheveux pour leur donner un aspect lustré. Son pantalon est en tissu infroissable. Tout est net et immaculé chez lui. Je ne peux pas croire que ce soit notre nouveau principal. Il a plutôt l'air d'un flic. Par ailleurs, je n'ai jamais connu de principal avec un tatouage.

— Asseyez-vous, s'il vous plaît, mademoiselle Walker, m'ordonne-t-il.

Je m'assois à contrecœur sur la chaise la plus proche de la porte.

— Saviez-vous que quarante-deux pour cent des élèves de ce lycée ont déjà été condamnés pour un délit ?

Un flic.

— Comment se fait-il que vous ne soyez pas du nombre ? poursuit-il, roulant jusqu'à un petit bureau dans un coin où il attrape une enveloppe en papier kraft qu'il revient m'agiter sous le nez. Parce que, d'après votre dossier, vous en preniez tout droit la direction. Il y a trois ans, on vous a surprise sur le toit du collège en train de fumer de l'herbe.

— Je n'étais pas en train de fumer.

— Vous avez aussi été collée à quatorze reprises pour outrage. Il s'en est fallu d'un retard pour que vous écopiez d'une suspension. Vous avez failli être renvoyée pour avoir fait circuler une bouteille de gin.

Il marque une pause, semblant me laisser le temps d'absorber tout cela, comme si ce n'était pas moi qui avais commis toutes ces choses.

— Et puis, un beau jour, vous avez changé. Vous êtes devenue une élève modèle. Vos notes se sont améliorées. Vous avez commencé à être à l'heure. Vous n'avez plus séché un cours depuis trois ans. Il n'y a plus aucune plainte ni aucune remarque dans votre dossier. Hormis quelques jours d'absence pour cause de migraine, vous avez eu un comportement exemplaire. Pourquoi cela ?

— Mon père m'avait menacée de m'arrêter. Il est flic. Vous savez comment ça marche.

Il hausse les sourcils.

— Je ne suis pas flic.

— Eh bien, vous n'êtes pas principal non plus.

Il sourit et se penche en avant – un chat qui attend patiemment que la souris sorte la tête de son trou.

— J'ai une théorie à votre sujet. Aimeriez-vous l'entendre ?

Je murmure :

— Je ne vois pas de quoi vous parlez.

Mais dans ma tête, une voix hurle : « Il est au courant ! » Je ne peux pas me permettre de céder à la panique. Je dois me rappeler ce que mon père m'a dit de faire. Je jette un coup d'œil vers la porte. Faute de fenêtres, c'est ma seule issue. Je pourrais m'échapper en poussant son fauteuil.

— Voilà ce que je pense : vous en avez eu assez d'être une mauvaise graine.

— Pardon ?

Il roule à travers la pièce pour consulter les écrans.

— Vos bêtises ont fini par vous lasser. Et puis vous saviez que les études supérieures représentaient sans doute votre seule chance de sortir de la Zone. Alors, vous vous êtes reprise en main. Tant mieux pour vous, mais voilà où les choses deviennent intéressantes, Lyric Walker. Vous avez conservé le respect de vos petits camarades. Vous avez des amis blacks, latinos et asiatiques. Vous fréquentez aussi bien les futurs délinquants que les premiers de la classe. Ils vous aiment bien. Ils vous considèrent comme l'une des leurs. Vous êtes un vrai caméléon, et vous savez en jouer. Aujourd'hui, un garçon deux fois plus grand que vous a choisi de vous épargner quand vous lui avez demandé de se calmer.

— Heu, il m'a fait voler par-dessus mon pupitre.

— J'ai vu le gosse en question. Il n'y est pas allé très fort.

Doyle rit, et son amusement paraît sincère.

— D'accord, vous m'avez percée à jour.

Je ne crois pas qu'il soit au courant, finalement. Mais je ne me détends pas pour autant. Je décale un peu ma chaise pour avoir un meilleur angle vers la porte.

— Je le crois, oui. Je crois aussi que vous pourriez m'être d'une aide précieuse.

— Moi ?

— Lyric, dans les trois mois qui viennent, dix autres lycées publics vont accueillir à leur tour des Alphas. En janvier, il y en aura une cinquantaine dans tout Brooklyn et le bas de Manhattan. Au début de la prochaine année scolaire, il y aura des Alphas dans toutes les écoles de la ville.

« On m'a nommé ici pour faire en sorte que cela fonctionne et que nous puissions les évacuer de la plage le plus pacifiquement possible. C'est dans l'intérêt de la ville et de la nation. Dans l'intérêt des Alphas, aussi. Ça aurait dû être le but depuis le début. L'envoi de soldats était une politique à courte vue qui nous a renvoyés des années en arrière dans notre guerre contre eux, mais aujourd'hui nous avons un plan qui devrait marcher.

— Parce que nous sommes en guerre contre eux ?

— Lyric, nous sommes en guerre contre tous ceux qui ne sont pas comme nous, dit-il comme si j'étais censée le savoir. Et vous savez quelle est notre meilleure arme dans ce conflit ? C'est vous, l'adolescente américaine. Votre mode de vie a la puissance d'une bombe nucléaire. Il est efficace partout où nous le larguons. Vos baskets à deux cents dollars, Twitter, le hip-hop... Ça a fonctionné en Russie, ça fonctionne en Chine, et même dans certaines régions du Moyen-Orient. Aujourd'hui, il est temps pour nous d'employer cette arme contre les Alphas.

— Autrement dit, moi ?

— C'est ça. Vous allez devenir amie avec l'un d'entre eux.

— Non.

Le mot a fusé avant même que j'ai eu le temps de le formuler dans mon esprit.

Doyle fronce les sourcils et entrelace ses doigts. Il écarte ses paumes vers l'extérieur en faisant crépiter ses phalanges comme de minuscules mitrailleuses.

— Comprenez-moi bien, Lyric. Je ne vous demande pas grand-chose. Juste d'aller en cours avec lui, de l'aider pour ses devoirs, de lui faire connaître les choses que vous aimez. Le reste se fera tout seul. Vous secouez la tête. Donnez-moi une seule bonne raison de refuser, Lyric.

— Samuel Lir.

Doyle soupire. J'insiste :

— Vous connaissez Samuel Lir, pas vrai ? C'est le fils de M. Lir. Il y a trois ans, quand les gens ont découvert ce qu'il était, ils l'ont passé à tabac ! Ils ont failli le tuer. Mon père est l'un de ceux qui l'ont découvert sous le front de mer, le crâne défoncé, le dos tellement abîmé qu'il avait la colonne de travers. Il s'est retrouvé en fauteuil roulant. Incapable de se nourrir par lui-même ou d'aller aux toilettes tout seul. Il ne pouvait plus parler. Et personne n'a jamais été arrêté. Ensuite, il a disparu.

— Samuel était l'un d'entre eux. Pas vous.

S'il savait !

— D'accord, alors parlons du jeune qu'on a traîné hors de sa voiture parce qu'il essayait de collecter de l'argent pour acheter des chaussures aux Alphas, ou de la fille qu'on a arrosée d'essence parce qu'elle leur avait apporté quelques boîtes de conserve, ou de Kevin Folkes…

— Et si je vous promettais qu'il ne vous arrivera rien ?

— Vous mentiriez.

— Lyric, j'essaie de vous aider, d'accord ? Votre petit numéro en classe aurait dû vous valoir un ticket pour les Tombes. Je veux bien passer l'éponge, mais…

Je me lève d'un bond.

— Alors envoyez-moi aux Tombes. Je préfère largement la prison à la mort.

Il secoue la tête avec lenteur.

— Lyric, il va falloir que tout le monde y mette un peu du sien si nous voulons que ça réussisse. J'appellerai votre père ce soir. Nous réglerons ça ensemble. Vous commencerez demain.

— Vous ne m'avez pas écoutée.

— Nous réglerons ça ensemble, répète-t-il.

Inutile de continuer à discuter avec lui. Mon père saura bien l'envoyer au diable.

— Vous nous serez d'une aide précieuse.

— Je peux m'en aller ?

Doyle fait oui de la tête, et en un éclair je me retrouve dans le couloir, à claquer la porte derrière moi. Je cours vers la sortie, mais elle est gardée par un soldat. Je me dirige vers une autre porte, mais elle est gardée aussi. Je m'adosse contre une rangée de casiers le temps de reprendre mon souffle et de me calmer. J'ai de gros ennuis, et pas la moindre idée de la façon dont je vais m'en sortir.

8

De retour en cours, je suis une rock star. L'histoire de mon arrestation atteint des proportions mythologiques. Je deviens une rebelle qui s'est dressée face au système judiciaire et lui a craché à la figure. Les autres perdraient sans doute leurs illusions sur moi s'ils savaient ce qui s'est vraiment passé, et à quel point je redoute la dernière sonnerie, quand les portes du lycée s'ouvriront et que je devrai informer mes parents de mon nouveau statut de délinquante. Mon père sera fou de rage. Trois ans à faire profil bas, et j'ai tout gâché avant même la fin de la première journée.

Bex me retrouve devant mon casier après le dernier cours et me tape dans la main.

— Mort au système ! dit-elle.

Je ramasse mes affaires, et ensemble nous sortons affronter le brouhaha qui nous attend. La foule a grossi, elle est encore plus hostile que ce matin. Rester debout en pleine chaleur toute la journée n'a rien fait pour améliorer l'humeur générale. Heureusement, la police a eu la bonne idée de faire reculer tout le monde sur une dizaine de mètres, de sorte que nous n'aurons pas à nous frayer un chemin dans les rangs pour rentrer chez nous, mais elle ne peut pas me protéger de mon père. Il m'attend, bras croisés, les yeux comme des charbons ardents.

— Le Big Boss a l'air furax, observe Bex.

Je confirme :

— Le Big Boss *est* furax.

— À quoi bon être adolescente si on n'a même plus le droit de se faire arrêter de temps en temps ?

Elle rit.

— Ce n'est pas drôle, je grommelle.

Mon père fond sur nous.

— Même pas un quart d'heure, Lyric ! Tu n'as pas tenu un quart d'heure avant de plonger dans les ennuis jusqu'au cou.

— Ce n'est pas sa faute, intervient Bex. Elle essayait d'arrêter une bagarre. Elle a été héroïque.

Il ne l'écoute pas.

— Il va falloir qu'on ait une discussion sérieuse tous les deux. Bex, tu vas pouvoir rentrer toute seule ?

— Elle vient dormir à la maison.

— Sûrement pas ce soir ! Je regrette, Bex, mais nous avons des affaires de famille à…

— Pas de problème. Mon téléphone, s'il vous plaît, dit Bex en tendant la main.

— Papa…

Mon père me fait taire d'un geste et fouille dans sa poche. Il passe deux téléphones à Bex, le sien et celui de Shadow.

Je panique.

— Bex, attends !

— T'inquiète, dit-elle malgré l'angoisse qui se lit sur son visage.

Elle fait signe à Shadow, qui attendait à proximité, et tous les deux s'enfoncent dans la foule avant de disparaître.

— Russell est rentré.

Mon père affiche une expression incrédule.

— Tu aurais pu me le dire plus tôt, Lyric.

— Et t'interrompre en plein sermon ?

Il gronde :

— Je passerai chez Tammy ce soir pour m'assurer qu'elle et Bex vont bien. Ne me regarde pas comme ça, je ne savais pas qu'on l'avait relâché.

— Tu devrais réfléchir avant d'agir. Ça ne te rappelle rien ?

Il se penche sur moi et m'attrape par les poignets.

— Tu crois que c'est le moment de plaisanter ? Je fais le maximum pour que tu comprennes la gravité de la situation, et tu n'arrêtes pas de me mettre des bâtons dans les roues.

— Que voulais-tu que je fasse ? Laisser cet abruti se faire tuer ?

— Je voudrais que tu grandisses un peu, Lyric. Les choix que tu fais dans la Zone entraînent des conséquences. Et cette fois, je ne vois pas comment nous pourrons y échapper.

— Comment ça ? Que s'est-il passé ?

Il pousse un soupir de frustration et nous ouvre un chemin à travers la foule.

Ma mère campe dans le couloir devant la porte de notre appartement. Elle a son téléphone, une bouteille d'eau et des yeux de biche aux abois. En nous apercevant, elle souffle longuement. Peut-être bien pour la première fois de la journée.

— Qu'est-il arrivé ? s'inquiète-t-elle.

Elle se lève d'un bond et prend mes mains dans les siennes.

— Tout va bien, dis-je avant de m'écarter. J'ai évité la prison.

— Non, tout ne va pas bien, maugrée mon père.

Ma mère m'adresse un regard peiné.

— Qu'as-tu fait encore ?

Une porte s'entrouvre, et Mme Novakova passe la tête dans le couloir.

— Que se passe-t-il ici ? croasse-t-elle.

— Rien du tout, réplique mon père d'un ton cinglant. Lyric et moi venons de rentrer du lycée, madame Novakova.

Elle nous dévisage d'un sale œil puis se retire dans son antre.

Mon père se tourne vers nous et pose un doigt sur ses lèvres, manière de nous rappeler que les murs ont des oreilles. Il nous fait entrer chez nous, referme la porte, met la chaîne en place et verrouille la serrure. Ensuite il tasse une serviette sous la porte pour qu'on ne puisse pas entendre notre conversation depuis le palier.

— J'ai reçu un coup de fil de M. Doyle, commence-t-il.

— Qui est ce M. Doyle ? demande ma mère.

— Le nouveau principal, j'explique. Il est flic.

Mon père secoue la tête.

— Pas flic, non. C'est un militaire, ou peut-être un agent de la CIA. Je ne sais pas encore.

Ma mère s'assoit sur le canapé.

— Que voulait-il ?

— Il voudrait que notre bonne Samaritaine ici présente…

Je me renfrogne.

— J'ai juste arrêté une bagarre. L'un des garçons était un Nixe, et…

— Oh non, Lyric ! gémit ma mère.

— Il fallait bien que je fasse quelque chose.

— Que croyais-tu pouvoir faire exactement face à un Nixe ? s'écrie-t-elle. Je t'ai pourtant parlé d'eux !

— Je n'ai pas réfléchi…

— C'est bien le problème, me coupe mon père. (À le voir s'écrouler dans son fauteuil, on croirait que c'est le siège qui l'a happé.) Maintenant, ce Doyle va fourrer son nez dans nos vies. Il m'a appelé au boulot. Il connaît ma carrière sur le bout des doigts. Il sait depuis combien de temps je fais ce métier, à qui je rends des comptes et combien de fois on m'est passé devant dans l'ordre des promotions. Il sait même que ton grand-père était flic !

— Mais que veut-il ? s'enquiert ma mère.

— Que Lyric laisse le prince des Alphas la suivre partout au lycée.

Ma mère secoue la tête.

— Non.

— C'est ce que j'ai répondu aussi, alors il a appelé Mike, et cinq minutes plus tard Mike me convoquait dans son bureau pour m'expliquer sans détour que je ne pouvais pas refuser. Ensuite, le maire m'a appelé pour me dire la même chose, et aussi un certain Armstrong, du ministère des affaires étrangères.

— D'accord, inutile de paniquer. On va s'en sortir, affirme ma mère.

Mais cela sonne comme un vœu pieux.

— Non, Summer, pas cette fois. Si Doyle se penche sur ta vie, il verra tout de suite que tu n'as pas d'existence officielle. On devrait…

— Je ne peux pas m'en aller avant d'avoir retrouvé ma famille ! proteste-elle.

S'ensuit un long silence pendant lequel mes parents se défient du regard. Ma mère est tous les soirs sur Internet, à scruter les dernières séquences tournées par les télés ou les blogueurs locaux. Elle a repéré un couple d'Alphas qu'elle connaît, mais aucune trace de ses parents ou de sa sœur. Mon père fait de son mieux pour se montrer patient et la soutenir – il dit toujours que nous ne partirons pas sans elle –, mais là, je vois bien qu'il est à bout.

— Nous avons survécu jusqu'ici sans que personne remarque rien, continue-t-elle, sur la défensive.

— Et si ce prince s'aperçoit que c'est une Sirène ? Vous vous ressemblez comme deux gouttes d'eau.

Ma mère secoue la tête.

— Leonard, nous ne sommes pas toutes identiques ! Et puis, comment veux-tu qu'il devine que Lyric est ma fille ? Il n'était même pas né à mon départ. Il ne peut pas savoir à quoi je ressemble. Calme-toi un peu.

Il plaque les deux mains à plat sur la table, si fort qu'un verre en tombe et se fracasse sur le sol.

— Je ne peux pas me calmer !

Ma mère se lève d'un bond, mais mon père lui fait signe de se rasseoir.

— Je vais nettoyer ça, dit-il avant d'aller chercher la balayette et la pelle dans le placard.

Pendant qu'il ramasse les bouts de verre, sa colère se change en lassitude.

— Ce n'est pas uniquement à cause de Doyle et de ce garçon. Je ne voulais pas vous en parler, mais nous avons arrêté trois hommes ce matin. Le premier s'était perché sur le toit d'une maison dans la rue juste à côté de Hylan.

Il avait un arc et des flèches. On l'a emmené au poste, et il nous a raconté que son devoir de chrétien lui dictait de tuer les monstres. Le deuxième était un vétéran de la guerre du Golfe, avec sa propre arme personnalisée, qui venait « combattre l'invasion ». Le troisième descendait Surf Avenue avec une machette et nous a expliqué que les enfants alphas transmettaient toutes sortes de maladies et avaient besoin d'être purifiés. Sans oublier ces tarés de Niners, dont le nombre a doublé cette semaine. Ils ont mis le feu à deux véhicules de police ce matin et explosé la rotule d'une vieille dame parce qu'elle brandissait une pancarte disant « Nous sommes tous des créatures de Dieu ». Ils s'en prennent même aux soldats le long de la plage. Voilà comment se déroule ma journée, quand j'apprends que notre fille nous a cousu des cibles dans le dos. Alors oui, j'aimerais bien me calmer, mais on ne m'en laisse pas la possibilité.

Je cours me réfugier dans ma chambre avant de ne plus pouvoir retenir mes larmes. Je m'adosse au battant et me laisse glisser au sol, en poussant fort, comme si une vague risquait de s'écraser dessus de l'autre côté. Puis je pleure, car que faire d'autre quand la vie est injuste ? « Qu'ils aillent se faire voir, murmure le maximonstre. Ils ne comprennent rien. » Là est le problème, pas vrai ? Le maximonstre, malgré tous mes efforts pour le refouler, reste bien vivant, à m'encourager à combattre tout ce qui se déroule autour de moi, et, malheureusement, je l'écoute. « Tu n'aurais pas dû changer. Il est plus important de rester fidèle à soi-même que d'être en sécurité », me dit-il, et j'ai du mal à ne pas être d'accord. Suis-je vraiment irresponsable à ce point ? Je tourne et retourne la réponse dans ma tête, regrettant que ce soit oui. L'amère vérité, c'est que mon père a raison.

Je nous ai tous mis en danger parce que je refuse de voir la réalité en face. Il est temps de grandir et d'assumer un peu. Décrocher de bonnes notes ne suffit pas. M'habiller en clocharde ne suffit pas. Je dois me plier à tout ce que me disent mes parents, sans discussion. Aujourd'hui, on a bien vu ce qui se passe quand je ne les écoute pas.

Je vais commencer par préparer mes affaires. Au cas où les craintes de mon père se concrétiseraient et où on viendrait nous chercher. Je me lève d'un bond et ramasse mon sac à dos. Maman et papa me répètent sans cesse de le tenir prêt en permanence et, bien sûr, je ne l'ai pas fait. Je jette un coup d'œil à l'intérieur. Un vrai fouillis, avec une foule de choses oubliées depuis longtemps – crayons, pinces à cheveux, chaussures devenues trop petites –, et d'autres parfaitement inutiles, comme des croquis ou un journal intime que je n'ai plus ouvert depuis deux ans.

Je sors tout ça. Mais je ne peux pas me résoudre à toucher à l'objet tout au fond. Il repose là comme un bébé cobra fraîchement éclos, prêt à frapper. Mon père m'a appris à viser et à tirer, mais chaque fois que je le vois, je commence à suer à grosses gouttes. Je ne veux pas imaginer avoir à m'en servir, le braquer sur quelqu'un et presser la détente.

— D'accord, je te vois. Tu es là où tu es censé être. Restes-y, je murmure.

Je rafle deux jeans dans un tiroir, un pour moi et un pour Bex, puisqu'elle viendra avec nous – ce point n'est pas négociable. J'ajoute quelques T-shirts, un sweat-shirt à capuche et un blouson. Puis une paire de tennis, des chaussettes et des sous-vêtements. Le sac se remplit vite, et je réalise qu'il va me falloir beaucoup d'autres choses : une brosse à dents, du dentifrice, des tampons, du savon, mon téléphone, mon chargeur, mes produits pour lentilles de contact, mes lunettes… Où vais-je bien pouvoir fourrer tout ça ? Impossible de faire tenir ma vie entière dans un seul foutu sac.

J'ouvre mon armoire et contemple ce qu'elle contient : les robes, les chemisiers, les sandales. Je vais devoir laisser tout ça. La plupart de ces vêtements ne feraient qu'attirer l'attention sur moi, de toute façon. Je prends un chapeau de paille souple orné d'un ruban bleu ciel. Je le pose sur ma tête pour m'admirer dans le miroir. J'aurais pu être si jolie avec. Je l'aurais porté pour une sortie en amoureux, peut-être avec Gabriel.

Nom d'un chien ! Voilà que je recommence à pleurer, et avant d'avoir pu réfléchir je déchire mon chapeau et le jette dans un coin. Je m'attaque ensuite au reste de mon armoire. Je lacère sans pitié un chemisier en soie. Je tords des cintres, j'arrache des manches de sweat-shirts. Des boutons rebondissent sur le parquet. Vestes, jeans, robes fourreaux, je dois tout détruire. Je voudrais les arroser d'essence et y mettre le feu, ouvrir ma fenêtre en grand et laisser le vent emporter les cendres de ce qui ne sera jamais.

Mon téléphone grésille pour me signaler un texto.

REGARDE DEHORS.

Gabriel. Il est dans la rue en contrebas, adossé à un panneau Stop. Je peux voir d'ici son sourire arrogant. Voilà plusieurs jours qu'il ne m'a plus donné signe de vie, mais il n'a jamais été très doué pour envoyer des textos. « Il est surtout doué pour embrasser et te faire oublier tout le reste. Aimerais-tu oublier tout le reste un moment, Lyric ? »

Je jaillis de ma chambre et franchis la porte de l'appartement sans laisser à personne le temps de protester. Mon père me rattrape devant l'ascenseur.

— Où vas-tu comme ça ?

— Je sors.

— Où ça ?

— Loin des secrets de famille, dis-je en poussant le bouton de fermeture de la porte.

— Quoi se passe encore ? crie Mme Novakova tandis que l'ascenseur se referme au nez et à la barbe de mon père.

Gabriel m'attend sous un lampadaire.

— Oh, ils ne t'ont pas laissé ta tenue de prisonnière à ta sortie ? J'espérais que tu la porterais encore.

Je l'attire contre moi en pleine rue et presse ses lèvres contre les miennes, fort.

— La prison t'a changée, apprécie-t-il.

— Emmène-moi loin d'ici.

Il sourit et se penche tout près. Son souffle au creux de mon oreille est chaud comme la braise.

— Je connais un endroit.

Je sais bien ce que ça veut dire. Gabriel connaît une infinité d'endroits, coins sombres, quais de métro abandonnés et autres lieux plus ou moins discrets pour nos séances de pelotage et d'embrassades haletantes. Il se sert de moi puis disparaît, parfois pendant des semaines, mais ce soir c'est mon tour.

— Allons-y.

Je lui prends la main et on pique un sprint dans la rue comme si on était poursuivis. On remonte une ruelle, une autre, puis Gabriel saute très haut et attrape une échelle d'incendie qu'il fait descendre jusqu'à nous. Des particules de rouille et de peinture nous dégringolent dessus en cascade au milieu des crissements métalliques. Gabriel grimpe comme un écureuil, m'encourageant à l'imiter. Je le suis de mon mieux. Nous nous retrouvons sur le toit, avec le ciel au-dessus de nos têtes, Coney Island qui s'étale sous nos yeux et pas un immeuble à proximité d'où on pourrait nous voir.

Gabriel s'avance au bord du toit et embrasse d'un geste la ville comme un conquérant.

— La classe, hein ?

— C'est ta garçonnière ?

Je vois des chaises de jardin rouillées, et des cannettes de bière vides à perte de vue. Il y a aussi un paquet de papier à rouler sur la corniche, et une paire d'Air Jordan crasseuses qui doivent bien avoir une vingtaine d'années.

Mon Peter Pan de quartier sourit, puis s'assoit et m'attire sur ses genoux. Il ne m'offre rien de romantique, rien qui puisse me réconforter pendant les heures de solitude et de déprime. Gabriel est comme il a toujours été : impatient et torride. Il est tout en lèvres, langue, doigts et respiration haletante, un bruit qui occulte le monde entier. J'ai envie de me fondre dans ce garçon, de l'embrasser à en oublier qui je suis. J'ai envie de m'immerger au creux de son cou. Je jette un coup d'œil autour de nous. Peut-être qu'on pourrait se fabriquer un secret que cela ne me dérangerait pas de garder, un moment auquel me raccrocher, un dernier souvenir de mon irresponsabilité d'adolescente. Ce n'était pas comme ça que je me représentais ma première fois, sur un toit sale et poussiéreux avec un garçon qui ne connaît même pas mon deuxième prénom, qui ne m'a jamais demandé quand tombe mon anniversaire ou comment je me suis fait ma petite cicatrice à la lèvre.

« Mais quelle importance ? Demain tu seras peut-être morte, ou prisonnière dans l'un de ces camps dont tu as entendu parler. Alors que, pour l'instant, tu es libre et en vie. C'est tout ce que tu peux espérer à Fish City. »

Non, c'est ridicule. Je vais attraper un coup de soleil dans le dos et une mouette va me lâcher une fiente dans les cheveux. En plus, ce garçon n'est pas amoureux de moi. Tout ça, c'est une routine pour lui : s'embrasser, se caresser, déboucler sa ceinture, se déshabiller, puis cesser d'envoyer des textos et recommencer depuis le début. Je suis sûre de ne pas être la première fille qu'il amène ici.

Il fronce les sourcils.

— Migraine ?

— J'essaie juste d'ignorer une petite voix dans ma tête.

— Pardon ?

— Je crois que je suis prête.

Il me dévisage d'abord d'un air confus, puis un sourire s'étale sur son visage.

— Prête, prête ?

— Il me faut juste une seconde.

— Bien sûr, pas de problème, bredouille-t-il. C'est cool. Je peux faire quelque chose ?

— Non. Enfin, oui. Laisse-moi une seconde toute seule, j'ai besoin de réfléchir. Tu as des préservatifs ?

Il se lève, fouille dans sa poche arrière et m'en montre un. Je voudrais le pousser du toit, mais je continue à m'escrimer sur ma ceinture.

— Je vais attendre là-bas, dit-il en s'éloignant vers une cheminée noircie.

Il en sort une paire de jumelles qu'il porte à ses yeux et braque vers la plage.

— C'est *vraiment* ta garçonnière !

Il glousse. Oh, il est si bête, si adorable et si mignon. Certains soirs, allongée sur mon lit, j'attrape le tournis rien qu'à sentir son odeur sur mes vêtements. « Imagine-la directement sur ta peau. » Mais quelque chose ne va pas.

Ça ne correspond pas du tout à ce que j'avais imaginé. Je pensais qu'il y aurait un lit à baldaquin, des draps blancs immaculés, plusieurs vases de tulipes fraîchement coupées. De la musique, des chansons douces de Joseph Arthur, avec quelques vieux morceaux de Jay-Z pour pimenter un peu les choses. Au lieu de quoi j'ai droit à une vieille chaussette collée sur le bitume, un sachet de pain de mie qui vole au vent et un plumeau abandonné dans un coin. Sans oublier l'alarme de voiture qui nous parvient de la rue en contrebas.

« Mais peut-être que tu ne peux rien espérer de mieux dans la Zone. »

— Tu sais, ce que tu as fait aujourd'hui, ce n'était pas malin.

— On me l'a déjà fait comprendre, dis-je en me débattant avec le bouton de mon jean.

Mes doigts ne coopèrent pas comme ils devraient.

— Tu aurais dû laisser Deshane lui faire sa fête. Il ne l'aurait pas volé. S'il veut venir dans notre lycée, il a intérêt à apprendre les règles, tu ne crois pas ?

— Je n'ai vraiment aucune envie de parler de Ghost alors que j'essaie de retirer mon jean, je rétorque. Qu'est-ce que tu regardes ?

— Viens voir.

Je traverse le toit, je prends les jumelles qu'il me tend et manipule la molette jusqu'à faire le point sur la plage. Il y a une sacrée animation là-bas, entre les Selkies qui se battent avec leurs armes épouvantables, les enfants qui courent après un ballon de foot dégonflé, les femmes qui allaitent de gros bébés aux mines réjouies, les Nixes et les Sirènes qui s'agenouillent dans une espèce d'église.

— Tu les espionnes souvent ?

— Parfois, je viens m'asseoir ici et je les observe toute la journée.

Je repère le prince. Il porte son armure de coquillages et s'agenouille devant la vieille dame en tenue de bonne sœur. Sans doute s'agit-il d'une sorte de prêtresse. Elle pose les mains sur sa tête et prononce des paroles que je n'entends pas. Il a l'air dévasté. Je peux percevoir sa tristesse d'ici. J'éprouve un sentiment de gêne : je suis en train de commettre une indiscrétion.

Gabriel récupère ses jumelles.

— J'adore quand ils essaient de se comporter comme des humains. On croirait voir des singes habillés en hommes. C'est hilarant.

Je lui plaque la main sur la bouche pour qu'il se taise. Je voudrais m'écrier : « Ferme-la ! Tu es train de tout gâcher. »

— Quoi ? demande-t-il.

Il serait en train de violer mon intimité à moi aussi, si j'étais là-bas. Il me trouverait à mourir de rire. Je serais sa petite guenon dans son zoo personnel.

— Je ne peux pas faire ça, je murmure.

— Hein ? Il baisse ses jumelles. Qu'est-ce qui te prend ?

— J'ai changé d'avis, dis-je, avant de reboutonner mon pantalon.

Mes doigts m'obéissent sans aucune réticence cette fois. Intéressant.

— Hé, où tu vas comme ça ? s'exclame-t-il en me voyant partir vers l'échelle d'incendie.

— Je rentre chez moi. J'ai du ménage qui m'attend.

9

Le lendemain matin je me réveille avec une F3 qui tambourine au point de jonction de ma colonne vertébrale et de mon crâne, et Bex pelotonnée contre moi dans mon lit. Elle porte encore ses vêtements de la veille. Je suppose que papa n'a pas aimé ce qu'il a trouvé en passant chez elle. C'est une offre de paix que j'accepte avec gratitude.

Il est tôt, sans doute fait-il encore nuit dehors, et en temps normal je maudirais mon corps pour m'avoir réveillée – le sommeil a tendance à soulager mes migraines –, mais là, je vais plutôt en profiter. Notre appartement est si exigu qu'il faut nous passer les uns par-dessus les autres pour accomplir les tâches les plus simples. Quand on ajoute Bex à l'équation, c'est-à-dire la plupart du temps, cela revient à vivre à quatre dans une caravane. Il est rare d'avoir un moment de calme pour s'asseoir et réfléchir, et ce matin j'ai besoin de me remettre les idées en place.

Je me rends au salon sur la pointe des pieds et pousse la table basse de manière à pouvoir m'installer en tailleur. Je n'ai plus pris le temps de méditer depuis des mois. Je me concentre sur ma respiration et m'efforce d'être présente. Un peu d'*om* m'aidera à faire du tri dans mes problèmes.

Je dois rencontrer mon nouveau meilleur copain – le prince alpha – aujourd'hui.

Il faut que je sois prête.

Je tiens à montrer à M. Doyle que je sais jouer en équipe. Si je lui donne ce qu'il veut, il me laissera tranquille.

Je peux y arriver. Je peux y arriver.

C'est mon mantra.

Je peux y arriver et, au pire, je peux toujours faire semblant. Je suis douée pour ça et j'ai un excellent professeur en la personne de Bex. Je n'aurai qu'à lui emprunter son sourire pour la journée, celui qui masque tous les soucis. En dehors de Shadow, je suis la seule au lycée à savoir que la vie de Bex n'est pas un chemin de roses. Oui, c'est ça ! Je n'aurai qu'à devenir Bex Conrad aujourd'hui. Je me fais couler un bain pour ramener ma F3 au niveau d'une F1, tout en m'entraînant à sourire. Le temps de m'habiller, je commence sincèrement à croire que tout va bien se passer. Alors je retourne dans ma chambre, j'ouvre la porte en grand et je crie :

— Debout là-dedans ! C'est l'heure d'aller en cours !

Je trouve Bex assise à même le sol, en train de fouiller dans mon sac à dos d'urgence.

— Je me cherchais des sous-vêtements propres, se défend-elle.

Je me précipite pour lui arracher le sac et remets à l'intérieur tout ce qu'elle en a sorti.

— Lyric…

À la tête qu'elle fait, je comprends tout de suite qu'elle a trouvé l'arme.

— Bex, ce sac à dos est destiné aux…

Je ne sais pas quoi lui raconter. Je bredouille quelques explications embarrassées, je m'interromps, j'envisage de lui dire toute la vérité, mais avant que j'en aie l'occasion, elle se lève et m'indique mon armoire.

— Et ça, je peux ?

C'est un peu sarcastique, un peu agressif, comme si elle me demandait : « Tu es sûre de ne pas cacher d'autres trucs délirants là-dedans ? » Mais c'est aussi une porte de sortie. Je lui en suis reconnaissante, même si j'ai l'impression que nous nous tenons de chaque côté d'une ligne de faille et que le sol est en train de trembler.

— Il me faut quelque chose à me mettre aujourd'hui, continue-t-elle. Je ne peux pas rentrer chez moi tant que Russell n'est pas calmé.

J'acquiesce de la tête.

— Prends ce que tu veux.

— Qu'as-tu fait de tes jupes ? demande-t-elle en fouillant parmi les rescapés de ma petite crise. Tu n'avais pas une minijupe bleue quelque part ?

Puis elle pivote face à moi en haussant les sourcils.

— Attends une minute ! Tu as bien dit « ce que je veux » ?

— Je l'ai dit.

— Y compris ta petite robe années 20 ?

— Elle est à toi. Cadeau d'anniversaire avant l'heure.

— Sérieusement ?

Je fais oui de la tête, parce que je ne pourrais pas le lui confirmer de vive voix sans éclater en sanglots. La voir sortir ma robe de l'armoire et la plaquer sur sa poitrine avec un petit cri d'excitation me brise le cœur. J'ai l'impression qu'on m'arrache mon bébé, mais c'est un sacrifice nécessaire. « Tout ce que tu voudras, Bex, si ça peut nous ramener sur la terre ferme. »

Comparée à la foule d'aujourd'hui, celle d'hier semblait presque tranquille. Il y a au moins deux fois plus de gens rassemblés devant le lycée, tous plus impressionnants, plus hargneux et plus bruyants. Et la plus impressionnante, la plus hargneuse et la plus bruyante, le gouverneur Bachman, est de retour dans un tailleur bleu immaculé avec un mégaphone flambant neuf en rouge, comme les T-shirts des Niners.

— L'Amérique a reçu les Alphas à bras ouverts. C'est ce que nous faisons toujours. Donnez-nous vos pauvres, vos exténués, qui en rangs pressés aspirent à vivre libres ! Voilà ce qui nous rend tellement exceptionnels : le monde entier connaît l'Amérique comme un endroit où l'on peut démarrer une nouvelle vie. Je leur ai personnellement tendu un rameau d'olivier, mais ils m'ont tourné le dos. J'ai voulu leur montrer ce que notre nation peut offrir à ceux qui travaillent dur et nous prêtent allégeance, mais ils sont trop arrogants. Ils se donnent le nom d'Alphas, les Premiers Hommes. Ils se croient meilleurs que nous. Toutes leurs actions des trois dernières années le proclament. Ils n'ont aucune envie de faire partie de notre nation. Par contre, ils sont prêts à en tirer profit, ça oui ! Aujourd'hui ils voudraient bénéficier d'un enseignement gratuit ! Eh bien, je dis que ça suffit. Ils veulent nous prendre de haut ? Très bien ! Les lycées humains pour les jeunes humains !

« Je demande solennellement au Président, au Congrès et au maire de New York de renoncer à cette expérience vouée à l'échec et de laisser aux enfants de Coney Island le système éducatif que leurs parents ont travaillé si dur pour leur offrir.

— Pas de singes des mers chez nous ! crie quelqu'un.

Bachman sourit.

— Pas de singes des mers ! répète-t-elle en écho, et la foule reprend ce slogan.

Un journaliste se fraie un chemin jusqu'au premier rang et interroge le gouverneur.

— Gouverneur, où en est votre projet de construction d'une palissade électrifiée le long de la plage ?

— C'est un combat qui rencontre beaucoup de résistance, mais le peuple de New York finira par l'emporter, répond Bachman avec un sourire.

— J'ai examiné les plans. Vous projetez de la construire à moins de cinq mètres des vagues.

— Et elle fera dix mètres de haut, ce qui dépasse tout juste la hauteur maximale à laquelle peut sauter un Alpha, à ce qu'on m'a dit, déclare joyeusement le gouverneur.

— Ça les repoussera pratiquement dans la mer.

Le visage de Bachman affiche un étonnement exagéré.

— Vraiment ? Eh bien, vous savez, ce terrain appartient à la population. Cela représente de l'argent, que les contribuables souhaitent récupérer. Les parcs d'attractions qui fonctionnaient à cet endroit rapportaient des millions de dollars en taxes. Ils représentaient un trésor culturel et historique.

Bex éclate de rire.

— Un trésor culturel et historique ? L'attraction la plus populaire consistait en un terrain vague où les gens payaient cinq billets pour tirer des billes de peinture sur un vieux clown.

Un bourdonnement noie le grondement de la foule

à l'arrivée des gardes selkies, qui font sensation comme la veille. Viennent ensuite Terrance Lir et les six élèves alphas. Ils avancent entre deux dizaines de soldats. Quand ils passent devant nous, je repère le prince et nos regards se croisent. Impossible de deviner ce qu'il pense, par contre son amie me fixe d'un œil noir. Est-ce sa petite amie ? Sans doute. Il n'y a qu'une petite amie pour se montrer aussi jalouse de son territoire.

Bachman leur barre l'entrée et, comme hier, deux flics lui passent les menottes. Encore une victoire pour elle ! La foule réclame sa libération. Plusieurs personnes entourent la voiture de police dans laquelle on l'embarque jusqu'à ce que des agents commencent à les arroser de gaz au poivre. La colère de la foule se focalise à présent sur la police et les soldats.

Mon père me prend la main.

— Lyric…

— Papa, ne t'en fais pas, je sais ce que j'ai à faire. Il n'y aura plus de problèmes.

Il hoche la tête.

— Sois prudente.

— C'est mon deuxième prénom.

Quand Tommy l'Irlandais nous donne le feu vert, Bex et moi courons vers le lycée. Aujourd'hui, je réussis à entrer sans me prendre un poisson-chat.

Shadow nous attend devant la classe d'Ervin. Il manque s'étrangler en découvrant Bex. Elle est tout en jambes et yeux bleus, un top model de lycée avec une robe qui lui descend au ras des fesses.

— Yo, dit-il une fois parvenu à effacer son expression ahurie.

— Qu'en penses-tu ? demande-t-elle en tournoyant sur elle-même.

Les perles s'embrasent comme un feu d'artifice.

Il hausse les épaules.

Elle grommelle et rentre en classe en faisant claquer ses talons.

Je souffle à l'oreille de Shadow :

— Tu ne trompes personne, tu sais ?

Il secoue la tête et me répond sur le même ton :

— Si, elle.

Je ne peux pas m'empêcher de sourire. Il est raide dingue d'elle. Je le vois à sa façon de rire à ses blagues et de la dévorer des yeux quand elle ne regarde pas. Il n'arrête pas de la guetter quand elle n'est pas dans les parages, et dès qu'elle est avec lui, il affiche le même sourire que mon père lorsqu'il aperçoit ma mère. Mais il est fort. Ce garçon sait ce qu'il fait. Il est en train de la rendre cinglée par son indifférence. Je voudrais juste que son plan ne prenne pas autant de temps.

— Dis-lui simplement ce que tu ressens.

— J'attends qu'elle me le dise en premier, répond-il avant de s'éloigner d'un pas nonchalant.

Je lui crie :

— J'aurais bien besoin d'une belle histoire d'amour en ce moment, même si je dois la vivre par procuration !

La salle de classe est en proie à un silence de mort : pas de chahut aujourd'hui, aucun objet qui vole, aucune insulte. Tout le monde est assis bien sagement à sa place. Deshane est absent et, comme c'est lui le meneur des fauteurs de troubles, ses acolytes ont l'air perdus. Gabriel, lui, est manifestement fâché. Il entre juste avant la sonnerie et refuse de me regarder. Il garde les yeux au sol comme si le sens de la vie se trouvait inscrit sur ses Doc Martens.

— J'en connais un qui fait la gueule, observe Bex en le désignant de la tête.

— Je lui ai un peu fait croire que ç'allait être son jour de chance hier soir, je marmonne.

Elle le dévisage et se met à pouffer.

— Le pauvre. Où il t'a emmenée, cette fois ?

— Sur un toit couvert de chiures d'oiseaux.

— Et ce n'était pas assez bien pour toi ? Mazette, princesse Lyric, tu n'es vraiment pas facile à satisfaire !

Je capte le regard de Gabriel. Il se renfrogne, avant de ramener son attention sur ses chaussures. C'est drôle. Hier encore, j'aurais été prise de panique à l'idée qu'il m'en veuille. Aujourd'hui, j'ai d'autres soucis en tête.

M. Ervin arrive accompagné du soldat, de Luna et de Ghost. Apparemment, les nouveaux n'ont pas le droit aux Tombes. Jorge grommelle quelque chose dans sa barbe. Je me retourne et constate qu'il porte un T-shirt des Niners avec une sirène noire dessus. Elle a le corps barré d'un trait, et dessous on peut lire : LES POISSONS À LA MER !

Terrance Lir entre à son tour. Il examine les lieux avec la même nervosité que la veille, puis adresse un signe à quelqu'un dans le couloir. L'instant d'après, le prince pénètre dans la classe et vient se placer près de ses amis. Il les domine de toute sa taille, les épaules en arrière, bien campé sur ses pieds. Il nous toise comme si nous devrions nous sentir privilégiés d'être en sa présence. Terrance lui chuchote quelques mots à l'oreille et le garçon hoche la tête.

— Vous pouvez disposer, dit le prince.

M. Lir s'incline bien bas et se retire, mais pas avant

d'avoir jeté un coup d'œil dans ma direction. A-t-il l'intention de me dire quelque chose ? Je me rappelle la mise en garde de mon père et baisse la tête sur mon pupitre, un peu honteuse. J'adore cet homme, et je dois lui tourner le dos. Mais mon père n'a pas confiance en lui.

— Jeunes gens, je vous présente encore un nouvel élève, annonce M. Ervin.

— Vous parlez d'une connerie ! crie Jorge.

Dans sa fureur, il donne un tel coup de pied dans le pupitre vide à côté de lui qu'il l'envoie rebondir contre le mur.

— Boucle-la, fiston ! aboie le soldat.

Il a déjà la main sur son fusil.

M. Ervin continue sans se laisser émouvoir.

— Il s'appelle Fathom. Son père est le Prime, le roi des Alphas. Donc, Fathom est un prince, un membre de la famille royale, et on m'a demandé de vous dire qu'il était habitué à plus de respect que vous n'en témoignez sans doute à vos amis.

— Hé, mon prince, je t'emmerde ! lance Jorge.

Fathom le fixe.

Jorge s'esclaffe.

— Oui, tu m'as bien entendu. Qu'est-ce que tu vas faire ?

— Fiston, c'est mon dernier avertissement, le prévient le soldat.

— Que tout le monde s'assoie, s'il vous plaît, conclut M. Ervin.

Ghost et Luna prennent place au premier rang tandis que Fathom se glisse sur un siège à côté de moi. Mon pouls s'accélère ; je suis sûre que je deviens rouge comme une tomate. Je voudrais me cacher sous mon pupitre et mourir, et, en même temps, je ne peux pas m'empêcher de lui jeter des petits regards en coin. Ses mains sont striées de cicatrices blafardes, et je peux distinguer l'horrible plaie béante par laquelle sortent ses lames. Ses bras sont durs comme le roc, avec des triceps saillants, et ses traits… Oh, voilà qu'il me regarde comme s'il attendait que je lui dise quoi faire. J'enfouis mon visage dans mes mains.

— Où est Deshane ? interroge Jorge.

— Il ne reviendra pas, répond M. Ervin.

— Est-ce qu'on l'a emmené en prison ? demande l'une des filles du dernier rang – Lynn, je crois.

— En effet, reconnaît M. Ervin. Mais il en est sorti aujourd'hui pour aller chez son oncle. Après consultation, il a été décidé qu'il serait mieux dans un environnement éducatif différent, c'est pourquoi on l'a transféré dans un nouveau lycée.

Jorge se lève et pointe le doigt sur Ghost.

— Et lui ? C'est quand même lui qui a commencé.

Ghost se hérisse et crache :

— Si tu considères que je t'ai offensé, tu n'as qu'à me lancer un défi.

— Amène-toi, mon poulet ! crie Jorge en envoyant valser un autre pupitre.

— Cette fois, ça suffit ! s'écrie le soldat.

Il vient soulever Jorge par le col. L'autre essaie bien de se dégager, mais le soldat est trop fort pour lui. Le garçon réussit tout juste à se débattre et à hurler pendant qu'il l'entraîne dans le couloir.

— Ça me va très bien. Je ne tenais pas à rester avec ces ordures, de toute façon. Ils puent !

— Ce ne sont que des animaux sans fierté, Votre Majesté, de vulgaires concombres de mer qui parlent, déclare Ghost à Fathom, avant de promener son regard sur nous. Et lâches, en plus. Hein, vous autres, qu'en dites-vous ? Est-ce vrai que les humains ne sont forts qu'en paroles ?

M. Ervin abat bruyamment un livre sur son bureau.

— Ghost, assieds-toi !

— Je n'ai pas d'ordres à recevoir de toi, réplique le Nixe. Tu bredouilles comme un poisson-lune et tu es à peine moins moche qu'un…

— Silence ! ordonne Fathom. Cet homme est un enseignant, comme les enfants de Céto, et il mérite ton respect.

Ghost semble abasourdi par la réprimande.

— Votre Majesté, on ne peut pas comparer ces animaux à Céto !

— J'ai trois défis qui m'attendent au camp, fils de Nixe. M'en proposes-tu un quatrième ?

Ghost secoue la tête. On peut lire de la panique dans ses yeux.

Un autre soldat arrive pour remplacer le premier.

— Assez discuté ! Le prochain qui veut faire le mariole part directement pour les Tombes.

À la sonnerie, la rancœur se répand dans les couloirs comme une boue nauséabonde reflue des égouts après une trop grosse pluie. Elle s'écoule de chaque salle, bouillon d'agressivité dirigé contre les Alphas et qui menace d'engloutir tout le monde. Mes camarades de classe n'apprécient pas le renvoi de Deshane, même si la plupart d'entre eux l'ont probablement souhaité à un moment ou à un autre. Quelqu'un doit endosser le blâme, et les Alphas arrivent en tête de liste. Luna se fait poursuivre et traiter de pute. Un crétin essaie de déclencher une bagarre avec le grand Selkie.

Ghost ne peut pas faire un pas sans être bousculé. Mais c'est la plus frêle du lot, la petite Céto – dont j'apprends qu'elle se prénomme Bumper –, qui se fait harceler le plus. Malgré sa discrétion, son apparence troublante la désigne comme cible : un nez plat, un visage flasque comme du flan. Ses épaules et son cou sont couverts d'excroissances noires et sa peau est translucide. Pourtant, comme Ghost, elle recèle un pouvoir mortel. Si les autres la poussent à bout… Non, je ne dois pas m'en mêler.

Personne ne cherche des noises à Fathom. Peut-être à cause de son port altier, ou de sa démarche pleine d'assurance, à moins que ce ne soient ses cicatrices qui proclament haut et fort qu'il serait disposé à rendre les coups. Quoi qu'il en soit, on le laisse à peu près tranquille, même s'il focalise beaucoup l'attention. Partout où il va, les gens le dévisagent fixement, ce qui est malheureux parce qu'il me suit partout comme un petit chien.

— J'ai l'impression que tu as un admirateur secret, observe Bex en lui jetant un coup d'œil par-dessus son épaule. Pfff… Même dans cette robe, je ne peux pas rivaliser avec Lyric Walker.

— Oh, je te le laisse si tu veux, je maugrée.

— La maison ne reprend pas les articles, rétorque-t-elle avant de me quitter pour son cours de chimie.

Je jette à mon tour un coup d'œil par-dessus mon épaule. Il est là, pas d'erreur. Ne se rend-il pas compte que les gens le remarquent, à m'attendre à côté de la fontaine à eau ou à l'extérieur des toilettes des filles ?

Je m'éclipse dans un couloir moins fréquenté, puis me retourne et grommelle à voix basse :

— Il ne faut pas me suivre comme ça ! Tu comprends ? Tout le monde nous regarde.

Il jette un regard circulaire ; il a besoin de preuves. Après avoir constaté par lui-même, il hoche la tête et me fait signe de ne pas rester plantée là. De toute façon, M. Doyle l'a inscrit avec moi en littérature anglaise, biologie, histoire, et il sera dans la même salle d'étude que moi en fin de journée. Je me rends à mon cours d'expression orale en étant sûre de le retrouver debout sur l'estrade, mais Doyle m'arrête dans le couloir.

— Je vais vous donner un peu d'intimité, au prince et à vous, pour que vous puissiez faire connaissance, m'apprend-il.

— Qu'est-ce que ça veut dire ?

Il ignore ma question et m'entraîne dans l'escalier vers le deuxième étage. Nous arrivons devant une porte gardée par une dizaine de soldats en compagnie de Terrance Lir. Quand il me voit, il se redresse un peu et m'adresse un sourire plein d'espoir. Encore une fois, je détourne les yeux. Je ne m'étais encore jamais montrée aussi méchante envers qui que ce soit, et je me remémore en un éclair plusieurs exemples de sa gentillesse : les histoires qu'il nous lisait à Samuel et à moi quand j'allais dormir chez eux, le phoque en peluche qu'il m'avait acheté à l'occasion d'une fête d'anniversaire à l'aquarium, les gaufres à la banane et au Nutella qu'il nous préparait pour nos goûters sur la plage.

— Il est à l'intérieur, annonce M. Lir d'une voix douce.

Je l'ai blessé.

M. Doyle m'encourage.

— Nous serons juste là.

— J'y vais toute seule ?!

— Les soldats restent ici en cas de problème et si vous

avez le moindre souci de communication vous pourrez toujours compter sur M. Lir. Tout ira bien.

Terrance Lir m'ouvre la porte. Je respire un grand coup et me repasse la promesse de M. Doyle en boucle dans ma tête. « Tout ira bien. Tout ira bien. Tout ira bien... » Je vais juste passer une heure... seule... en compagnie d'un garçon dont les bras se transforment en machettes. Je me glisse à l'intérieur et Terrance referme derrière moi.

Fathom est furieux. Il déchire le papier kraft des fenêtres en grognant comme un chien enragé. Il est complètement différent du garçon hautain planté à côté de moi lors de notre dernier cours.

— Laisse ça, s'il te plaît. C'est fait exprès pour que les cinglés ne puissent pas nous voir.

Il m'ignore et continue d'arracher le papier jusqu'à ce que nous soyons pleinement exposés. Puis il se dresse devant l'une des fenêtres, les poings sur les hanches, avec un sourire de défi.

— Il y a des types dehors avec des fusils qui se feraient un plaisir de nous tirer dessus.

Il se tourne vers moi et rejette la tête en arrière, comme si ce que je venais de dire était parfaitement ridicule. Après quoi il ouvre la fenêtre en grand et sort la tête au soleil.

Je me rue hors de la salle en claquant la porte derrière moi.

— Qu'y a-t-il ? s'inquiète M. Lir.

— Il a arraché tout le papier des fenêtres.

— Pourquoi ? demande l'un des soldats.

— Je ne sais pas.

Je cherche M. Doyle du regard, mais il est parti. Bien sûr ! Il m'a donné un tour de clé dans le dos, et maintenant il me laisse avancer toute seule. Si Fathom me renverse au passage, ce n'est pas son problème.

Terrance Lir tend la main vers la porte.

— Je vais lui parler, Lyric.

Je lui jette un regard implorant. « Ne m'appelez pas par mon prénom, monsieur Lir. Ne laissez pas voir qu'on se connaît ! »

— Non, intervient l'un des soldats. C'est à nous de régler ça. Il entre dans la salle avec ses collègues.

Je me retrouve seule en compagnie de Terrance Lir.

— Comment va ta mère ? me demande-t-il à voix basse.

J'indique discrètement la caméra fixée au plafond. Terrance la découvre et fronce les sourcils.

Derrière la porte j'entends des cris, un bruit de chute, puis d'autres cris. La fenêtre se referme bruyamment. Puis un soldat passe la tête dans le couloir.

— Il aimerait vous parler.

M. Lir s'avance, mais le soldat l'arrête d'un geste.

— C'est à elle que je m'adressais, dit-il en me pointant du doigt. Donnez-nous une seconde. On est en train de remettre le papier en place.

La porte se referme, et Terrance et moi nous retrouvons seuls encore une fois.

Il se tourne vers le mur, dos à la caméra.

— Ton père t'a dit de ne pas m'adresser la parole, c'est ça ? murmure-t-il.

Je ne réponds rien.

— Lyric, je suis toujours ton ami.

— C'est bon, annonce le soldat en ressortant dans le couloir avec ses collègues.

De retour dans la salle je vois deux pupitres couchés sur le flanc et le contenu d'une corbeille à papier répandu sur le sol, mais les fenêtres sont de nouveau masquées par du papier kraft. Fathom, toujours aussi agité, marche de long en large.

— Pourquoi sommes-nous là ? demande-t-il.

— Moi, on m'a obligée. Et toi ?

— Moi également, mais dans quel dessein ?

Je me retiens de pouffer. Il s'exprime avec l'emphase d'un personnage de Shakespeare. Il a aussi un accent à couper au couteau, quelque part entre l'accent britannique et l'accent irlandais. Je me rends compte que Ghost et Luna ont le même, et que j'en ai entendu quelques traces dans la façon de parler de ma mère.

— Ils s'imaginent que si nous passons un peu de temps ensemble tous les deux, tu auras peut-être envie de me ressembler.

Doyle n'aimerait sans doute pas m'entendre dévoiler son plan secret, mais la sincérité me semble une bonne approche.

— N'ont-ils pas peur que ce soit plutôt toi qui aies envie de me ressembler ?

— Il faut croire que non.

« Je te ressemble déjà beaucoup trop, mon vieux. »

Je m'assois derrière le pupitre le plus proche de la porte. Fathom traverse la pièce et vient s'asseoir à côté de moi. Il regarde les fenêtres, les ampoules poussiéreuses qui pendent au plafond. Il plisse les paupières et se tourne vers moi avec une expression douloureuse.

— Très bien, fais-le, déclare-t-il.

— Que je fasse quoi ?

— Me donner envie de te ressembler.

Je ris, jusqu'à ce que je comprenne qu'il ne plaisante pas.

— D'accord, bon, y a-t-il quelque chose que tu aimerais savoir sur moi ?

— Non. En revanche j'apprécierais que tu m'appelles Votre Majesté, ou mon prince, grommelle-t-il.

De nouveau, j'éclate de rire, mais cesse devant son air renfrogné.

— Tu étais sérieux... Écoute, il n'en est pas question. En Amérique, on n'appelle plus personne « Votre Majesté ». On en est plutôt fiers, d'ailleurs.

— J'exige d'être traité avec respect ! rugit-il en cognant du poing sur son pupitre.

Effrayée, je me lève d'un bond.

— Calme-toi ! je m'exclame.

Il se dresse si brusquement que je me protège le visage avec les mains, certaine qu'il va s'en prendre à moi, mais à la place il bondit jusqu'aux fenêtres et recommence à arracher le papier.

— Arrête !

Voyant qu'il ne m'écoute pas, je file vers la porte, impatiente de m'en aller.

— Où vas-tu, humaine ? me crie-t-il. Je ne t'ai pas donné la permission de partir !

J'attrape un marqueur effaçable au bord du tableau blanc près de la porte.

— Voilà ce que je pense de ta permission, mon prince !

Et j'écris « Va te faire foutre » en grosses lettres majuscules. Puis je sors en claquant la porte.

— Je pense que ça suffit pour aujourd'hui, déclare Terrance Lir aux soldats.

— D'accord, admet l'un d'eux, une femme.

Elle a un visage grave, mais elle me sourit avec bienveillance.

— Dites à Doyle que j'ai essayé ! dis-je, inquiète à l'idée de porter le blâme pour l'emportement de Fathom.

— Je lui expliquerai ce qui s'est passé, promet-elle.

— Le processus va prendre du temps. Tout ne va pas se régler en un jour, et il y aura sûrement d'autres moments difficiles, ajoute Terrance.

— Je peux aller aux toilettes ?

Sans attendre la permission, je pique un sprint jusqu'aux toilettes des filles. Je passe devant la fliquette de garde et m'engouffre dans un box. Enfermée à l'intérieur, je m'efforce de calmer ma respiration.

La journée s'éternise. Je me traîne d'une classe à l'autre, incapable de me concentrer. On me parle mais je n'entends pas ce qu'on me dit. Un professeur me demande si j'ai pris de la drogue et je suis trop abattue pour nier. Quand les cours se terminent, j'éprouve un tel soulagement que j'en pleurerais presque. J'attrape mes affaires et me rue dans les couloirs, me faufilant entre tout le monde pour sortir plus vite. Bex et Shadow me retrouvent à l'entrée. Ils voient tout de suite que quelque chose ne va pas, mais j'invente une histoire à propos d'une tonne de devoirs. Je ne leur ai pas encore parlé de Fathom. Je n'en ai pas envie. Je voudrais garder ça dans un petit compartiment secret et jeter la clé. Si personne n'est au courant de la mission qu'on m'a confiée, je pourrai faire comme si elle n'existait pas.

Mon père nous attend juste derrière les barrières avec une voiture de patrouille, l'expression soucieuse.

— Des ennuis ? demande-t-il.

— Pas de menottes.

Et je lui montre mes poignets.

Je vois bien qu'il a mille questions à me poser, mais il

n'insiste pas. Il rend leurs téléphones à Bex et Shadow et leur propose de les reconduire chez eux. Sans hésiter une seconde, ils sautent dans la voiture et poussent l'air conditionné à fond.

— On peut allumer la sirène ? supplie Bex.

— Comme si tu avais besoin de ça pour attirer l'attention dans cette robe, dit Shadow.

Le visage de ma copine s'illumine. Il l'a fait attendre toute la journée pour lui offrir ce compliment. Il est fort. Je voudrais juste avoir l'énergie nécessaire pour apprécier la démonstration.

Après qu'on a déposé Shadow, je m'échine pendant dix minutes à convaincre Bex de venir dormir chez nous. Tammy lui a demandé de rentrer en lui promettant que Russell ne serait pas là, alors elle a dit oui. Je trouve qu'elle est cinglée, vu que Russell a une fâcheuse propension à resurgir au moment où tout le monde croit être enfin débarrassé de lui. Mais je finis par céder. Mon invitation est purement égoïste. Bex ferait un super écran contre l'interrogatoire que je vais devoir subir une fois rentrée à l'appartement.

Papa laisse la voiture au poste de police ; nous faisons le reste du chemin à pied sans échanger un mot. Je suppose que ses questions peuvent attendre. Même maman se retient de m'interroger en voyant mon visage. Je crois que mon expression est plus éloquente que tout le reste.

— Je vais te faire couler un bain, annonce-t-elle.

Quelques minutes plus tard, je sanglote dans l'eau froide pendant qu'elle me tient la main.

10

Au petit matin, je suis réveillée par une F3. Bonjour, Lyric, laisse-moi te coller une bonne droite juste derrière l'œil. Ça fait mal ? Eh bien, serre les dents parce que je vais recommencer d'une seconde à l'autre. La douleur me rend nauséeuse ; des flashs traversent mon champ de vision. D'après la météo, la température devrait monter à trente-neuf degrés aujourd'hui. À midi je serai en train de m'offrir une F4.

Je me rends dans la cuisine. Papa a la tête dans le frigo. Maman se colle un verre d'eau glacée contre le front.

— S'il vous plaît !

Ils savent ce que je veux. Nous avons la même discussion tous les jours.

— On ne peut pas se permettre de remplacer notre appareil à air conditionné, Lyric. On pourrait avoir besoin de l'argent, dit mon père.

Je tombe à genoux et joins les mains en prière.

— Pour l'amour de Dieu !

— Au moins, toi, tu as la possibilité de sortir, bougonne ma mère. Alors que je suis assignée à résidence jusqu'à la dispersion de la foule.

— Habille-toi, me dit mon père. Je voudrais partir de bonne heure.

Je me sens encore moins encline que la veille à faire un effort pour ma tenue, alors j'attrape les premières fringues qui me tombent sous la main, je me donne un coup de peigne et je m'envoie une aspirine avec une gorgée d'eau. Quelques minutes plus tard, nous sommes en route pour le lycée sous une chaleur qui atteint déjà les trente-sept degrés. Je rêverais de pouvoir me scotcher un ventilateur sur la tête.

On pourrait croire qu'il fait trop chaud pour manifester, mais, en arrivant en vue du lycée, nous découvrons encore plus d'excités que la veille, et cette fois ils ont apporté de gigantesques mannequins en forme de poissons ou de sirènes pour les brûler. Certaines de leurs créations dépassent les trois mètres de haut. Elles ont des traits grotesques, des nageoires disproportionnées, et sont armées de crocs et de tridents. Ah, le papier mâché ! Avec un peu d'eau et de farine, il n'y a plus de limites pour donner forme à sa haine. À présent, je me réjouis qu'il fasse aussi chaud. Je lève les yeux vers le soleil et l'encourage à faire de son mieux. Qu'il fasse rôtir tous ces tarés ! Peut-être même pourrait-il mettre le feu aux mannequins et tuer tout le monde dans l'incendie.

Shadow évolue au milieu de cette folie, filmant sur son smartphone, commentant chaque moment dans le micro. Bex le suit de près, vêtue d'un jean et d'un T-shirt gris à manches longues. Elle serait moins couverte en plein hiver. Je l'examine de la tête aux pieds puis lui jette un regard interrogateur.

— Jour de lessive, m'explique-t-elle.

C'est un mensonge. Quand bien même elle n'aurait plus

rien à se mettre, elle ne s'habillerait pas comme ça. Au pire, elle viendrait frapper chez moi aux premières lueurs de l'aube pour piller mes tiroirs. Il y a quelque chose sous ses manches longues qu'elle ne veut montrer à personne, et surtout pas à moi.

Je lui glisse à l'oreille :

— Tu dors chez moi ce soir.

Elle hoche la tête. Sans discuter. Elle sait que cela ne servirait à rien.

Quand Tommy l'Irlandais nous donne le signal, nous fonçons à l'intérieur. Malheureusement, les ennuis nous y attendent : une quinzaine de mes camarades de classe, aux couleurs des Niners, se tiennent dans le passage, les bras croisés, petite armée de T-shirts rouges qui bloque l'entrée. Même M. Ervin a du mal à se frayer un chemin entre leurs rangs. Il en reste sans voix.

Les Niners n'ont pas à attendre bien longtemps. Fathom, Luna et Ghost arrivent avec Terrance Lir et les soldats. Tout le monde voit les T-shirts. Tout le monde se fige sur place.

Jorge ricane doucement.

Le message des Niners circule partout dans les couloirs, les salles de classe et les cages d'escalier. Un garçon a rempli son casier de T-shirts qu'il distribue gratuitement à ceux qui viennent lui en demander, et ils sont nombreux à le faire. La tension est palpable, comme une membrane de haine qui ralentirait chaque pas. Je lève les yeux vers la caméra dans le couloir en me demandant si Doyle a l'intention d'intervenir. J'ai envie de lui crier : « Dites donc, réveillez-vous un peu ! La marmite est sur le point d'exploser ! »

Quand sonne l'heure de mon entrevue avec Fathom, je suis presque soulagée de m'éloigner de tout ça.

— Ne t'en fais pas, Lyric, me dit la femme soldat en me voyant arriver. Nous serons juste derrière la porte. Au fait, je m'appelle Bonnie.

Je hoche la tête, même si je ne suis pas convaincue qu'elle et son équipe soient de taille à maîtriser Fathom. Outre les épées qu'il a dans les bras, il est d'une force incroyable. Comme tous les Alphas. Ma mère peut soulever notre canapé au-dessus de sa tête d'une seule main, et elle est loin d'être aussi musclée que le prince. Non, je ne crois pas que Bonnie parviendrait à lui opposer beaucoup de résistance.

Fathom est allongé à même le sol sous l'une des fenêtres. Il a percé un trou dans le papier kraft, juste assez grand pour lui permettre de voir le ciel. La lumière qui s'en échappe lui peint des reflets jaunes et blancs sur le visage. Il passe la main dans le rayon lumineux, le caresse, le fait danser sur ses phalanges meurtries.

— Comment vous autres créatures parvenez-vous à supporter ça ? demande-t-il.

— Commençons par établir quelques règles, je rétorque. D'abord, fini les insultes. Je ne suis pas une créature, je suis une personne.

Il me dévisage longuement, comme s'il n'était pas tout à fait sûr d'être d'accord.

— Comment vous autres personnes pouvez-vous accepter ça ?

— Accepter quoi ?

— De vivre dans ces petites boîtes. Mon peuple enferme les criminels dans ce genre de prisons pour les punir. C'est considéré comme une torture.

— Ça vaut toujours mieux que de dormir sous la pluie.

Je me glisse derrière le pupitre le plus proche de la porte, loin de lui. Il lève la tête, se renfrogne, puis vient s'asseoir à proximité. C'est là que je remarque le sang sur son autre main et l'ecchymose énorme sur son bras droit. Il a aussi une marque rouge qui dépasse de son col.

— Que t'est-il arrivé ?

Il balaie ma question d'un revers de main. Je me fais trop de souci pour le prendre mal.

— Faisons un tour à l'infirmerie. On devrait y trouver des pansements, et peut-être du mercurochrome.

— Un Alpha ne soigne pas ses blessures.

— Quoi ? Ça risque de s'infecter.

Il secoue la tête.

— C'est un déshonneur. Une marque de faiblesse.

— Qui pense ça ?

— Mon peuple.

— Qui t'a fait ça ? L'un des Niners ?

Il lève les yeux au plafond comme si je venais de lui sortir une mauvaise blague.

— J'ai relevé des défis, explique-t-il.

— Des défis ?

— Oui, l'un de deux fils de Sirène, un autre d'un fils de Triton et un dernier d'un fils de Selkie qui avait le visage dur comme la pierre.

Il baisse les yeux sur ses phalanges à vif.

— Tu t'es battu à mains nues trois fois la nuit dernière ?

— Deux de ces défis n'impliquaient pas les poings.

— Et ça t'arrive souvent ? dis-je en examinant une plaie sur son front qui aurait bien besoin de quelques points de suture.

— Aussi souvent que nécessaire. Je suis le prince des Alphas, c'est mon rôle de me battre pour défendre les décisions de mon père.

— Tu te bats à sa place ? C'est dingue !

Il fronce les sourcils.

— Les humains font beaucoup de choses que je trouve dingues, moi aussi.

— Les humains ne règlent pas leurs problèmes par des défis permanents.

— Non, ils s'habillent de couleurs vives et se jettent des poissons pourris, réplique-t-il avec un rictus. Quelle noble race vous faites !

— Les décisions de ton père ne doivent pas être très populaires si tu te fais tabasser trois fois par jour.

— Le prime ne se soucie pas d'être populaire. Son rôle est de guider le peuple. Toute autre préoccupation l'empêcherait de décider avec sagesse.

Son discours me paraît artificiel, comme s'il se l'était répété plusieurs fois jusqu'à s'en convaincre.

— Et si tu te faisais tuer en prenant sa défense ?

— Mon père serait renversé par ses opposants. Il serait probablement tué, et son corps jeté dans le Grand Abysse. Les Alphas ne suivent jamais un prime sans héritier. La succession au trône doit être assurée, sans quoi d'autres familles plus vigoureuses s'en emparent.

— Donc, ta mort signerait la fin de votre régime.

Il acquiesce de la tête.

— Le nom de mon père serait frappé d'infamie. Son règne serait condamné pendant plusieurs générations, et dans plus de cent ans les enfants apprendraient encore des chansons sur sa folie.

— Ce ne serait pas la fête pour toi non plus, vu que tu serais mort.

— On se souviendrait de moi comme du fils d'un pauvre fou. Mon peuple ferait des chansons sur moi également.

Alors, oui, je ne manque pas de motivations pour rester en vie, même si ma disparition réglerait sans doute un certain nombre de problèmes pour toi. Il paraît que tu n'avais pas envie de me revoir.

— Tu es un peu sorti de tes gonds hier.

— Sorti de mes gonds ? répète-t-il.

Je traduis :

— Tu as pété les plombs, piqué une grosse colère.

— Et tu préférerais éviter la fréquentation de quelqu'un qui sort de ses gonds.

— Oh, je suis entourée d'excités toute la journée. Je ne sais pas si tu as remarqué la foule qui vocifère dehors ? Mais aucun n'a d'épées qui lui sortent des bras.

— Ce ne sont pas des épées.

J'entends un « schhhhliiickkk ! » et les lames sortent de ses chairs. Je laisse échapper un petit cri. C'est plus fort que moi.

— Ce sont des os, des cadeaux du Grand Abysse. Nous autres fils et filles de Triton apprenons à les aiguiser dès que nous sommes assez grands pour tenir une pierre.

— C'est quoi, le Grand Abysse ?

— La source de toute vie, celui qui donne et qui reprend.

— Un peu comme Dieu, quoi.

— Votre Dieu ? Celui qui aime la totalité de sa création, à en croire les excités qui nous traitent de monstres ? Non, le Grand Abysse n'est pas comme lui, ricane-t-il. Le Grand Abysse a des critères plus élevés.

— Mon père dit toujours qu'on ne peut pas en vouloir à Dieu à cause de ses fidèles.

Il lève de nouveau les yeux au plafond.

— Je vais essayer de ne plus sortir de mes gonds.

— Cool.

— Hier, tu m'as demandé s'il y avait quelque chose que j'aimerais savoir sur toi, Lyric Walker, continue-t-il. Qu'as-tu écrit sur ce mur blanc ?

Je lève la tête et vois les mots que j'ai griffonnés la veille sous l'effet de la colère.

— Je n'ai pas encore appris à déchiffrer votre langue, m'explique-t-il.

« Dieu merci ! »

— Je pourrais t'apprendre. Quitte à être coincés ici tous les jours pendant une heure, autant faire quelque chose d'utile.

Il se redresse et me fixe. Son regard est un anaconda : il m'enserre, de plus en plus fort, jusqu'à me couper la respiration.

— Enfin, je pourrais essayer, dis-je, parvenant à m'arracher à son emprise.

Il se renfrogne.

— La dame avec la croix rouge sur sa chemise m'a lu des histoires à votre arrivée. Cela m'a aidé à comprendre votre langue, mais apprendre à lire risque de poser un problème. Beaucoup d'Alphas considèrent comme une trahison le fait d'apprendre quoi que ce soit sur le monde des humains. Et mon père fait partie de ceux-là.

— Ça veut dire que tu serais forcé de te battre contre les tiens s'ils découvraient que tu sais lire l'anglais ?

— Je n'ai pas peur de me battre, gronde-t-il.

Ses yeux flamboient. Je lève les mains en l'air.

— Je n'ai jamais dit ça.

Il croise les bras en faisant la moue. C'est tellement puéril, j'en rirais presque.

— Je peux t'apprendre en secret. Personne n'a besoin d'être au courant.

— Pourquoi ferais-tu cela pour moi ? demande-t-il d'un air soupçonneux.

— Simple échange de bons procédés. Je voudrais que tu cesses de me suivre dans les couloirs. Il y a pas mal d'humains qui verraient d'un très mauvais œil une amitié entre toi et moi. Personnellement, j'ai très peur de me battre, et puis je n'ai pas d'épées dans les bras.

— Ce ne sont pas des épées.

— Bref, qu'en dis-tu ? On pourrait commencer demain.

— Non, réplique-t-il en indiquant les vilains mots inscrits au tableau blanc. Commençons tout de suite.

Le petit sourire supérieur de Doyle me donne envie de vomir. Je regrette de lui avoir parlé de l'envie d'apprendre à lire de Fathom. Je déteste l'idée qu'il est en train de remporter sa petite guerre, et je ne veux surtout pas l'entendre me rappeler qu'il me l'avait bien dit. Je voudrais juste sortir de sa fichue salle de voyeur et rentrer chez moi, mais je ravale mon amertume et lui souris.

— Je ne sais pas trop comment aborder la lecture avec lui.

— Je demanderai à Mme Sullivan de vous procurer quelques manuels sur la question, promet-il. C'est excellent, Lyric. Vous voyez ? J'étais sûr que vous nous seriez d'une grande aide.

Je grommelle :

— C'est vrai, vous l'aviez dit.

Quand la dernière sonnerie annonce la fin de la journée, Mme Sullivan m'arrête dans le couloir. C'est une vieille dame grande et mince, aux cheveux d'un blanc de neige. On dirait qu'elle a reçu un nombre limité de sourires à la naissance. Et qu'elle n'a pas l'intention d'en gaspiller un seul avec moi.

— Prenez-en soin, m'ordonne-t-elle avant de me remettre un sac en grosse toile dans lequel s'entassent des livres illustrés pour les tout-petits ainsi que quelques brochures sur les méthodes phonique et syllabique.

Après quoi elle jette un regard nerveux autour de nous comme si quelqu'un nous espionnait.

— Moi non plus, je n'apprécie pas beaucoup cette sensation d'être une mouche dans la toile de Doyle, dis-je.

Elle grimace, puis s'éloigne d'un pas lourd.

— Comment s'est passée ta journée ? me demande ma mère au dîner.

Nous avons commandé des plats chinois auprès de la dernière enseigne de livraison à domicile encore ouverte dans la Zone. Bex s'empiffre de boulettes à la vapeur, j'engloutis le poulet émincé aux champignons.

— Très bien. Mieux qu'hier.

Nous tournons autour du pot. Les vraies questions devront attendre que Bex soit endormie. Ce qui me convient parfaitement. J'aime savourer mon dîner et terminer la soirée avec l'estomac plein et un large sourire. Une fois gavées à en avoir mal au ventre, nous débarrassons la table puis j'aide maman à descendre les poubelles.

Avec un regard prudent vers la porte de Mme Novakova, je dis à voix basse :

— Il a mentionné le Grand Abysse aujourd'hui.

Maman hoche la tête.

— Celui qui donne et qui reprend.

— Comment se fait-il que tu ne m'en aies jamais parlé avant ?

Elle hausse les épaules.

— Tu n'as jamais manifesté beaucoup de curiosité, Lyric. Après l'incident de la salle de bains…

— Tu t'es transformée devant moi dans la baignoire ! C'était…

— Répugnant ?

— Non. Enfin, si, dans un sens, mais c'était surtout beaucoup trop tôt. Je commençais à peine à m'habituer aux écailles et à la respiration sous l'eau.

Nouveau haussement d'épaules.

— J'ai pensé que tu me le dirais quand tu voudrais en savoir plus.

La culpabilité me fait l'effet d'un caillou dans ma chaussure. La vérité, c'est que je ne voulais pas savoir. C'était plus facile pour moi.

— Eh bien, ça m'intéresse, maintenant.

Elle m'adresse son maxi-sourire, celui qui mobilise aussi ses yeux, étincelants comme des diamants.

De retour à l'appartement, je constate que Bex s'est réfugiée dans ma chambre. Je l'y rejoins et referme la porte derrière moi. Elle a ôté son jean et, couchée dans le noir, elle fait semblant de dormir.

J'allume la lumière.

— N'essaie pas de changer de sujet, je grogne.

— Je n'ai rien dit !

— Je sais, mais tu vas le faire, et je ne te laisserai pas t'en sortir avec ton truc habituel.

— Quel truc ?

— Me raconter que tout va bien, que je m'inquiète pour des bêtises, avant de me sourire comme si j'étais débile. Montre-moi tes bras.

Elle tire sur ses manches pour les descendre le plus bas possible.

— Tu sais ce qu'il y a dessous, dit-elle.

— Il faut que tu en parles à mon père.

Elle s'assoit, ramène les jambes contre son torse et referme les bras autour de ses genoux.

— Je n'en vois pas trop l'intérêt.

— L'intérêt, c'est que Russell se fera arrêter.

— Ce ne sera pas la première fois.

C'est dur à admettre, mais elle a raison. La violence domestique n'est pas une priorité dans la Zone.

— Bex, pourquoi est-ce que Tammy ne fait rien ?

Je m'assois moi aussi, contre elle, pour qu'elle puisse sentir ma présence. Elle secoue la tête.

— Je crois qu'elle n'est pas fâchée que ce ne soit pas tombé sur elle, pour une fois. Ne t'inquiète pas, j'ai un plan.

— Bex !

— Bon, ce n'est pas vraiment un plan…

Son visage se crispe, des larmes se forment sur ses cils, mais elle les refoule. Je déteste que son beau-père les cogne, elle et sa mère, mais je déteste encore plus qu'il transforme ma super-héroïne de meilleure amie en petit oiseau apeuré. Je voudrais l'empoigner et la secouer, la convaincre d'effectuer les démarches nécessaires pour se protéger, mais elle n'a pas besoin d'un sermon. Elle a besoin de moi.

— Je t'aiderai, pour ton plan, dis-en en la serrant fort contre moi.

Elle me serre elle aussi et enfouit son visage au creux de mon épaule.

— Je sais.

11

Je trouve de nouveau Fathom allongé sur le sol. Le trou dans le papier kraft est un peu plus grand et la lumière un peu plus vive. J'imagine le jour où j'entrerai et découvrirai un trou énorme à travers lequel tout le quartier pourra nous voir, mais il sera temps de m'en préoccuper à ce moment-là. Pour l'instant je voudrais poursuivre notre conversation rationnelle de la veille. En plus, il a encore pris des coups. Il a une grosse plaie sur le nez, et la lèvre supérieure fendue. Ses deux oreilles sont à vif et je remarque du sang séché sur les ongles de sa main droite.

— Décidément, c'est la mode des bleus, dis-je en m'accroupissant près de lui.

Il se redresse, sur la défensive. M'intéresser à ses blessures constitue manifeste une violation de son espace personnel. Je fais donc machine arrière et pose le sac de livres de Mme Sullivan sur un pupitre.

— Écoute, on pourrait traiter la question des antibiotiques comme celle de l'apprentissage de la lecture : personne n'a besoin de savoir.

Il secoue la tête.

— Moi, je le saurais.

— Si c'est une histoire de se comporter en homme, alors…

— Tu juges selon tes critères, Lyric Walker. Je sais que tu ne peux pas comprendre parce que tu es étroite d'esprit…

— Étroite d'esprit ? Tu tiens à ce qu'on recommence la guéguerre ?

Il se détend.

— Je vais bien. Ne te fais pas de souci pour mes trophées.

— C'est comme ça que tu appelles tes bosses ? Des trophées ?

— Des blessures remportées au combat.

Je soupire.

— D'accord, passons à la lecture.

Je me penche sur le sac et reconnais les livres immédiatement. Mon père me les a tous lus quand j'étais petite, et une fois que j'ai su lire, je les ai relus moi-même. Je crois que Mme Sullivan a raison : mieux vaut commencer avec des choses simples.

Je lui en passe quelques-uns. Fasciné, il les contemple, les feuillette, les tourne dans tous les sens, palpe le bord des feuilles. Je me rends compte qu'il n'avait probablement jamais encore tenu un livre entre ses mains. D'après ce que je sais, les Alphas se transmettent leur savoir de façon orale. Je me sens honorée d'être la première personne à lui en montrer.

— Que sont ces dessins ?

— On appelle ça des illustrations. Il y en a dans la plupart des livres pour enfants…

Il m'interrompt par un grondement.

— Tu as l'intention de m'apprendre à lire avec des histoires pour les enfants ?

— Hé, du calme, mec. L'apprentissage de la lecture est compliqué. Ça ne rimerait à rien de travailler avec des livres plus difficiles. Tout le monde commence par là.

Il m'agite un livre sous le nez.

— Quelles sont ces créatures ? demande-t-il.

— Des maximonstres.

— Et qu'est-ce qu'un maximonstre ?

— Une sorte de monstre qui vit sur une île.

Ma réponse semble l'alarmer.

— Où se trouve cette île ?

— Elle n'est pas réelle, Fathom. Ce n'est qu'une invention. Une histoire.

— Ridicule ! Je refuse d'être pris pour un imbécile.

Il déchire le livre en deux et balance les morceaux à travers la pièce.

— Ne recommence pas à piquer ta crise ! je crie.

Aussitôt, il se lève d'un bond et me domine de toute sa masse.

— Est-ce encore une manière de dire que je sors de mes gonds ? rugit-il.

Je n'avais encore jamais été la cible d'une hostilité pareille. J'en tremble comme une feuille, au bord des larmes. Qu'y a-t-il chez moi qui le mette tellement en colère ?

— C'est bon, j'en ai marre, dis-je, et je l'écarte pour me diriger vers la porte.

— Reviens ici ! tonne-t-il.

Je sens un souffle d'air et soudain il est devant moi, sa main sur mon poignet. Il ne me fait pas mal, mais j'ai beau tirer de toutes mes forces, impossible de me dégager.

— Lâche-moi ou je hurle.

— J'ai parfois un peu de mal à exprimer ce que je veux dire, Lyric Walker.

Je crie :

— Lâche-moi !

Et puis, sans réfléchir, je pivote et lui envoie mon poing dans la figure. Il a le visage dur comme la pierre ; mon poignet plie douloureusement.

Soudain, la porte s'ouvre et les soldats font irruption dans la classe.

— Tu as entendu ce qu'elle t'a dit, fiston ? aboie l'un d'eux.

Fathom me lâche et recule d'un pas. Il ouvre la bouche pour dire quelque chose mais je ne tiens pas à rester pour l'entendre.

Dans le couloir, je tombe sur M. Lir. Son visage est grave.

— Je vais lui parler, me promet-il.

Bonnie m'accompagne au rez-de-chaussée. La sonnerie retentit et les classes se vident de leurs élèves. Ce ne serait pas bon pour moi d'être vue avec Bonnie, un membre de la Garde nationale, alors elle me suit à quelques pas, donnant l'impression que nous marchons simplement dans le même couloir. Personne ne fait attention à moi.

Je fonce à mon casier où je retrouve Bex et Shadow. Ils sont en train d'effacer une inscription sur la porte avec du papier toilettes. Quand il m'aperçoit, Shadow lâche un juron. Bex s'avance à ma rencontre, tâchant de me boucher la vue.

— Ce n'est pas bien grave, me dit-elle.

— Quoi donc ?

— Juste un crétin qui se croit malin, grommelle Shadow.

J'écarte Bex et repousse la main de Shadow qui me cache le graffiti.

AMIE DES POISSONS

— Avez-vous vu qui a écrit ça ? demande Bonnie en s'approchant.

— Non, répond Shadow.

Le concierge arrive avec un seau et une serpillière, mais Bonnie l'empêche de laver l'inscription.

— C'est une preuve matérielle, explique-t-elle.

Bonnie rapporte l'incident dans sa radio, ce qui ne fait qu'attirer encore plus l'attention. Une petite foule d'élèves ne tarde pas à se rassembler autour de nous ; ils marmonnent en me regardant comme si j'avais été victime d'un terrible accident de la route et que tout le monde ralentissait pour profiter du spectacle. Le pire, c'est de savoir que le coupable se dissimule parmi ces salopards. Si ma main ne me faisait pas aussi mal, je les cognerais tous jusqu'à ce que l'un d'entre eux se décide à avouer.

J'ai l'impression d'assister à la suite en simple spectatrice : j'emprunte un long couloir, je passe devant la bibliothèque, j'entre dans la cantine et je me retrouve attablée devant une assiette de frites que je ne me souviens pas d'avoir payée, face aux visages soucieux de Bex et de Shadow.

— Doyle m'a collé Fathom sur le dos, dis-je.

— Comment ça ?

— Il essaie de faciliter l'intégration des Alphas en les faisant traîner avec des humains.

— C'est pour ça que Fathom est dans chacun de tes cours ? demande Shadow.

Je fais oui de la tête.

— Je me retrouve seule avec lui une heure par jour, aussi. Je lui apprends à lire.

Bex a l'air blessée. Elle me jette le même regard qu'après avoir fouillé dans mon sac à dos. Je tente de me défendre :

— Ça ne fait que deux jours.

Elle ne veut même plus me regarder en face.

— Tiens, tiens, voilà notre amie des poissons ! lance une voix derrière moi.

Je me retourne et découvre une fille au visage de fouine debout derrière ma chaise. Elle s'appelle Svetlana… quelque chose. Je la connais seulement de réputation. L'année dernière, elle a cassé le nez d'une fille en la frappant avec une chaussette bourrée de piles.

Svetlana fixe sur moi des yeux injectés de sang. Elle se balance d'avant en arrière, incapable de rester tranquille. Ses pupilles sont énormes.

— Tu es devenue célèbre, continue Svetlana.

— Fiche-lui la paix ! s'exclame Bex en se levant d'un bond.

— Qui t'a parlé, à toi ? Je ne viens pas lui chercher des poux. Juste la prévenir que ceux qui traînent avec la poiscaille risquent de gros ennuis.

— Tu te crois très maligne mais en fait tu ne sais rien, proteste Bex.

— Dis donc, Lyric, elle cause beaucoup, ta copine, observe Svetlana. Les amis des amis des poissons eux aussi s'attirent de gros ennuis. Surtout ceux qui ont une grande gueule.

— Dégage, junkie, gronde Shadow.

Svetlana s'esclaffe.

— J'ai une petite surprise pour…

Soudain, les portes de la cantine s'ouvrent et les Alphas

font leur entrée. D'abord Fathom et la belle Triton, puis Ghost et Luna, suivis de Bumper et du grand Selkie. Terrance Lir ferme la marche. Svetlana siffle entre ses doigts et une vingtaine d'élèves environ grimpent sur leurs sièges. Svetlana attrape une chaise libre à notre table et les imite. Une fois juchée dessus, elle arrache son T-shirt pour dévoiler le T-shirt rouge des Niners qu'elle porte dessous. Les autres font pareil, puis tous lèvent le poing et l'agitent en cadence.

— On est les Coney Island Nine, crie Svetlana. On n'a pas peur des monstres, et d'ailleurs aucun de vous ne devrait avoir peur. Si vous ne supportez plus de voir leurs faces de crabes, rejoignez nos rangs et on les renverra tous dans l'océan !

Elle a au moins capté l'attention des deux flics.

— Descendez de ces chaises ! ordonnent-ils.

Cinq des fauteurs de troubles obtempèrent, mais les autres refusent, ce qui donne aux couards assez de courage pour remonter.

Quand un rugissement sonore roule dans la salle, l'attention générale se tourne vers les Alphas. Le Selkie charge les Niners du haut de ses deux mètres quinze. Je me lève et m'empresse d'écarter mes amis.

Terrance Lir s'interpose devant lui.

— Surf, on t'avait prévenu de t'attendre à ce genre de choses.

Surf l'empoigne par le col et le soulève du sol.

— Ne me donne pas ce nom de détritivore. Je suis un fils de Selkie, et tu devrais savoir qu'il ne fait pas bon se mettre en travers de mon chemin ! crie-t-il.

Sa voix exprime le même dégoût que son visage.

M. Lir ne se laisse pas démonter.

— Tu es peut-être un Selkie, mais tu es aussi un enfant qui devrait apprendre à respecter les conseils de ses aînés.

— Et toi, apprends à tenir ton rang, rétorque Surf. Tu es devenu arrogant au contact de la racaille humaine.

Le colosse assène à Terrance une gifle monumentale qui l'envoie voler à travers la salle. Il s'écrase sur une table dans un fracas terrible, à une quinzaine de mètres de l'endroit où il se tenait.

Des exclamations stupéfaites retentissent, puis c'est le silence. Même les flics en restent bouche bée. Il leur faut un moment pour s'arracher à leur stupeur et se rappeler de braquer leurs Tasers sur le Selkie.

— Recule ou je te grille ! menace l'un d'eux en tournant autour de Surf.

Surf réplique par un nouveau rugissement, qui sonne comme une mise en garde. Le policier tire et deux fléchettes fixées à de longs fils de cuivre viennent se ficher dans le torse de Surf. On entend un grésillement, mais le garçon ne semble pas en être affecté.

— Descendez cette monstruosité ! s'écrie Svetlana depuis sa chaise.

Soudain, Fathom est debout à côté de moi. Il semble impossible qu'il ait pu s'approcher sans que je le remarque, et pourtant il est là. Il s'avance à la rencontre de Surf.

— Cesse ton défi, ordonne-t-il. Ces humains sont fragiles, fils de Selkie. Et stupides, également. Ils parlent sans réfléchir. Ils ne voient pas les conséquences de leurs actes.

Surf montre les crocs. Il était déjà furieux, voilà qu'il frise l'apoplexie.

— Ils nous insultent !

— Ce ne sont que des mollusques, assure Fathom avec dédain.

Est-ce ce qu'il pense de moi ? Sans doute, car il regarde droit dans ma direction. Je le cognerais bien encore une fois.

— Laisse-les tranquilles, continue-t-il.

— Ainsi donc, le fils joue désormais les conciliateurs ? Ton père sait-il que tu as choisi le camp des humains ?

La petite amie de Fathom se matérialise devant le colosse, provoquant un effet de souffle dans son sillage. Elle se déplace à une vitesse incroyable. Je comprends mieux comment Fathom a pu surgir de nulle part.

— Tes paroles suintent l'irrespect, Selkie. Elles ne resteront pas sans réponse, prévient-elle.

— Je me ferai une joie de répondre à ton défi, Arcade, dès que je me serai occupé de ces détritivores, déclare Surf, puis il se tourne vers Svetlana et sa bande. Sachez ceci : aujourd'hui, vous allez goûter votre propre sang.

Arcade lui décoche un crochet qui le touche en plein visage. Le géant recule de quelques pas mais parvient à rester debout. Il s'ébroue, puis s'élance en avant. Cette fois j'entends les lames d'Arcade sortir de ses avant-bras. Comme celles de Fathom, elles sont noires, acérées et impatientes de causer des dégâts.

Surf se tourne rageusement vers Fathom.

— Tu laisserais ta femelle se battre pour toi ? Tu ne mérites pas la couronne.

— Tu as une trop grande bouche, Surf, rétorque Arcade. Elle ne parvient pas à retenir toutes les bêtises que tu as dans la tête.

— Je vais te tuer ! rugit-il.

— Encore un exemple, déplore-t-elle.

Puis elle bondit sur le Selkie. Son poing l'atteint à la bouche et lui brise plusieurs dents. Il vacille en arrière, mais elle a encore le temps de lui allonger un coup de pied dans le ventre. Il a beau être deux fois plus imposant qu'elle, Arcade le domine sans effort.

— Voilà ce qui se passe quand on m'insulte, gronde-t-elle.

Je retiens mon souffle. Elle s'apprête à le poignarder en plein torse.

— Arrêtez ça tout de suite ! crie Terrance Lir. (Il est debout, toujours en vie par je ne sais quel miracle.) Vous avez promis de ne pas verser le sang dans cette école.

Des soldats font irruption dans la salle, les armes à la main, lançant des sommations cinglantes. Ils encerclent Surf et Arcade et leur ordonnent de s'éloigner l'un de l'autre. Certains de leurs collègues tentent de faire descendre les élèves de leurs chaises, mais les Niners résistent et se débattent. Plusieurs sont plaqués au sol, menottés et traînés hors de la salle. Cela ne les empêche pas de scander :

— LA POISCAILLE, À LA MER ! LA POISCAILLE, À LA MER ! LA POISCAILLE, À LA MER !

Alors qu'on emmène Svetlana devant moi, elle me crache au visage.

— On t'aura un jour, l'amie des poissons !

Je m'essuie la joue. Elle est au courant pour mes entrevues avec Fathom, tout le monde est au courant. La terreur se répand dans mes veines. Je tremble, prise de nausées, envahie par la panique.

— Tu ne te sens pas bien, Lyric Walker ? s'inquiète Fathom.

— Je ne…

La migraine me frappe avec la violence d'un semi-remorque. Je n'avais encore jamais éprouvé une douleur aussi soudaine ni aussi forte. Tout devient d'un rouge incandescent. Je suis aveugle. J'entends un « boum », puis réalise que c'était le bruit de mon crâne en train de rebondir sur le carrelage.

Je suis réveillée par un coup de tonnerre. Lorsque je relève le store, je découvre un ciel violet chargé de nuages électriques. S'il pouvait parler, il proférerait les pires menaces : « Je vais déchaîner l'enfer contre vous. Je vais m'ouvrir et noyer tout le monde comme des fourmis. » Un orage de proportions bibliques se prépare. Je ne peux pas m'empêcher de penser que ce serait encore le mieux pour ce quartier. Je suis prête à me laisser emporter par le déluge.

J'entends un bourdonnement léger et découvre mon téléphone posé sur ma table de chevet. Mon père a dû rentrer, parce que c'est lui qui l'avait pendant que j'étais au lycée. Oh ! c'est vrai, le lycée. Je me suis écroulée comme une masse au beau milieu de la cantine. Je lève la main et palpe une grosse bosse brûlante sur ma nuque. Elle est douloureuse au toucher.

Le téléphone bourdonne encore une fois. C'est peut-être un texto de Bex pour m'apprendre ce qui se raconte sur moi. Mais, en faisant défiler mes messages, je m'aperçois que je n'aurai pas besoin d'elle pour ça. Tout le monde semble s'être donné le mot pour me le faire savoir.

VA TE FAIRE VOIR AVEC TON COPAIN POISCAILLE

AMIE DES POISSONS

SALE PUTE

TU ES MORTE

FAIS GAFFE À TOI, ORDURE

JE VAIS TE COLLER UNE BALLE ENTRE LES DEUX YEUX

Beaucoup de numéros me sont inconnus, mais il y en a que je reconnais. Ce sont des gens du quartier, que je considérais comme des amis : Mark, Kelli, Talia et d'autres, trop nombreux pour les compter. Tous souhaitent ma mort et me promettent d'y prendre part.

Heureusement, il y a aussi les messages de Bex.

ÇA VA ?

TU ES TOMBÉE COMME UNE PIERRE

JE T'AI CRUE MORTE

FATHOM T'A PORTÉE JUSQU'À L'INFIRMERIE.
C'ÉTAIT TORRIDE

Vraiment ? Ça m'étonne. Pourquoi Fathom aurait-il fait ça ?

APPELLE-MOI, TU VEUX ?

JE ME FAIS UN SANG D'ENCRE

TU ME FAIS VIEILLIR AVANT L'HEURE

J'AI TROUVÉ UN CHEVEU BLANC

JE T'AIME. JE T'APPELLE BIENTÔT

Je compose un texto pour m'assurer qu'elle va bien puis je remarque l'heure. Il est midi. Comment peut-il être midi ? Ai-je vraiment fait le tour du cadran ? Oh, Bex ! Elle était censée dormir chez moi hier soir pour échapper à Russell. Je lui envoie le texto, avant de réaliser qu'elle doit être au lycée à cette heure-ci. Elle n'a pas son téléphone sur elle.

On frappe un coup léger à ma porte et ma mère entre, visiblement fatiguée.

— Je suis la pire des amies, dis-je. Bex aurait dû dormir ici la nuit dernière. Russell recommence à la frapper.

Une ride se creuse entre les sourcils de ma mère.

— J'appellerai ton père pour lui dire de la ramener ici après les cours. Pour l'instant, c'est toi qui m'inquiètes.

J'indique mon téléphone.

— Je reçois plein de messages.

— Ne les efface pas. Ton père voudra en garder une trace.

Elle s'assoit à côté de moi et pose sa main fraîche sur mon front. Je savoure la douleur délicieuse que crée ce contact. J'ignore pourquoi mais cela soulage un peu ma migraine.

— Maman, c'était pire que d'habitude, tu sais ? Je crois qu'on va devoir ajouter un niveau F6.

Elle grimace.

— Les migraines de Samuel aussi empiraient, avant que…

Elle n'achève pas sa phrase.

— C'est un truc propre aux Alphas ?

— Plutôt aux demi-Alphas, corrige-t-elle. Tous nos enfants en souffrent à un degré ou à un autre.

— C'est un signe de changement ? Il va me pousser une queue ?

Les mots se prennent dans ma gorge et sortent dans un chuintement. Ma plus grande crainte, plus grande que celle d'être découverte et envoyée dans un camp comme Terrance Lir et sa famille, est de me réveiller un matin transformée en Sirène. Je ne me suis toujours pas remise du jour où ma mère m'a traînée dans la salle de bains et m'a montré ses jambes se souder en une longue queue bleutée qui dépassait de la baignoire. Je ne veux pas être comme elle. Je veux être normale.

— Non, Lyric, tu n'es pas en train de changer, je ne pense pas. Si ces migraines étaient un signe avant-coureur, nous aurions eu d'autres transformations depuis longtemps. Tu les as depuis que tu es toute petite. Toi et Samuel pleuriez toute la nuit, rien ne parvenait à vous soulager. Nous vous avons même emmenés passer un scanner, malgré notre peur que le médecin ne remarque quelque chose qui trahisse votre originalité. C'est dire à quel point nous étions désespérés. Un médecin nous a expliqué que vous aviez une forte activité électrique dans le cerveau, mais rien de ce qu'il a pu prescrire n'a fonctionné. Le yoga sur la plage était la seule chose qui calmait la douleur, avec les bains froids. Terrance disait en plaisantant que vous deviez être à moitié roussalkas.

— Les Roussalkas ? Est-ce un clan ?

— Pas exactement. Plutôt des serviteurs.

— Des esclaves ?

Elle détourne les yeux.

— Je n'ai jamais approuvé, dit-elle.

Je secoue la tête.

— Plus j'en apprends à propos des Alphas, plus ils me dégoûtent. Y a-t-il certains de ces esclaves sur la plage ?

— Non, je n'en ai pas vu. Ils se transforment à peine lorsqu'ils sortent de l'eau. Les humains pousseraient les hauts cris s'ils en voyaient un, alors ils sont probablement toujours dans l'eau, à patienter avec les autres.

— Ils sont plus bizarres que les Nixes ou les Cétos ?

— Pas bizarres – différents.

Je retourne à la fenêtre. Les gens dans la rue portent des parapluies et scrutent le ciel d'un air inquiet. Je remarque toutefois un groupe de personnes qui ne semblent pas s'émouvoir à l'idée de se faire tremper : une demi-douzaine de soldats qui battent la semelle au pied de notre immeuble. Quelques-uns regardent dans ma direction et parlent dans leur radio.

— M'man, il y a des soldats dehors.

Avant qu'elle puisse venir voir par elle-même, on frappe à notre porte.

— M'man ?

— Pas de panique, me dit-elle avant de passer dans le salon d'un pas léger.

Je referme le store en hâte.

— Je viens voir Lyric Walker, annonce une voix quand elle ouvre la porte.

— Oh non, c'est pas vrai !

Je connais cette voix. Je me précipite dans l'entrée.

Fathom se tient sur le seuil, en jean et tennis, avec un sweat à capuche qui lui recouvre la tête. Il jette des regards anxieux dans notre appartement comme s'il s'attendait à y trouver des animaux dangereux.

Je m'écrie :

— Qu'est-ce que tu fiches ici ?

Et je passe la tête dans le couloir. Aucun signe de Mme Novakova, mais ça ne durera pas. Je l'empoigne par le bras, le tire à l'intérieur puis referme la porte et mets la chaîne.

— Celui que tu appelles Doyle a envoyé des soldats pour me conduire jusqu'ici. Je suis prêt pour ma leçon.

— As-tu aperçu quelqu'un en entrant dans l'immeuble ? Une petite vieille qui ressemble à un démon ?

— Qu'est-ce qu'un démon ?

— Et dans l'ascenseur ?

— J'ai pris l'escalier. L'ascenseur était… trop petit.

— Bonjour, Votre Majesté, bredouille ma mère. Puis-je vous offrir à boire, ou quelque chose à grignoter, peut-être ?

Fathom secoue la tête et se tourne vers moi.

— C'est bon de voir que quelqu'un dans ta famille sait me témoigner du respect.

Je me renfrogne.

— J'ai encore dit quelque chose de mal. Je m'excuse, dit-il, levant les mains en protection devant son visage.

— Hum.

A-t-il voulu faire de l'humour ? Non, c'est impossible.

— Votre fille est une vraie guerrière, confie-t-il à ma mère.

— Je l'ai toujours pensé, répond-elle avec fierté.

Il penche la tête en arrière pour examiner le plafond et les murs. C'est là que je remarque une nouvelle entaille sous son oreille. Elle est rouge et enflée. Ses autres plaies sont en train de guérir, mais s'il ne fait rien pour celle-ci, elle va sûrement s'infecter.

— Attends-moi ici.

Je me rends dans la salle de bains, ma mère sur les talons, pour fouiller dans l'armoire à pharmacie.

— Faut-il que j'appelle ton père ?

— Peut-être. Non. Je ne sais pas, m'man. Je ne l'ai pas invité, c'est le principal qui l'a envoyé, tu as entendu. C'est l'heure de notre entrevue. Si je le renvoie, Doyle risque de changer de ton avec moi.

— Que cherches-tu ?

— Des pansements, du désinfectant. Un prétexte pour ne pas rester seule avec lui.

— Il ne voudra jamais se soigner, objecte ma mère en m'arrêtant. Ce serait un déshonneur.

— M'man, il y a un truc qui ne tourne pas rond chez ton peuple, je grommelle. Chaque jour, Fathom se ramène couvert de plaies. Ce truc de gros dur alpha va finir par le rendre malade.

— C'est plutôt un truc spécifique à la famille royale triton, corrige ma mère en fouillant à son tour dans l'armoire. Même si les autres clans souscrivent à l'idée. Quoi qu'il en soit, il considère ses blessures comme des trophées, des preuves de sa bravoure et de sa force.

— Oui, il m'a raconté cette histoire de fous. Qu'est-ce que tu cherches ?

Elle rafle un flacon sur une étagère.

— Le reste des antibiotiques que ton père a pris quand il s'est ouvert la main sur un clou rouillé.

— Tu crois que Fathom acceptera de les prendre ?

Elle secoue la tête.

— Sûrement pas, mais si je les dissous dans un verre d'eau, il ne s'en apercevra même pas.

Quelques instants plus tard, nous sommes de retour dans le salon et Fathom vide son verre d'un trait. Ma mère m'adresse un clin d'œil. Elle vient de droguer un adolescent à son insu et elle en est fière. Mais qui est cette femme ?

Je t'emmène le prince dans ma chambre, parce que j'en ai assez de voir ma mère se cogner partout à force de le dévorer des yeux. On s'assoit sur mon lit, un peu gênés ; il examine le plafond en se massant le cou. Je le vois devenir nerveux et me prépare à un nouveau coup de sang.

— Et si on lisait ? je propose.

Je me lève d'un bond et fouille dans un vieux carton de livres pour enfants que ma mère a voulu conserver. Quand je me retourne, Fathom est debout en train de faire les cent pas. Il s'arrête devant la fenêtre et regarde le store.

— Crois-tu qu'on pourrait ouvrir ça ? demande-t-il.

Il est si agité que je n'ai pas le cœur de refuser, mais en tirant sur le cordon il arrache carrément tout le store. Je tressaille, me rappelant notre dernière entrevue dans la salle de classe.

Ma mère arrive et découvre les dégâts. Elle jette un coup d'œil à Fathom, qui continue de marcher de long en large.

— Et si vous montiez sur le toit, tous les deux ? suggère-t-elle.

— Pour quoi faire ? dis-je.

— Je crois que le prince se sent un peu à l'étroit ici, répond-elle. Il serait peut-être mieux à ciel ouvert.

— Pardon ?

« Il est claustrophobe », articule-t-elle silencieusement quand il nous tourne le dos.

Bien sûr !

J'entraîne Fathom jusqu'à l'ascenseur. En attendant la cabine, je surveille la porte de Mme Novakova. Elle sortira dans le couloir à la seconde où elle entendra le carillon, alors j'ai intérêt à bien calculer mon coup.

— Ne pourrait-on pas prendre l'escalier ? implore-t-il.

— Le toit est au vingt-quatrième, dis-je. Je serais morte avant d'être arrivée en haut.

Je vois la cabine ralentir à notre étage, puis s'ouvrir avec un tintement. Comme prévu, la porte de Mme Novakova s'ouvre à l'instant où je pousse Fathom à l'intérieur. Il est tellement grand et costaud que j'ai l'impression de déplacer une statue.

— Que fais-tu encore à traîner dans les couloirs ? grogne la vieille pie.

Je m'engouffre dans la cabine en lui lançant :

— Bonjour, madame Novakova. J'espère que vous allez bien !

Je l'entends approcher pendant que je m'escrime avec les boutons, pressant à la fois celui du dernier étage et celui qui commande la fermeture des portes.

— Pourquoi n'es-tu pas au lycée ? bougonne-t-elle.

Son horrible visage bouffi apparaît entre les portes en train de coulisser. Je plaque Fathom contre la cloison pour qu'elle ne le voie pas. Elle tente de glisser son pied dans l'entrebâillement, mais elle n'est pas assez rapide et l'ascenseur se referme sous son nez.

— Tu manigances quelque chose, petite !

Fathom hausse les sourcils, intrigué, sans faire de commentaire.

Une fois au dernier étage, j'ouvre la porte de secours qui mène au toit. Fathom cligne des paupières sous le ciel brouillé et son visage se fend d'un grand sourire. Son expression est si belle, si calme et insouciante, que j'en oublie temporairement de le détester.

— Tu es claustrophobe, dis-je.

— Je ne connais pas ce mot.

— Ça veut dire que tu as peur des endroits clos.

— Je n'ai peur de rien, s'insurge-t-il.

— Ce n'est pas une insulte. Tout ce que je veux dire, c'est que je comprends maintenant les crises que tu piques en classe. Tu ne supportes pas d'être entre quatre murs.

— C'est surtout le plafond qui me met mal à l'aise,

admet-il. Je ne suis pas habitué à avoir quelque chose au-dessus de ma tête.

Voilà qui explique beaucoup de choses, pour lui comme pour ma mère. Avant l'arrivée des Alphas, qui l'a confinée dans l'appartement, elle ne supportait pas de rester enfermée. Elle n'était heureuse que sur la plage. Rien d'étonnant à ce qu'elle soit aussi angoissée aujourd'hui.

— Tu es tombée, dit-il en portant son regard vers la plage.

D'ici on peut apercevoir tout le front de mer, la Wonder Wheel, les montagnes russes désaffectées et les vieux musées qui tombent en ruine. Il s'avance jusqu'au bord du toit et contemple l'océan. L'orage gronde. Les vagues roulent furieusement.

— Je me suis évanouie. J'ai souvent des migraines ; la douleur peut être terrible.

— Mais tu te sens mieux, maintenant ?

— J'ai une bosse sur le crâne de la taille d'une clémentine, mais sinon ça va, oui. Tes amis ont-ils été arrêtés ?

— Mes amis ?

— Oui, Surf et…

— Surf n'est pas un ami, c'est un sujet, coupe-t-il sèchement. Et non, aucun Alpha n'a été arrêté.

— Ah, d'accord. Et ta garde du corps, c'est un sujet elle aussi ?

Il me dévisage attentivement, puis hoche la tête.

— Tu parles d'Arcade.

J'acquiesce en silence.

— C'est une amie, répond-il avant de se tourner de nouveau vers la plage.

Ce n'est pas précisément subtil, mais au moins le message est clair : il n'a pas envie de parler d'elle.

— Viens t'asseoir.

Je l'entraîne vers deux vieilles chaises.

— Tu as un nom musical, dit Fathom.

— Pardon ?

— La femme avec la croix rouge m'a dit que ton nom venait d'une chanson.

Il a posé des questions sur moi. Pourquoi s'intéresse-t-il à moi ?

— Oh. Oui, les « lyrics » sont les paroles d'une chanson. Ma mère est un esprit libre.

Il fronce les sourcils.

— Ta mère n'est pas morte.

— Non ! Un esprit libre, c'est quelqu'un qui fait les choses à sa manière. (Je ris, ce qui le met en colère.) Désolée, je ne voulais pas me moquer de toi. C'est juste que... eh bien... j'ai l'impression de dire un tas de choses qui n'ont aucun sens pour toi.

— Rien dans ton monde n'a de sens pour moi, maugrée-t-il.

Bon sang, ce qu'il est susceptible ! Tout ce que je dis touche un point sensible ou, pire, le vexe profondément. Je ne voudrais surtout pas que les choses tournent au vinaigre une fois de plus, pas au vingt-quatrième étage, où il pourrait me balancer dans le vide sans le moindre effort.

— La dame à la croix rouge, Fiona, elle essaye toujours de m'expliquer, mais il y a beaucoup de choses qu'à mon avis je ne pourrai jamais comprendre, déplore-t-il, passant de la colère à la mélancolie.

— Fiona t'a-t-elle expliqué d'où venait ton nom ? Le fathom est une unité de mesure marine : la brasse. Ça veut dire que tu fais six pieds de haut.

— Fathom n'est pas mon nom.

— Je sais bien, mais...

— Ils voulaient m'appeler Thomas, mais j'ai choisi Fathom parce que c'est le mot qui se rapproche le plus de mon vrai nom. Le nom que je ne peux pas prononcer en surface, je le tiens de mon grand-père.

Ma mère m'a dit son vrai nom, un jour. C'était une suite complexe de sons, à mi-chemin entre le grognement, le chant et le gémissement plaintif. Il paraît que ça sonne mieux sous l'eau. Mon père l'a baptisée Summer – été – peu après leur rencontre. Je trouve que ça lui va bien, mais je me demande parfois si elle regrette de ne plus pouvoir utiliser le nom que ses parents lui ont donné.

— Ça pourrait être pire. Ils auraient pu t'appeler Ghost.

— Pourquoi, ce n'est pas un bon nom ? Que veut-il dire ?

Je ris.

— Fantôme.

Il me fixe intensément et je rentre la tête dans les épaules, mais au lieu de se mettre en colère il éclate de rire. On dirait le hennissement d'un cheval sauvage enfermé dans un corral, mais au moins ça vient du cœur. On voit bien qu'il n'a plus ri depuis très longtemps. Il ne se rappelle plus vraiment comment on fait. Je le sais parce qu'il a le même rire que moi.

Je lui souris si longtemps que je finis par en éprouver de la gêne.

— Mettons-nous au travail, dis-je en m'asseyant.

Il s'assoit et rapproche sa chaise. Le sentir aussi près de moi me trouble. Je suis fébrile, comme si j'avais bu un peu trop de café. Ça doit être la faim. À moins que je ne sois en train de tomber malade.

Je pioche un livre au hasard dans la pile que j'ai apportée : *Le Vendeur de casquettes*. C'était l'un de mes préférés quand j'étais petite.

— Que porte ce personnage sur la tête ? demande Fathom en me prenant l'ouvrage des mains.

— Des casquettes.

— Des casquettes ?

— Un autre mot pour chapeaux.

Il hoche la tête.

— Et l'histoire se déroule encore sur une île pleine de monstres ?

— Non, dis-je en lui reprenant le livre. En ce qui concerne les monstres, je crois que j'ai retenu la leçon, merci beaucoup. Je n'ai pas envie de débattre avec toi de la logique de l'histoire. Je veux juste que tu écoutes et que tu suives. Je vais pointer chaque mot en le lisant à voix haute. L'idée, c'est qu'en associant le son à la forme écrite tu sois en mesure de reconnaître le mot quand tu tomberas dessus dans un autre texte. Ensuite, une fois que nous aurons une liste suffisante, nous pourrons aborder… Enfin, commençons par lire pour l'instant.

Nous parcourons ensemble les livres. Les singes voleurs de casquettes semblent le perturber, mais il aime bien *La Chaise de Peter.* Les illustrations de *Poisson Un, Poisson Deux, Poisson Rouge, Poisson Bleu* le laissent perplexe.

— Ce n'est pas un poisson. Les poissons ne sourient pas.

— Ce n'est pas censé ressembler à un vrai poisson. C'est censé être drôle.

— Les poissons n'ont rien de drôle.

Harry le chien qui n'aimait pas les bains le fait sourire. Par contre il reste de marbre devant *Bonsoir, lune*, incapable de comprendre qu'on puisse souhaiter bonne nuit à une chaise et un ballon. Il prend tout au premier degré. Malgré tout, quand il n'est pas en train de faire remarquer que Harry est beaucoup trop malin pour un chien, il suit mon doigt et écoute ma voix. Au bout d'une heure, il se lève et me tend la main. Je la prends. D'un geste attentionné, il m'aide à me relever.

— Je dois retourner au lycée, dit-il. Avant de partir, puis-je voir cette bosse sur ton crâne, Lyric Walker ?

— Heu, si tu veux.

Il s'approche de moi ; son torse me frôle. J'en ai des frissons, et quand il me palpe la nuque en écartant mes cheveux, voilà que cette drôle de sensation d'avoir ingurgité trop de café me reprend. Ses doigts glissent entre les mèches, il incline délicatement ma tête pour mieux voir ma bosse.

— C'est un beau trophée, déclare-t-il.

Quand je me redresse, il a une moue approbatrice.

— Heu, je suis désolée de t'avoir cogné l'autre jour, dis-je.

— Non, tu ne l'es pas.

Il sourit, et je ne peux m'empêcher de rire. Après quoi, sans un mot, il s'élance et saute du haut de l'immeuble.

Je hurle :

— Non !

Je me précipite au bord du toit, juste à temps pour le voir atterrir en souplesse sur l'immeuble voisin. C'est quasiment le même bâtiment que le nôtre, avec quatre étages en moins. Fathom vient de se réceptionner comme un chat après une chute de douze mètres, sans parler de la dizaine de mètres qu'il a dû couvrir à l'horizontale pour ne pas s'écraser contre le flanc de l'autre immeuble.

Je le regarde répéter son exploit ; et ce n'est pas moins terrifiant. Il recommence encore et encore jusqu'à ce que je le perde de vue. Je suis à deux doigts de la crise cardiaque. N'empêche, c'était cool.

12

Mon père enrage.

— Il s'est très bien comporté, plaide ma mère.

— Jusqu'à ce qu'il saute du toit, j'ajoute. Là, il m'a fait peur.

— Je n'en veux pas à ce gamin, explique mon père, mais à Doyle. C'est lui qui l'a envoyé ici. N'importe qui aurait pu le voir entrer dans l'immeuble. Bon sang, j'espère qu'il n'a pas croisé Mme Novakova ?

— Lyric l'a caché, répond ma mère.

— Doyle nous a tous mis en danger. Je ne vais pas le laisser s'en tirer comme ça.

— Leonard...

Il fait taire ma mère d'un geste. Sa décision est déjà prise.

— Tu ne vas pas m'obliger à te faire un sermon sur le respect de l'autorité, quand même ? dis-je.

Il bougonne :

— Mets tes chaussures. On va chercher Bex.

— Pourquoi ne l'as-tu pas prise avec toi à la sortie du lycée ? demande ma mère.

— Elle n'y est pas allée aujourd'hui. Tito croyait

qu'elle était chez nous. Summer, passe-lui un coup de fil et préviens-la qu'on arrive. Il faut que je protège quelqu'un auquel je tiens aujourd'hui, sinon je vais devenir fou.

Bex habite une maison sordide, partagée par trois familles, avec un propriétaire délinquant. Les parties communes sont crasseuses, on trouve un dealer de meth au rez-de-chaussée et l'eau chaude est rare. Je me plains souvent de notre appartement, mais c'est un palace comparé à l'endroit où vit Bex – et nous n'avons pas un sadique qui habite avec nous. En débouchant dans sa rue nous découvrons le sadique en question. Russell est installé dans un fauteuil de jardin en plastique sur le trottoir devant chez lui, roi de nulle part, Sa Majesté sur son trône à dix dollars. Il a rassemblé ses cheveux sales en queue-de-cheval. Il porte un débardeur trempé de sueur et un short de sport qui n'a jamais rempli l'usage auquel il était destiné. On devrait plutôt appeler ça un short de « voyeurisme sur adolescentes », ou peut-être « d'entraînement au comportement de sociopathe ». Quand il nous aperçoit, il fait une grimace et vide sa maxi-cannette de bière sur le trottoir.

— Z'avez vu des poiscailles aujourd'hui ? nous lance-t-il.

— Où est Bex ? demande mon père.

— Je les ai vus à la télé. On a fini par les laisser entrer dans les écoles. Vous savez quoi ? On devrait leur servir des bâtonnets de poisson à la cantine.

Il s'esclaffe. C'est la meilleure blague qu'il ait jamais entendue.

— Je vais entrer la chercher, Russell, prévient mon père.

Russell arrête de rire et grogne.

— Reste là. Bex, ramène tes fesses par ici !

Un instant plus tard, Bex descend l'escalier. Sa lèvre inférieure a doublé de volume. Elle est pâle, les yeux rougis.

— C'est lui qui t'a fait ça, Bex ? demande mon père.

Elle fait non de la tête mais son regard dit oui.

— Satisfait ? gronde Russell, puis il se retourne vers Bex. Remonte là-haut et va aider ta mère à balayer toute cette vaisselle.

— Bex, je ne peux rien faire si tu ne me racontes pas ce qui s'est passé, dit mon père.

— Puisqu'elle te dit qu'il ne s'est rien passé, mec ! crie Russell.

— C'est quoi, ton problème ? je lui lance. Tu en as eu assez de cogner sur Tammy ?

Russell devient tout rouge et bondit de son fauteuil, mais il s'arrête net en voyant mon père se dresser devant lui.

— À ta place je ne ferais pas ça, prévient papa d'une voix menaçante.

Russell se rassoit prudemment.

— Bex, va chercher tes affaires, dis-je.

— Non, elle dort ici, avec sa famille, rétorque Russell. Remonte, ma chérie.

Le visage de Bex est implorant. Je ne suis pas habituée à lire de la peur sur le visage de ma meilleure amie.

— Bex, va chercher tes affaires, ordonne mon père.

— Tu ne peux pas débarquer ici et donner des ordres à tout le monde, proteste Russell.

Mon père le fait tomber de son siège et le plaque sur le trottoir. Lui enfonçant son genou dans les reins, il lui passe les menottes. L'autre multiplie les jurons.

— Tu es en état d'arrestation pour violences domestiques, lui annonce mon père. Tu as le droit de garder le silence.

— Non, murmure Bex. Ça ne fera qu'empirer les choses.

— Bex, tes affaires ! crie mon père. Tout de suite !

Elle file dans la maison pendant que Russell continue ses vociférations.

— Je vais te coller un procès, sale flic ! Tu ne peux pas t'amener comme ça et kidnapper ma gosse.

Mon père l'ignore et sort sa radio. Il réclame des renforts puis suggère à ses collègues d'amener un chien renifleur de drogue. Russell se met à jurer encore plus fort.

— Je parie que ton voisin sera ravi d'apprendre que c'est à toi qu'il doit la fouille de son appartement, se moque mon père.

Bex dévale l'escalier avec un sac de courses rempli de fringues. Sa mère la suit juste derrière, éplorée, le visage barbouillé de mascara, mais ses larmes ne sont pas pour sa fille. Elles sont pour elle-même et pour Russell.

— Tu n'as pas le droit de m'enlever ma fille comme ça ! hurle-t-elle à mon père.

— Tu as raison, Tammy, je n'ai pas le droit. Et si on faisait plutôt les choses dans les règles ? Je pourrais demander à l'assistance sociale d'ouvrir un dossier, de procéder à une inspection, histoire de s'assurer que la maison est propre et le frigo bien rempli. Ils recueilleraient des témoignages, interrogeraient les voisins… L'enquête de routine. On resterait assis là le temps qu'ils confirment que tu es une bonne mère. Je suis sûr qu'il n'y aurait pas de problème, qu'en dis-tu ?

Tammy échange un regard avec Russell, puis se tourne vers sa fille.

— Je veux que tu rentres demain.

— Elle va rester tout le week-end ! je riposte. Peut-être même plus longtemps que ça.

Une voiture de patrouille arrive et deux flics en sortent. Ils relèvent Russell et le poussent sur la banquette arrière.

— Hé, Lenny ! crie Russell avant qu'ils aient le temps de lui claquer la portière à la figure. Il paraît que ta gamine est très copine avec un poiscaille. Tu devrais la surveiller de près. Ce serait dommage qu'elle finisse comme ce pauvre gars qu'on a traîné derrière un camion.

Mon père se raidit, sur le point de s'énerver pour de bon, alors je pose une main apaisante sur son bras.

— Je te retrouve au poste, Russell. Je veux signer moi-même ta feuille d'arrestation, dit-il avant de se tourner vers Tammy. Il vient de menacer ma fille.

— Il est saoul ! s'écrie-t-elle. Il ne pensait pas à mal.

— Sans doute qu'il ne pensait pas à mal non plus quand il a cogné sur Bex, hein ?

Tammy regarde la voiture de police s'éloigner. Russell hurle et donne des coups de pieds dans les vitres, écumant comme un chien enragé.

— Je t'ai laissée gérer ça jusqu'ici parce que nous avons grandi ensemble, continue mon père. Mais tu ne gères rien du tout, Tammy.

— Tu crois que c'est si facile ?

— Rien n'est facile, rétorque mon père. Tes excuses n'intéressent personne, ni moi ni ta fille. Tu es sa mère. Tu es censée la protéger. Alors comporte-toi en mère, pour une fois.

— Tu vas vraiment envoyer les chiens, Lenny ? s'inquiète-t-elle, paniquée.

Il secoue la tête avec dégoût.

— La prochaine fois que je suis forcé d'intervenir, je les amène moi-même. Venez, les filles, on y va.

— Au revoir, Tammy, dit Bex avec raideur.

Ma mère a préparé des spaghettis, le plat préféré de Bex. Celle-ci s'y attaque avec appétit et nous sert son *Bex Show*, une émission pleine de sourires et de bons mots où il est uniquement question de garçons, de garçons, de garçons et de chaussures, et surtout pas des choses terribles qui se déroulent en coulisses. Je lui laisse faire son numéro, mais une fois que nous sommes seules dans ma chambre, je lâche :

— Pas fameux, ton plan.

— Disons que je travaille encore dessus, admet-elle.

— Ah oui ? Tu comptes affiner ta manière de rester les bras croisés en faisant comme si tout allait bien ? Il n'y a qu'à voir ta lèvre pour comprendre que ce n'est pas vrai.

— Je te trouve injuste de t'énerver contre moi. C'est quand même ma lèvre qui a trinqué, tu pourrais m'épargner un peu.

— Bien sûr, que je m'énerve ! Tu es train de devenir son nouveau punching-ball. Tu as un endroit où te réfugier et tu ne t'en sers pas. Et puis, j'en ai marre que tu me tiennes à l'écart de tes problèmes. Je suis ta meilleure amie, bon sang, c'est à moi de t'aider à régler ça. J'en ai le droit !

— Et après, on dit que c'est moi qui tombe dans le mélodrame, plaisante-t-elle.

— Ça n'a rien de drôle !

Elle jette un coup d'œil à mon sac à dos.

— D'accord, je suis une hypocrite ! je bougonne.

— Je n'ai rien dit, se défend-elle, mais son attitude passive-agressive est plus éloquente que des mots.

— Ce sac à dos, c'est pour le jour où ma famille pourra partir.

Même si ce n'est pas toute la vérité, le fait de la formuler à voix haute, c'est libérateur, comme si je sortais de prison. Cela me donnerait presque envie de tout lui raconter, mais je me retiens. Je ne suis pas encore prête. Et elle non plus.

— Parce que vous allez partir ?

— Il nous reste deux, trois petites choses à régler d'abord, mais oui, on va quitter la Zone.

— Oh.

Elle se déshabille, enfile un T-shirt AC/DC que j'ai acheté dans un vide-grenier puis se glisse auprès de moi sous les draps.

— Et tu vas entrer dans un gang ?

Le pistolet.

— Seulement si quelqu'un tente de nous retenir, dis-je.

Elle ferme les yeux ; j'éteins la lumière.

— À ton tour de me dire un truc.

— Je crois que je suis amoureuse de Shadow.

— Pas un truc que je sais déjà, Bex !

— C'est énorme, dit-elle avant de s'endormir.

Je m'assois à côté d'elle et j'attends que mes yeux s'habituent à l'obscurité pour observer son visage détendu. Ce n'est pas ce que je voulais entendre, mais je dois admettre que c'est énorme.

Enfermées à double tour dans mon appartement, nous nous offrons une orgie de séries télé en nous efforçant de ne pas nous appesantir sur le gâchis de nos deux vies. Nous ne parlons ni de Russell, ni de Fathom. Ce n'est pas tout à fait comme autrefois mais nous faisons comme si. Mon père passe quasiment tout le week-end au poste de police. Je l'entends revenir et repartir à des heures délirantes, mais il appelle régulièrement pour s'assurer que tout le monde va bien. Jusqu'à ce qu'on lui demande de nous ficher la paix. Ma mère s'occupe en cherchant méthodiquement toutes les vidéos tournées sur la plage. Elle parcourt les différents sites consacrés aux Alphas, principalement tenus par des habitants de la côte Ouest ou du centre du pays qui trouvent encore charmant d'avoir des « habitants des profondeurs marines » sur nos rivages. Le site de Shadow fait partie de ses préférés. Ce soir, elle reste rivée dessus dans l'espoir de reconnaître sa famille dans la foule.

— Le temps presse, répond-elle quand je l'encourage à faire une pause. Je dois les trouver au plus vite. Nous ne pouvons pas rester ici.

Je repense à Doyle, à Fathom et aux Niners, à Russell qui est au courant de mes entrevues avec le prince et à l'inscription haineuse retrouvée sur mon casier. Elle a raison : le temps presse. Les murs se referment sur nous, et je commence à éprouver un sentiment de claustrophobie.

Le lundi matin me tombe dessus sans crier gare. La peur de retourner au lycée, de me frayer un chemin à travers les manifestants et de risquer à tout moment d'être agressée me paralyse. Quand je me décide enfin à me lever dans le salon, je trouve une dizaine de policiers en train de m'attendre. C'est un cauchemar qui me hante depuis des années : maman et moi sommes percées à jour, la police enfonce la porte pour venir nous chercher. Ils envahissent l'appartement, toujours plus nombreux, passant par les fenêtres, jaillissant des placards, jusqu'à ce que nous soyons littéralement submergées par les uniformes. Mais là, il ne s'agit pas d'un rêve car ces flics sont vraiment debout dans notre salon, à siroter du café tout en reluquant ma mère dans son short de pyjama rose.

— Bonjour, ma chérie, me lance-t-elle, tout sourires,

en resservant du café à tout le monde. Je te présente tes nouveaux gardes du corps. Ils vont assurer ta sécurité sur le chemin du lycée.

— On choisit l'approche subtile, si je comprends bien ?

— Pas question de prendre le moindre risque, réplique mon père en bouclant son ceinturon.

Bex est ravie d'avoir une escorte. Elle adore attirer l'attention. Moi, j'en suis malade. Impossible de rester discrète avec une armée de policiers pour me conduire en cours ; j'ai l'impression de me transformer en cible. Je me dépêche de m'habiller malgré tout. Il fait encore sombre dehors, ce qui veut dire que la plupart des gens doivent encore dormir. Avec un peu de chance, nous serons au lycée avant même que tous les cinglés aient roulé hors de leurs lits. Quelques minutes plus tard, nous sortons dans le couloir, et qui est là, à nous attendre ?

— Vous vous êtes levée de bonne heure, observe mon père.

Les yeux torves de Mme Novakova se posent sur moi, puis sur les flics.

— Qu'a-t-elle encore fait ? C'est drogue ? Pas vendre drogue dans l'immeuble.

— Elle n'a rien fait, répond mon père.

— Dix policiers pour deux filles, c'est pas rien. Vous savez que je finirai par savoir.

— Oh, j'en suis sûr, lâche mon père entre ses dents.

— Vous devriez rejoindre CI9, messieurs. Vous seriez héros, tous, aboie Mme Novakova alors que nous nous entassons dans l'ascenseur. Coney Island n'a pas besoin de police. Police sert à rien, si vous voulez mon avis. Je vous appelle tous les jours. Il y a des gens au 2A et au 14L qui mériteraient interrogatoire. Très suspects, horaires louches, parlent à personne. Et où est police ? En train d'accompagner jeunes filles à l'école !

— Bonne journée, dis-je avant d'écraser le bouton de fermeture des portes.

La vieille sorcière grimace et sort brièvement la langue pour s'humecter les lèvres. Je jurerais qu'elle est verte et fourchue.

Mes gardes du corps inspectent les voitures garées et les coins de rue. Ils changent de trottoir dès qu'ils voient quelqu'un venir dans notre direction. Ils scrutent les fenêtres, guettent la moindre lumière, le moindre mouvement de rideau. Certains grimpent sur les toits et nous surveillent d'en haut. Ils communiquent constamment par radio pour se tenir informés les uns les autres, suggérer des changements d'itinéraire. Ils repèrent une bande d'excités avant qu'elle n'apparaisse. Ils sont huit ou neuf, certains adolescents, les autres adultes. Tous sont vêtus de T-shirts des Niners. Les hommes sont ventripotents et remontés à bloc. Chacun brandit une batte ou un bout de tuyau. L'une des filles tient un morceau de parpaing. Ils nous suivent un moment, finissent par s'enhardir suffisamment pour se porter à notre hauteur.

— Vous cherchez les ennuis ? leur crie mon père.

Leur chef est un colosse trapu, mélange de muscles et de nonchalance. Il affiche une barbe de trois jours irrégulière ainsi qu'un tatouage dans le cou. Il sourit, joue les innocents.

— Non, m'sieur l'agent, on fait juste une petite balade matinale. Vous savez ce qu'on dit sur les bienfaits de l'exercice.

— Et si vous alliez faire votre exercice dans une autre rue ?

— On est dans un pays libre, pas vrai, m'sieur l'agent ?

— Ah bon ? réplique un autre flic en sortant son arme.

La bande s'arrête et nous regarde disparaître dans une rue adjacente.

— Je crois qu'on peut remercier Mme Novakova pour ça, me dit mon père.

Devant le lycée, une poignée de manifestants partagent un café. Il est tôt, ils ne sont pas prêts à nous recevoir. Bachman n'est pas encore arrivée, et sans elle les ultras semblent perdus, presque léthargiques. La plupart des vans de presse sont discrets eux aussi, et je n'aperçois aucun journaliste. Ils doivent être en train de se repoudrer le nez avant leur prise d'antenne. Sans personne pour nous harceler, nous passons tranquillement les barrières. M. Doyle nous attend sur le perron, son sempiternel mug de café à la main. Il en prend une gorgée puis me sourit comme si nous étions de vieux amis.

— Content de vous revoir. Vous vous sentez mieux ?

Mon père lui décoche une droite. Doyle encaisse et parvient à rester debout, mais il lâche son mug, qui explose sur les marches. C'est stupéfiant. Mon père fait facilement quinze centimètres et vingt-cinq kilos de plus que lui, et je doute qu'il ait retenu son coup. Doyle se masse le menton.

— Ne vous avisez plus jamais d'envoyer ce gosse chez moi ! aboie mon père.

— J'imagine que vous êtes le père, fait Doyle.

— Vous savez très bien qui je suis. Ce qui vous donne l'avantage sur moi, parce que j'ignore complètement qui vous êtes. Pour l'instant. Je sais juste que vous faites partie de l'armée ; mais je finirai bien par découvrir le reste.

— Il m'a tout l'air d'être des forces spéciales, commente l'un des flics.

— Et je sais que vous avez le bras drôlement long pour un aussi petit gabarit, continue mon père.

— Laisse tomber, Leonard, intervient Tommy l'Irlandais en s'interposant. Tu ne veux pas d'ennuis avec ce type-là.

— Si, Tommy. J'y tiens beaucoup, au contraire. Il se mêle de la vie de ma fille, et je veux lui faire clairement comprendre que si elle se retrouve blessée à cause de lui, je lui ferai la peau. Il pourra appeler le maire autant qu'il voudra, je le réduirai en bouillie de mes propres mains.

— Je comprends pleinement l'importance que votre famille peut avoir pour vous, monsieur Walker, dit Doyle.

Il y a quelque chose de doucereux dans ses paroles, à croire qu'elles recèlent un sens caché. Mon père n'y prête aucune attention. Il martèle le torse de Doyle avec son index comme s'il essayait d'y enfoncer un clou.

— Je me fiche de savoir où vous prenez vos ordres. Je me fiche de savoir ce qu'on vous a envoyé faire ici. À partir de maintenant, votre mission consiste à garantir la sécurité de ma fille. Dites-moi que vous comprenez.

Doyle le regarde bien en face.

— Je vous conseille de reculer un peu.

Mais mon père ne bouge pas d'un pouce et ses amis policiers encerclent Doyle. Ce dernier jette un coup d'œil par-dessus son épaule à ses soldats ; il leur fait signe de ne pas bouger.

— Dites-moi que vous avez compris, répète mon père.

— Cinq sur cinq, répond Doyle.

— Leonard, faisons rentrer les petites, implore Tommy.

Mon père me serre brièvement contre lui.

— Si tu as le moindre problème, sors du lycée et

appelle-moi. Si quelqu'un essaie de t'arrêter, prends son nom et je m'en occuperai personnellement.

Là-dessus, il jette à Doyle un dernier regard assassin puis descend les marches en compagnie des flics.

— Il déchire, ton père, me glisse Bex alors que nous pénétrons dans le lycée.

Je lui réponds sur le même ton :

— Je sais.

Doyle envoie Bex à la bibliothèque parce que, de son propre aveu, il ne sait pas quoi faire d'elle en attendant la première sonnerie. Puis il m'emmène avec lui à l'ancienne infirmerie, où il allume un à un ses écrans. Chaque salle de classe, chaque recoin de Hylan y apparaît. Je vois le concierge frotter une inscription sur un casier. J'ai la gorge nouée en réalisant qu'il s'agit du mien.

Doyle ouvre un placard et en sort un mug neuf, qu'il va remplir à la petite machine à café branchée dans un coin. Après quoi il s'installe dans son fauteuil.

— Nous savions tous les deux que ce genre d'incident pouvait se produire, commence-t-il.

— Non ! Je le savais et je vous ai prévenu. Vous m'avez ignorée.

— Votre père et moi sommes au moins d'accord sur la nécessité d'assurer votre sécurité.

— Vraiment ? Alors comment se fait-il que tout le monde ait entendu parler de mes entrevues avec Fathom ? À part vous, les soldats auraient dû être les seuls au courant. Donc soit je ne peux pas avoir confiance en vous, soit je ne peux pas avoir confiance dans la Garde nationale.

— Les soldats sont loyaux, Lyric.

— Alors ça vient de vous, je rétorque.

Il me dévisage longuement, un sourire aux lèvres, puis

décroche son téléphone et compose un numéro. Après une courte attente, j'entends un déclic à l'autre bout de la ligne.

— Ferris ? C'est Doyle. À la minute où Mme Sullivan entrera dans le bâtiment, je veux que vous la mettiez en état d'arrestation.

Le professeur d'anglais !

— Oui, son fils est un membre fondateur des Niners et j'ai la preuve qu'elle lui a fourni des informations concernant les élèves alphas ainsi que sur Mlle Walker. Ferris, il est important que vous donniez le maximum de publicité à cette arrestation… Absolument, n'ayez pas peur d'en rajouter. Je veux qu'on en parle dans tout le lycée. Placez-la en détention. Pas de police, pas de FBI. C'est une affaire qui ne regarde que l'armée. Ah, et confisquez-lui également ses clés et son badge. Si elle refuse de vous les remettre, je vous donne la permission de les lui prendre en employant la force qui vous semblera nécessaire. Merci.

Il raccroche le combiné et sirote une gorgée de café. Par-dessus sa tasse, je vois ses yeux pétiller de satisfaction.

— Vous le saviez !

Il secoue la tête.

— J'ai fait une enquête approfondie sur chaque membre du personnel de ce lycée. J'en sais plus à leur sujet qu'ils n'en savent eux-mêmes. Mme Eleanor Sullivan est sortie diplômée de l'université du Michigan en 1974, elle a divorcé deux fois, elle a connu un épisode de dépression qui lui a valu une prescription d'antipsychotiques, et son fils Charlie Sullivan est un capitaine et membre fondateur des CI9. J'espérais qu'elle détromperait mes soupçons. Je ne pouvais pas être sûr avant de…

J'ai envie de bondir de ma chaise et de lui arracher les yeux, mais j'imagine qu'il me ferait arrêter moi aussi.

— Vous êtes conscient de ce que vous avez fait ? Aujourd'hui j'ai dû venir au lycée sous escorte policière. Des membres des Niners m'ont suivie dans la rue.

Il lève un doigt pour me faire taire.

— Ce n'est qu'un problème temporaire auquel on peut facilement remédier. D'ici à la fin de la journée, Lyric, c'est moi qui concentrerai toute la haine dans ce lycée. J'aurai détourné l'attention sur moi. Mais pour cela, nous allons devoir collaborer.

— Nous ? On n'est pas une équipe !

— Le gouverneur Bachman sera ici aujourd'hui. Elle a un mandat du tribunal qui l'autorise à pénétrer dans mes couloirs, visiter mes salles de classe et poser des questions à mes élèves. C'est malheureux, mais il n'y a rien que je puisse faire dans l'immédiat. C'est d'autant plus regrettable que j'ai pour aujourd'hui de grands projets qui régleront nos problèmes. Pour garantir leur succès, j'ai simplement besoin que vous l'occupiez un peu. En contrepartie, je vous offrirai une récompense, dit-il avant de me tendre une enveloppe.

Je la contemple, ne sachant pas à quoi m'attendre.

— Qu'est-ce que c'est ?

— Ouvrez-la.

Elle n'est pas fermée. J'en sors un certificat de naissance au nom de ma mère. Il affiche une date de naissance compatible avec son âge, des faux noms pour ses deux parents et même un lieu de naissance, l'hôpital de Buffalo. Il a l'air parfaitement authentique, depuis le papier jauni jusqu'au sceau en relief de l'État de New York. L'enveloppe contient également un faux permis de conduire avec la photo de ma mère, notre adresse et son poids exact.

— Regardez au fond et vous trouverez aussi une carte

de Sécurité sociale. Elle aura besoin des trois quand vous déciderez de partir.

« Il sait. IL SAIT. »

Mon corps réagit avant même que mon esprit ne lui dise de s'enfuir. En un éclair je me retrouve debout avec la main sur la poignée de la porte, mais Doyle se propulse dans son fauteuil à roulettes pour m'empêcher de sortir.

— Lyric, si vous continuez à jouer le jeu, vous aurez cette enveloppe. Je ne vous demande pas grand-chose, au fond, et cette récompense pourrait vous changer la vie.

Il parle lentement, calmement, pour me donner le temps de bien comprendre ce qu'il me propose.

— Vous n'allez pas nous dénoncer ?

— On m'a envoyé ici dans un but précis, Lyric. Traquer les Alphas et leurs familles ne fait pas partie de ma mission.

Il me reprend l'enveloppe.

— Le marché vous semble-t-il équitable ?

— Qui êtes-vous ?

Il secoue la tête.

— Je dois me mettre au travail, élude-t-il. Le gouverneur sera bientôt là. Débrouillez-vous pour l'occuper et tâchez de gommer ce petit air hébété.

Il m'abandonne dans sa salle d'espionnage, seule. Je le regarde passer d'un écran à l'autre, mobiliser ses soldats, parcourir les couloirs la radio à la main et vérifier les issues de secours. Une fois satisfait, il diffuse un message général par les haut-parleurs du lycée. Il souhaite la bienvenue au gouverneur Bachman et encourage tout le monde à coopérer avec elle. Après quoi il convoque les professeurs et tous les membres du personnel dans le grand hall pour une réunion d'urgence. Je les regarde converger vers le hall. Puis

Doyle les enferme à double tour à l'intérieur. Il poste des gardes armés pour s'assurer que personne ne sorte. Qu'est-il en train de mijoter ?

— Bonjour, mademoiselle Walker, fait une voix.

Je sursaute et me retourne. Le gouverneur Bachman se tient sur le seuil.

— Je suis le gouverneur Pauline Bachman, se présente-t-elle.

Elle me tend une main fine. Ses doigts sont froids et fuyants, mais la voix de mon père résonne à mes oreilles pour me rappeler au respect des représentants de l'autorité, en particulier de ceux qui ont fait profession de marcher sur les autres. Puis c'est Doyle qui m'encourage à faire de mon mieux si je ne veux pas rester dans la Zone jusqu'à la fin de mes jours.

Tout ce que je parviens à marmonner, c'est :

— Hum.

— Je suis très heureuse de te rencontrer, ma chérie, déclare Bachman en découvrant les écrans – d'abord avec perplexité, puis avec un sourire. Très intéressant. Comment vas-tu ? Est-ce que tu passes une bonne journée ? Bien. C'est un vrai plaisir de faire ta connaissance. Toi et moi allons devenir de grandes amies.

Ses paroles, son sourire, son visage : du sucre à l'état pur afin de gagner ma confiance. Elle me fait le même numéro de charme qu'une maîtresse de jardin d'enfants le jour de la rentrée.

— Avant toute chose, je tiens à t'assurer que tout ce que nous dirons ici restera strictement entre nous, continue-t-elle.

— Oh, d'accord.

Elle plonge la main dans la poche intérieure de sa veste, en sort un enregistreur digital et presse le bouton Marche.

— Alors, de quoi voulais-tu me parler ?

J'ai l'esprit vide. Doyle aurait pu me préparer un peu. De quoi suis-je censée avoir envie de discuter avec elle ?

Elle fait une moue boudeuse.

— On m'a raconté ce qui se passe, Lyric, et je veux que tu saches que je n'aime pas cela. M. Doyle n'aurait pas dû t'imposer la fréquentation de… cette chose. Ce doit être terrifiant de le rencontrer seule à seul. On m'a dit qu'il y avait des gardes, mais les Alphas sont tellement imprévisibles, n'est-ce pas ? J'ai envie de t'aider, Lyric, si je peux. Des gens très puissants sont partis en guerre contre la population de cet État, mais cela ne veut pas dire que nous ne pouvons pas rendre les coups. Pas vrai ?

J'acquiesce de la tête, un peu trop longtemps et avec un peu trop d'enthousiasme.

— Donc, on m'a dit que tu voulais me voir, et je suis impatiente de t'apporter mon aide. Est-ce à propos de Fathom ? Tu viens de passer une semaine avec le prince, je crois. Ce doit être affreusement gênant.

— Ah oui ? dis-je, avant de froncer les sourcils.

Je n'arrive pas à m'enlever de la tête le faux permis de conduire. Il a l'air authentique. Il réglerait un tas de problèmes qui causent des ulcères à toute la famille. Il me suffit d'avoir une petite discussion avec le diable en personne sans donner l'impression d'avoir consommé des substances illicites.

— Mademoiselle Walker, j'espère que nous ne sommes pas en train de perdre notre temps toutes les deux, dit Bachman en appuyant sur le bouton Stop de son enregistreur.

— Je suis désolée.

— Pendant un instant, vous n'étiez plus avec moi.

— C'est juste que je suis très fatiguée.

Au même instant, le chaos se déchaîne sur les écrans de Doyle. Les soldats envahissent les salles de classe et soulèvent certains élèves de leurs chaises. Je remarque qu'il s'agit de ceux qui ont un T-shirt rouge. Ils les expulsent dans les couloirs. Je vois Svetlana se débattre comme une diablesse pendant qu'on l'emmène. Jorge est plaqué au sol et menotté. Bachman ne peut rien voir parce que c'est moi qu'elle fixe, avec autant d'intérêt que d'impatience.

— J'ai subi beaucoup de stress ces derniers temps, dis-je.

Bachman avance sa lèvre inférieure pour exprimer une compassion de pure façade. Puis elle relance son enregistreur.

— Lyric, tu peux tout me raconter, n'aie pas peur. La franchise est la plus haute expression du courage. C'est un acte patriotique, alors je ne voudrais surtout pas que tu aies l'impression de trahir qui que ce soit. Je suis sûre qu'une gentille fille comme toi doit éprouver une certaine sympathie à l'égard de ces gens-là. C'est compréhensible. Mais ils ne sont pas comme nous. Ils ont massacré neuf de nos soldats, de sang-froid. Partager ce que tu sais d'eux peut nous aider à faire en sorte que cela ne se reproduise plus jamais. Je t'assure que tu n'es pas seule. D'autres Américains loyaux se manifestent tous les jours. Par exemple, on nous a communiqué récemment une information précieuse… (Elle se penche vers moi avec des airs de conspiratrice.) Les Alphas avaient envoyé plusieurs d'entre eux nous espionner depuis des années. Une vingtaine en tout.

— Une vingtaine !

Elle hoche la tête.

— Vingt espions. À ce jour nous en avons capturé dix-sept. Un autre est mort dans un accident de voiture ; son corps a disparu de la morgue. Mais il en reste deux qui courent toujours, ici même, dans ce quartier. Si ça se trouve, leurs enfants fréquentent ce lycée ! Fathom a-t-il fait allusion à eux ?

Je secoue la tête. Bachman fait la moue.

— De quoi parlez-vous, le prince et toi ? A-t-il jamais expliqué pourquoi ils sont constamment en train de se battre ? Possèdent-ils des armes ou une technologie susceptibles de constituer une menace ? Le moindre détail pourrait faire une grosse différence.

— Je lui fais la lecture.

— Pardon ?

— Il veut apprendre à lire l'anglais.

— Ma foi, voilà qui est très intéressant, commente-t-elle avec une pointe d'agacement. Fathom te parle-t-il de leurs plans de guerre ou de leurs armes ?

— Non, jamais.

Bachman se lève. Je commence à l'exaspérer, mais je ne peux pas la laisser partir maintenant. Pas avec tous ces soldats et ces élèves dans les couloirs.

Je bredouille :

— Il me parle souvent d'une île habitée par des monstres.

— Lyric, il te fait marcher. Il n'existe aucune île habitée par des monstres.

— Il y a trois ans, je ne croyais pas aux créatures mythologiques, je rétorque. Aujourd'hui, je vais au lycée avec.

Bachman se rassoit. Ses yeux pétillent d'excitation.

— T'a-t-il décrit ces monstres ?

— Un peu. Certains ressemblent à des boucs, d'autres plutôt à des oiseaux.

— Des hommes-oiseaux ?

— L'île s'appelle Sendak. Je ne sais pas du tout où elle se trouve.

Tout en disant ça, je surveille les écrans du coin de l'œil. On dirait que le spectacle touche à sa fin. Les soldats se dispersent, les couloirs se vident. Pas trop tôt ! J'ai l'air de moins en moins crédible. Je n'en reviens pas que cette femme puisse croire un mot de ce que je raconte.

— Mademoiselle Walker, notre entretien a été très fructueux, déclare-t-elle. (Elle est si excitée qu'elle en oublie son enregistreur.) Encore une fois, tout cela reste entre nous. Et si vous avez de nouvelles informations pour moi, n'hésitez surtout pas à me contacter.

— Promis, dis-je. On est tous dans le même bateau, pas vrai ?

Elle hoche la tête et m'adresse son abominable sourire.

— Je ne te le fais pas dire.

13

J'ai l'impression de tournoyer comme une toupie qui se cogne partout et rebondit dans toutes les directions. Ma meilleure amie se fait taper dessus par son beau-père. Le principal de mon lycée m'agite un ticket gagnant sous le nez. Le gouverneur de l'État souhaiterait que je lui communique des ragots sur le prince. Ce ne sont pas des préoccupations pour une jeune fille de dix-sept ans.

Curieusement, Fathom est le dernier de mes soucis. Je considère soudain nos entrevues comme une sorte de pause, un moyen d'échapper au cauchemar surréaliste dans lequel je déambule.

— Il… ne va pas très bien, me dit Terrance Lir quand je le retrouve devant la salle de classe.

M. Lir n'a pas l'air en forme non plus. Il a le visage gonflé à l'endroit où Surf l'a frappé, l'œil rouge et injecté de sang. Le coup du Selkie a dû faire éclater plusieurs vaisseaux. Je voudrais l'aider, lui témoigner un peu de gentillesse, mais la gêne de l'avoir traité en étranger depuis plusieurs jours – plus encore que la mise en garde de mon père – me fait garder mes distances.

— Tu risques de ne pas apprécier ce que tu verras, me prévient-il.

Je fronce les sourcils. J'espérais trouver Fathom de bonne humeur. J'aurais apprécié de pouvoir me détendre cinq minutes, mais à quoi d'autre pouvais-je m'attendre ? Monsieur le Susceptible ne cesse de souffler le chaud et le froid, avec une intensité imprévisible mais une alternance inéluctable. Le fait de m'avoir souri et d'avoir plaisanté avec moi ne signifie pas pour autant qu'il ait changé.

Je prends une grande inspiration avant d'entrer. À l'intérieur, je le découvre roulé en boule à même le sol. Son visage tuméfié affiche toutes les nuances possibles de bleu et de noir. Ses yeux sont rouges. Ses deux oreilles sont déchirées, à vif. Il a de vilaines entailles sur les mains, les bras, et, au niveau de la clavicule, une longue écorchure qui donne l'impression qu'on l'a traîné sur du goudron. Je ne sais même pas comment il a pu venir au lycée.

Je lâche mes livres pour me précipiter auprès de lui.

— Fathom, tu m'entends ?

Il soulève faiblement la tête.

— Bonjour, Lyric Walker. Quelles histoires m'as-tu apportées aujourd'hui ?

Je me sens affreusement coupable. Il n'était pas en cours, et je ne l'ai pas aperçu dans les couloirs non plus. Il ne m'est pas venu à l'esprit une seconde qu'il pouvait être gravement blessé.

— Je sais que tu ne seras pas d'accord, Fathom, mais je t'en prie, laisse-moi appeler un médecin.

— Nous en avons déjà discuté, me rappelle-t-il.

— Non, il n'y a que toi qui en as discuté. Je vais chercher du mercurochrome et des bandages.

Il secoue la tête.

— Les soldats me l'ont déjà proposé. Je n'en veux pas.

— Ça ne fera pas mal.

— Crois-tu vraiment que ce soit ce qui me préoccupe ? gronde-t-il, avant de grimacer.

— Je ne peux pas te laisser souffrir comme ça.

— Nous n'avons pas la même définition de la souffrance. Il y a quand même une chose que tu peux faire pour moi.

— Quoi donc ?

— Me tenir la main.

— Heu… pardon ?

Il lutte pour se mettre debout, parcouru de tremblements. Il a horriblement mal mais il est si fier ! Il refuse que je l'aide à se relever.

— Contente-toi de bien t'accrocher, dit-il en me tendant la main.

— D'accord.

Malgré ma confusion, je glisse mes doigts dans les siens. Sa main est brûlante et glissante comme du verre.

— Plus fort, dit-il. J'ai besoin que tu sois solidement campée sur tes jambes et que tu tiennes bon quoi qu'il arrive.

— Pourquoi ?

— Parce que j'ai l'épaule démise et que je dois la remettre en place, explique-t-il en levant le bras.

Un geignement lui échappe, et il se mord la lèvre.

Choquée, je laisse retomber sa main. Il gémit de plus belle.

— Désolée, désolée, mais c'est impossible ! Je ne peux pas faire ça, Fathom.

Il me tend la main encore une fois.

— C'est toi qui m'as offert ton assistance.

— Je n'ai jamais proposé de t'aider à te réemboîter les os ! Et puis, que fais-tu de tes histoires de trophées et de résistance à la souffrance ?

— J'ai le droit de m'occuper d'une blessure qui m'empêche de me défendre. (Des larmes de douleur lui mouillent les yeux.) Lyric Walker, j'ai l'épaule dans cet état depuis deux jours. J'ai dû relever plusieurs défis depuis, et, comme tu peux le voir à mes autres blessures, on ne se bat pas aussi bien avec un bras qu'avec deux. Mes sujets perçoivent ma faiblesse. Ils s'enhardissent. S'il te plaît.

Je lui reprends la main, en tremblant cette fois.

— Ne lâche pas, prévient-il.

Je serre de toutes mes forces et ferme les yeux. Une traction brutale et soudaine me fait décoller. Je me cramponne de mon mieux. J'entends un « clac », un grognement de douleur. Fathom me repose sur le sol.

— Ça a marché ?

— Oui.

Après quoi il s'écroule comme une masse.

J'appelle au secours, et M. Lir se rue dans la salle avec une poignée de soldats.

— Il s'est évanoui.

— J'appelle une ambulance, déclare Bonnie.

Terrance secoue la tête.

— Les ambulances ne veulent même plus venir à Fish City pour les humains. Vous croyez pouvoir en trouver une pour lui ? Ne vous inquiétez pas, il se remettra.

Bonnie hausse les épaules et reconduit son équipe dans le couloir. Une fois la porte refermée, Terrance Lir m'aide à poser la tête de Fathom en travers de mes genoux.

— Je ne l'avais encore jamais vu amoché à ce point, dis-je.

— Il y a beaucoup de tensions au campement. Il reçoit de nouveaux défis tous les jours, m'explique-t-il. Après l'incident de la semaine dernière au lycée, il a dû affronter sept Selkies adultes. Le père de Surf est un ancien du clan Selkie. Il a considéré que Fathom avait insulté son fils. Cet affront ne pouvait pas rester sans réponse.

— Et tout le monde reste là, à profiter du spectacle ? Pourquoi personne ne l'aide ?

— Ce serait humiliant pour lui comme pour le prime. Les Alphas, et tout particulièrement les Tritons, apprennent à leurs enfants à se débrouiller seuls dans la vie.

— Mais c'est un prince ! Il est censé se prélasser sur un trône, porter de beaux habits et se faire apporter des grappes de raisin.

— Comme dans les contes de fées ? Lyric, l'héritier des Alphas est entraîné, endurci, forgé pour devenir une machine de guerre afin d'être prêt à monter sur le trône quand le prime rejoindra le Grand Abysse. Fathom se bat pour se montrer digne de gouverner son peuple. Aussi étrange que cela puisse te paraître, c'est parfaitement sensé pour lui. Ses blessures attestent son courage et sa force. Aucun Alpha n'accorderait le moindre crédit à un héritier sans cicatrices.

Je baisse les yeux sur Fathom, détaillant les vieilles cicatrices qui se mêlent aux nouvelles. Malgré toutes ses plaies, ses bosses et son œil au beurre noir, il garde beaucoup de charme.

— Cette coutume est en train de le tuer, je proteste.

— En temps normal, il n'aurait pas à porter seul cette responsabilité. Les primes engendrent beaucoup d'enfants pour garantir la pérennité de leur règne, mais tous les frères de Fathom sont morts. Et puis, l'impopularité de son père n'arrange rien.

— Je ne suis pas très fan de son père moi non plus.

M. Lir hoche la tête.

— C'est sur son ordre que tous ces Alphas ont quitté leurs terrains de chasse pour venir à la surface. Camper dans une ville de tentes sur une plage crasseuse est humiliant. Cela va à l'encontre de leur fierté et de mille ans de traditions. Par ailleurs, son épouse ne lui vaut pas que des partisans.

— Le top model au visage sévère que j'ai vue le jour de leur arrivée, c'est la mère de Fathom ?

Il fait non de la tête, puis jette un coup d'œil en direction de la porte, à l'affût de visiteurs impromptus.

— Non, c'est Minerva, sa belle-mère.

— Qu'est-il arrivé à sa vraie mère et à ses frères ?

— Je l'ignore. Je ne suis plus dans le secret des dieux. Je ne sais même pas pourquoi ils sont là, Lyric, ni où campe le reste de notre peuple. On ne me dit rien.

— Pourtant vous êtes leur porte-parole, non ?

— Je répète ce qu'on me demande de dire, rétorque-t-il avec raideur. Je ne suis guère plus qu'un perroquet. Tout le temps que j'ai passé ici avec Rochelle et Samuel, à apprendre les règles de vie des Américains, les mille nuances de leur société, ça ne compte pas. La reine m'a dit que je portais sur moi la puanteur de la surface et qu'on ne pouvait plus me faire confiance.

— Mais ce sont eux qui vous ont envoyé ici ! Vous avez rempli votre mission.

— On voit où ça m'a conduit, déplore-t-il.

— Monsieur Lir, où étiez-vous passé ?

Je sais que je ne devrais pas poser la question. J'ouvre

la porte à notre ancienne amitié, ce qui pourrait se révéler dangereux, mais je ne peux pas m'en empêcher. J'adore cet homme.

Il lutte contre ses larmes, ses poings serrés tremblent de colère.

— Dans un endroit terrible, répond-il.

— Je suis désolée.

Non, je suis terrifiée. Que lui est-il arrivé ?

— Tu es la première personne à me dire ça, Lyric. Cela me fait du bien de l'entendre.

— On vous aime, dis-je à voix basse, bien qu'il n'y ait que nous dans la pièce.

— Lyric, ta famille et toi devriez partir, me conseille-t-il. Déménager le plus loin possible.

— On y travaille.

— Eh bien, travaillez plus vite.

Il sort de sa poche un tube de crème antibiotique. Il me le tend.

— Tiens, il ne peut pas t'en empêcher s'il a perdu connaissance.

Puis il s'en va.

Je baisse les yeux sur le visage exotique de Fathom, profitant de ce rare moment de calme pour détailler chacun de ses traits : les creux de son visage et de son cou, la courbure de son oreille, sa pomme d'Adam et la ligne de sa mâchoire. J'étudie ses mains, ses doigts, le rythme auquel son torse se soulève. Je me perds en lui, dans la solitude de cette salle, dans le grondement du tonnerre qui lance contre le ciel ses vaines menaces. Et puis je réalise ce qui m'arrive et je me secoue. Ce n'est pas un garçon du coin dont je pourrais faire mon petit ami. Il est dangereux, plein de colère et toujours en train de se battre. Il n'est pas pour moi. En plus, je perds un temps précieux que je pourrais consacrer à lui sauver la vie. Je presse une noisette de crème sur mes doigts, quand quelque chose m'arrête. Il en aurait besoin, oui, mais ce sont ses trophées. Même si je ne suis pas obligée d'approuver ça ni même de le comprendre, je ne peux pas le balayer d'un revers de main. Soigner Fathom contre sa volonté serait une manière de l'humaniser de force, de le contraindre à s'adapter à mon monde. Ce serait le changer contre son gré, et j'ai toujours détesté avoir l'impression qu'on me faisait ça.

Je m'essuie les doigts sur le sol et cache le tube dans ma poche juste avant que Fathom ne reprenne connaissance. Surpris de se découvrir sur mes genoux, il s'écarte brusquement, comme si mon contact le brûlait. Il se recroqueville à l'autre bout de la pièce, près du trou dans le papier kraft qui lui permet d'apercevoir le ciel, et reste là jusqu'à ce qu'il soit calmé.

— Merci, finit-il par lâcher.

— Pas de quoi.

— As-tu apporté des livres ?

J'indique le sac abandonné sur le sol. Il vient le ramasser et regarde à l'intérieur. Puis il s'assoit à côté de moi, en me dévisageant avec un mélange de méfiance, de gratitude et de quelque chose qui ressemble à de la crainte. Je lui lis *Jour de neige* mais je n'arrête pas de sauter des mots. Son odeur iodée, la chaleur de son corps me font perdre le fil. Et son genou pressé contre le mien ne m'aide pas à me concentrer.

14

La famille Walker est réunie autour de la table de la cuisine. Nous tâchons de ne pas faire de bruit car Bex se trouve dans la pièce voisine à feuilleter des magazines et à regarder des vidéos sur Internet. Toutes les deux ou trois minutes elle pousse un gloussement et me crie de venir voir ce qu'elle a trouvé. Je fais la sourde oreille. Ce qui s'est passé aujourd'hui est plus important qu'un type qui se déguise en Batman pour accompagner ses enfants à l'école. Il faut que nous en parlions.

— Tu en es sûre ? me demande mon père.

J'acquiesce de la tête.

— Il est au courant.

— Il faut qu'on parte ce soir ! s'exclame-t-il, tournant vers ma mère un visage implorant.

— On ne peut pas. Pas tout de suite. Il a un permis de conduire et d'autres documents qui seront nécessaires pour faire sortir maman de la Zone. Il a dit que ce serait ma récompense pour mes entrevues avec le prince et pour avoir occupé le gouverneur pendant qu'il arrêtait la moitié du lycée.

— Tu l'as aidé pour ça ? s'écrie mon père.

— Je n'avais pas tellement le choix. On a besoin de ce qu'il nous propose.

— Comment s'est-il procuré ma photo pour le permis de conduire ? s'étonne ma mère.

Mon père secoue la tête avec dégoût.

— Il nous surveille.

Nous restons assis en silence, partagés entre l'espoir et la panique. On n'entend que le bruit léger de l'horloge-chat accrochée au mur. Je fixe sa queue qui se balance et ses grands yeux fous qui nous toisent comme si c'étaient nous les cinglés.

— Je crois qu'il est sincère, dis-je.

— Il n'y a pas une once de sincérité chez cet homme, bougonne mon père.

— Dans ce cas, pourquoi s'être donné la peine de préparer ces faux documents s'il n'a pas l'intention de me les donner ? Il n'en a pas besoin pour me forcer à collaborer, puisqu'il est au courant pour nous.

— Tu crois qu'il est gentil, tout simplement ? me demande ma mère.

— Je ne sais pas. Je ne comprends rien à ce qu'il fabrique, mais ça marche. Aujourd'hui, au lycée, personne n'a fait attention à moi. Comme si j'étais devenue invisible. Il a dit qu'il endosserait le rôle de la cible et il l'a fait. Il n'y était pas obligé.

— Ne lui fais pas confiance, m'avertit mon père.

— D'accord, Monsieur le Grognon, dis-je, puis je me tourne vers ma mère. Maintenant, il ne nous reste plus qu'à trouver ta famille et nous pourrons partir.

Ma mère sourit faiblement.

Bex fait irruption dans la cuisine.

— J'ai faim !

Nous commandons encore des plats chinois, mais je me sens trop nerveuse pour avoir beaucoup d'appétit. Maman et papa sont dans le même état. Ils picorent en s'efforçant de suivre le babillage inlassable de Bex à propos de vidéos de bébés qui parlent.

Cette nuit, je n'arrive pas à trouver le sommeil. Je suis trop excitée, presque grisée à l'idée d'une issue possible. Nous pourrions quitter cette ville et redémarrer une nouvelle vie ailleurs. Je sais que je ne dois pas m'enflammer, mais c'est plus fort que moi. Voilà longtemps que je n'avais pas eu l'impression qu'il pourrait nous arriver quelque chose de bien.

15

Mon réveil sonne à cinq heures et demie. En roulant sur le côté, je m'aperçois que Bex n'est plus là. J'attrape mon téléphone et je découvre pourquoi.

TAMMY M'A APPELÉE. ELLE M'A SUPPLIÉE DE REVENIR. RUSSELL EST TOUJOURS EN TAULE. ELLE DIT QUE LES CHOSES VONT CHANGER. JE DOIS LUI DONNER SA CHANCE. ON SE VOIT AU BAHUT.

Je bondis de mon lit, dans l'espoir que mon père pourra foncer chez elle et la ramener, mais les flics patientent déjà dans notre salon, attendant que je sois prête.

— J'y passerai dès qu'on t'aura déposée, me promet mon père.

À six heures quinze nous sommes dans la rue, empruntant un itinéraire complètement différent de celui de la veille. Nous n'avons pas croisé Mme Novakova, et comme nous ne voyons aucun signe non plus des excités d'hier, les derniers doutes que j'aurais pu avoir sur le fait qu'elle les avait appelés sont maintenant dissipés. Le trajet se déroule dans le calme, jusqu'au moment de nous engager dans la rue du lycée. Là, un bon millier de personnes – hommes, femmes, enfants et personnes âgées – nous attendent en se tenant par les bras, affublées d'un T-shirt des Niners. Mon père réclame des renforts par radio et on lui répond d'attendre, que les voitures sont déjà en route. Il dit d'oublier les voitures et d'envoyer l'armée. En quelques minutes me voilà entourée de plus de flics que je n'en ai jamais vu de ma vie. Des agents arrivent au pas de charge, dotés de casques, de tenues anti-émeutes et de matraques. Quelqu'un a suivi le conseil de mon père et ramené des membres de la marine. Coney Island est sur le point d'entrer en guerre.

Nous regardons de loin un policier sortir son mégaphone et s'approcher de la barricade humaine.

— Je ne vous le dirai qu'une seule fois, aboie-t-il, cette manifestation est illégale. Dispersez-vous immédiatement ou vous serez mis en état d'arrestation.

La foule ne se laisse pas intimider. Elle ne bouge pas d'un pouce. Le policier lance alors un ordre à ses collègues, qui enfilent leurs masques et leurs lunettes de protection.

— Nom de Dieu ! grommelle mon père, avant de nous pousser en arrière.

— Qu'y a-t-il ?

— Ils vont sortir le gaz lacrymogène, explique-t-il.

On s'enfuit en courant, esquivant la deuxième vague de flics qui arrive dans l'autre sens. Comme leurs collègues ils ont des masques de protection, mais ils ont aussi des lance-grenades. Ils s'avancent vers la foule et visent. Pop ! Une grenade chromée jaillit d'un tube et atterrit au milieu des protestataires. Une fumée blanche s'en échappe et monte vers le ciel. Les manifestants font de leur mieux pour ne pas perdre pied, mais l'obstination ne sert à rien contre le gaz lacrymogène. Au bout de quelques secondes, c'est la débandade : ils courent dans tous les sens pour échapper à ce brouillard sinistre qui leur brûle les yeux et les sinus. Certains se roulent par terre en toussant et en pleurant. Pop, pop, pop ! Trois autres grenades atterrissent à leurs pieds.

— Ne restez pas sous le vent, prévient l'un des flics. La vache, c'est costaud.

Un autre flic s'arrose les yeux avec une petite bouteille d'eau en plastique.

— Lavez-vous les mains et les bras dès que vous pourrez, conseille un troisième. Ce produit est poisseux. Vous en avez probablement dans les cheveux et sur vos habits, alors n'y touchez pas, et ne vous frottez surtout pas les yeux.

Mon père nous entraîne dans une rue adjacente, loin de cet enfer. Après avoir arpenté un dédale d'allées et de ruelles, on s'adosse à une palissade et on attend que la personne à l'autre bout de la radio nous dise quoi faire. Une demi-heure plus tard, nous apprenons que six cents manifestants ont été arrêtés. L'administration des transports envoie une partie de sa flotte de bus déclassés pour emmener les fauteurs de troubles, dont beaucoup vont être envoyés jusqu'à Pittsburgh. Toutes les cellules de prison de New York sont déjà bondées.

— Ça ne craint plus rien ? demande mon père.

Sa radio grésille.

— On est à Fish City, Walker. Que veux-tu que je te dise ?

Nous retournons donc sur nos pas. Nous croisons une multitude de flics. Tommy l'Irlandais nous accueille aux barrières. Un filet de sang coule de son oreille et glisse dans le creux de son double menton.

— Tommy, tu devrais faire examiner ça, lui suggère mon père.

Le flic trapu a le visage encore plus rougeaud que d'habitude.

— Un gamin m'a cogné avec une bouteille.

Shadow s'approche, braquant son appareil photo dans toutes les directions.

Je lui demande :

— Où est Bex ?

— À l'intérieur. Elle m'en veut à mort.

Je hausse les sourcils.

— Intéressant. Qu'est-ce que tu as encore fait ?

— J'ai posé les mauvaises questions.

Il éteint son téléphone et le remet à mon père.

— C'est sans doute une histoire d'œstrogènes, dis-je.

Il secoue la tête.

— Lyric, ne me prends pas pour un idiot.

Je ne sais pas quoi lui répondre. Bex ne lui a jamais laissé entrevoir sa vraie vie. Il ne sait presque rien de Russell ou de sa mère. Je ne serais peut-être pas au courant moi non plus si je n'avais pas débarqué chez elle un jour et surpris son beau-père au beau milieu d'une colère. Quoi qu'il en soit, ce n'est pas à moi de mettre Shadow dans la confidence. J'aimerais bien qu'elle le fasse, mais c'est à elle de prendre la décision.

— Laisse-lui le temps, Shadow. Elle finira bien par t'expliquer.

— Non, ça m'étonnerait.

La classe de M. Ervin est silencieuse comme une tombe. Au point que, quand la sonnerie retentit, tout le monde sursaute. Mes camarades gardent la tête baissée. Personne n'a envie de se faire remarquer. En l'espace d'une nuit, ils se sont tous changés en moi. Bex est la seule à sourire.

— Comment ça s'est passé avec Tammy ?

Elle rayonne.

— Très bien.

— Sérieusement ?

— Sérieusement. Il ne reviendra plus. Elle a emballé toutes ses affaires. Je crois qu'elle a décidé de tourner la page, cette fois.

Tammy a déjà tourné la page à plusieurs reprises, mais je m'en voudrais de ruiner les espoirs de Bex. Après tout, si ça lui fait du bien…

Je lui souffle :

— Shadow se pose un tas de questions.

Elle m'adresse son grand sourire façon « je ne vois pas du tout de quoi tu parles ».

— Je crois que tu peux lui faire confiance. Il a attendu assez longtemps, non ?

M. Ervin nous dévisage d'un air grave puis procède à l'appel. Il y a beaucoup de noms qu'il n'aura plus à cocher, et le fait de ne pas avoir besoin de crier pour se faire entendre… eh bien, on voit que ce n'est pas naturel pour lui.

Soudain, il appelle le nom de Fathom. Ce dernier n'est pas à sa place habituelle ; je sens un début de panique me nouer les entrailles. Des images de lui blessé ou mort me viennent à l'esprit.

— Présent ! répond une voix depuis le fond de la classe.

Je me retourne. Il est assis dans le coin, le plus loin possible de moi. Quand j'essaie de croiser son regard, il tourne la tête pour fixer le papier kraft sur les fenêtres comme s'il s'agissait d'une œuvre d'art. Je n'en reviens pas. Pourquoi m'évite-t-il ? Nous commencions enfin à nous entendre, un petit peu en tout cas. Pourquoi vouloir gâcher cela ? Peut-être est-ce une manière de jouer avec moi. Gabriel faisait la même chose. Il se montrait tour à tour empressé puis complètement indifférent. Cela fonctionnait à merveille ! Non, je doute que ce soit aussi bête. Fathom ne ferait jamais cela. Il ne me considère pas comme ça. Mais le plus important, avant de savoir pourquoi il se comporte comme un crétin, c'est de me demander ce que ça peut me faire. Il y a deux jours, j'aurais été ravie qu'il garde ses distances. Aujourd'hui, j'en ai des fourmillements partout dans le corps. Est-ce que… ? Serait-ce… ? Suis-je en train de craquer pour lui ?

— Lyric ? me souffle Bex.

Je me retourne ; d'un coup de menton elle m'indique l'autre côté de la salle. Gabriel est assis là-bas, droit comme un i, à me dévorer des yeux. Il sursaute et se détourne.

Bex glousse et se penche pour me glisser à l'oreille :

— Il est jaloux.

Les cours de la journée se déroulent en silence. S'il reste des Niners ayant survécu à la Grande Purge de Hylan, ils jouent la carte de la discrétion. Les intimidations ont cessé. Pour la première fois depuis la rentrée, Bumper peut se promener dans les couloirs sans se faire bousculer. Et je ne retrouve pas la moindre inscription sur mon casier. Malheureusement, l'utopie engendrée par Doyle ne nous apporte aucun réconfort. Tout le monde est sur les nerfs.

J'appréhende mon tête-à-tête avec Fathom. Imaginer son expression indifférente en me voyant entrer m'est insupportable. À chaque pas qui me rapproche de notre rendez-vous, je sens mon cœur battre un peu plus vite. J'ai les jambes en coton, les joues en feu, et je suis nerveuse comme une gamine qui vient de lâcher la main de sa mère au milieu d'une foule d'inconnus. Je suis en colère, aussi. Quel rempart s'est donc écroulé en moi pour que je laisse ce garçon – cette brute arrogante, colérique et ombrageuse – s'engouffrer à l'intérieur et s'y tailler un territoire ?

Je suis surtout dégoûtée par moi-même. À cause de l'état de confusion dans lequel je me trouve, de mes soupçons qui s'expriment à voix basse, qui m'expliquent, d'une voix à la limite de l'audible : « Tu as ce garçon dans la peau. »

— Et moi qui pensais que les choses commençaient à s'arranger, me dit Bonnie lorsqu'elle m'aperçoit.

De toute évidence, mon conflit intérieur se lit sur mon visage.

Je hausse les épaules.

— Les jours se suivent et ne se ressemblent pas.

— Il est d'humeur maussade aujourd'hui, me prévient M. Lir.

J'inspire un grand coup et pousse la porte.

Fathom se trouve à sa place favorite, sous la fenêtre. Il ne se tourne pas vers moi ; il continue de regarder à travers le trou et lance :

— Je crois que nous devrions arrêter ces entrevues.

Je me fige sur place, m'interdisant de prendre la fuite.

— Elles me mettent mal à l'aise et…

— On ne peut pas.

Il s'assoit et me regarde d'un air surpris.

— Pourquoi donc ?

Je ne réponds pas. Je ne peux pas lui avouer pourquoi ces entrevues sont subitement devenues si importantes pour moi.

— Tu es obligée ? demande-t-il.

Je fais oui de la tête. « Eh oui, Lyric. Te rappelles-tu

pourquoi tu fais ça ? Pour que ta famille puisse enfin quitter la ville. Te souviens-tu de ce plan, pauvre idiote ? »

— Mon père m'a ordonné de venir au lycée afin que ton peuple cesse de nous harceler. Je n'ai pas le choix, moi non plus, mais je pense que Fiona pourrait m'apprendre à lire tout aussi bien. Nos séances deviennent pénibles. Elles menacent d'empoisonner mes traditions avec….

— Empoisonner ?

Le mot est fort. Je rougis de colère sous l'insulte.

— Je ne veux pas devenir un humain, explique-t-il. Je sais qu'on t'a demandé de faire en sorte que cela se produise. Je ne le tolérerai pas.

Pop !

— Qu'est-ce que c'était ? s'inquiète-t-il.

Je porte un doigt à mes lèvres, espérant qu'il comprendra le signe international pour « Boucle-la un peu ! », puis je colle l'oreille à la porte et j'écoute. Je sais reconnaître une détonation quand j'en entends une. Les gardes sont en train de crier dans leurs radios. Ils réclament des informations. Une voix leur répond :

— Coups de feu tirés. Coups de feu tirés. Avons individu hostile dans le bâtiment. Bouclage automatique dans une minute. Tout le personnel civil et la police doivent évacuer les couloirs. Ceci est une opération militaire. Je répète : tout le personnel civil et la police doivent s'enfermer dans les classes tout de suite et ne plus en bouger.

J'entends un autre « pop ! »

Je sors dans le couloir.

— Que se passe-t-il ?

— Retourne à l'intérieur, Lyric ! me crie Bonnie. Il y a un tireur dans le lycée !

— Quoi ?

— Rentre dans la classe ! rugit-elle.

Je me retourne pour lui obéir, mais Fathom est sorti lui aussi et me bloque le passage.

La porte se referme derrière lui avec un bourdonnement électrique. Bonnie se précipite et secoue la poignée.

— C'est verrouillé ! s'écrie-t-elle en se ruant sur une autre porte, verrouillée elle aussi. Les serrures automatiques se sont activées.

— Les serrures automatiques ?

— Ça fait partie du dispositif de sécurité du lycée. En cas d'urgence, elles se verrouillent automatiquement. Ça empêche un tireur de passer d'une salle à l'autre pour faire un carnage, m'explique l'un des collègues de Bonnie. Plus moyen d'entrer à moins que quelqu'un n'ouvre de l'intérieur.

— On doit trouver un endroit où cacher les gamins, dit Bonnie.

Elle m'attrape par le bras et m'entraîne dans le couloir. Elle tire si fort que j'en lâche mon sac. Je m'arrête pour le ramasser mais Bonnie m'en empêche.

— Laisse ! me crie-t-elle.

Je relève la tête et je vois l'un des soldats tenter de pousser Fathom dans un placard à balais.

— Un Alpha ne se cache pas, gronde Fathom.

— Quel que soit le tireur, il est dangereux.

— Moi aussi je suis dangereux, rétorque-t-il en sortant ses lames noires.

Schhhhliiickkk.

— L'individu a une grenade ! crie une voix à la radio.

— Rentrez là-dedans tous les deux, vite ! aboie Bonnie.

Une explosion retentit et une âcre fumée noire émerge de l'escalier.

— Le suspect a utilisé des explosifs et remonte par l'escalier nord ! crie une autre voix à la radio.

— Des explosifs ? répète Fathom alors que Bonnie me pousse derrière lui dans le placard.

— Plus un bruit, nous ordonne-t-elle.

Puis elle claque la porte sur nous et nous enferme dans le noir.

— Nous agissons comme des lâches, maugrée Fathom.

Je lève la main pour lui fermer la bouche. Malgré son agacement, il ne se dérobe pas et nous restons debout dans l'obscurité, à patienter en silence. Une fois certaine qu'il a compris qu'il devait se taire, je retire ma main. Nous attendons dans ce réduit minuscule, sans pouvoir bouger d'un centimètre à gauche ou à droite, si proches l'un de l'autre que quand il respire je sens son souffle me chatouiller les paupières. Son corps est brûlant. Une vraie chaudière. Je peux presque l'entendre siffler et bouillonner. À moins que ça ne vienne de moi ? En tout cas je sens quelque chose dans l'air, une tension dévorante.

Des bruits de bottes résonnent dans le couloir ; quelqu'un essaie d'ouvrir notre porte. J'entends une voix vociférer un truc à propos de « l'armée du Seigneur » et de « la guerre des Justes ».

Bang !

La détonation a éclaté juste à l'extérieur. Je sursaute avec un petit cri, et cette fois c'est Fathom qui pose sa main sur ma bouche. Je respire son odeur iodée qui me rappelle les câlins de ma mère, la plage et le yoga. Cela m'apaise.

— Je ne laisserai personne te faire du mal, Lyric Walker, me chuchote-t-il.

Je lève les yeux vers son visage, que je distingue à peine dans l'obscurité, et je le crois.

Une voix résonne dans les couloirs :

— La situation d'urgence est terminée. Restez quand même dans les classes pour l'instant. Nous vous préviendrons dès que nous serons prêts à libérer tout le monde. Professeurs et membres du personnel, veuillez rester à proximité des téléphones d'urgence internes en attendant de nouvelles instructions.

Fathom ôte sa main de mes lèvres. Son contact me manque. Il constituait la preuve que j'avais survécu, et là, tout de suite, j'éprouve un grand besoin de me sentir en vie. Je me colle contre lui et le serre dans mes bras, comme un homme qui se noie se cramponne à sa bouée, afin de me rappeler que les morts ne ressentent rien. Ils ne hument pas l'odeur de la peau de ceux qui se penchent sur eux et ne sentent pas le sang palpiter dans leurs veines.

— Je sais que je te dégoûte, dis-je dans un souffle. Mais j'en ai vraiment besoin, alors ne dis rien, d'accord ?

Nous restons là, figés comme des statues. Je me sens vivante, reconnaissante, et c'est seulement quand j'entends tourner la poignée du placard que je me détache de lui.

Des parents livides attendent impatiemment de récupérer leurs enfants et les prennent dans leurs bras en sanglotant dès qu'ils les retrouvent. Il y a des journalistes partout qui se faufilent entre la police, l'armée, les ambulances et l'équipe de déminage. Quelques manifestants exultent et crient qu'ils avaient prévenu que ça finirait mal, mais la plupart semblent sous le choc. Je me demande s'ils se sentent responsables.

Mon père se précipite vers moi et m'enveloppe dans ses bras comme s'il ne comptait plus jamais me lâcher. Il est pâle, a les traits tirés. C'est la première fois que je le vois avoir peur. J'ai horreur de ça. Je veux retrouver son visage de statue de l'île de Pâques. Je veux mon papa granitique et imperturbable. Puis je sens d'autres bras se refermer sur moi. Ma mère est là aussi.

— Tu n'as rien ? s'écrie-t-elle.

Mon père est pris de panique.

— Summer, qu'est-ce que tu fais là ?

— C'est ici qu'est ma place, rétorque-t-elle.

Le sourire intrépide de Bex a volé en éclats. Shadow tremble comme une feuille. Ils s'appuient l'un sur l'autre, épaule contre épaule, comme pour rassembler et partager le peu de courage qui leur reste. Ils ne sont interrompus que par l'arrivée de la mère de Shadow. C'est une petite bonne femme latino avec de grosses lunettes qui soulève son fils contre sa poitrine et manque les faire tomber, Bex et lui. Elle éclate en sanglots et débite un feu roulant de phrases en espagnol pendant qu'il s'efforce de la rassurer. Je ne connais pas plus d'une vingtaine de mots d'espagnol, ce qui est honteux vu que l'un de mes meilleurs amis le parle couramment, mais je n'en ai pas vraiment besoin pour deviner ce qu'elle raconte à son fils. Elle est éperdument reconnaissante de le retrouver sain et sauf.

— Je vais raccompagner tout le monde, propose mon père.

Shadow traduit pour sa mère. Elle affiche une expression soucieuse et fait non de la main.

— Il n'y a aucun souci, tente de lui expliquer mon père. C'est mieux si vous rentrez chez vous avec un policier. Au cas où il y aurait d'autres malades dans le coin qui voudraient encore s'en prendre à des enfants.

Shadow secoue la tête.

— On se débrouillera.

— Non, vraiment, ce serait mieux, insiste mon père.

— Laisse tomber, papa.

Shadow prend sa mère par la main et ils s'éloignent tous les deux.

— C'est une sans-papiers, explique Bex.

Mon père hoche la tête.

— Ah, d'accord.

Tammy se fraie un chemin à travers la foule. Elle a les cheveux mouillés et porte un short sale avec un T-shirt trop petit pour elle.

— Tu n'as rien ? s'écrie-t-elle en faisant mine de prendre Bex dans ses bras.

Bex lève les coudes pour échapper à son étreinte.

— Je vais bien, dit-elle en s'écartant.

— Qui était-ce ? demande Tammy.

Mon père se renfrogne.

— Quelqu'un à l'intérieur du lycée a ouvert une porte pour faire entrer ce cinglé. On est en train de visionner les bandes des caméras de surveillance, on devrait pouvoir les identifier bientôt. Il n'y a pas eu de blessé parmi les enfants.

— Et vous avez attrapé le type ?

— Il est mort.

— Maman, je veux aller chez Lyric, dit Bex.

— Tu vas rentrer avec moi. Tu es ma fille ! s'exclame Tammy.

— Ça ne nous ennuie pas du tout, intervient mon père.

Tammy pivote face à lui, avec une férocité dans les traits qui m'évoque une lionne protégeant ses lionceaux.

— Vous avez été gentils avec elle, et j'apprécie, mais elle a déjà une famille ! gronde-t-elle.

Puis elle attrape la main de sa fille et l'entraîne derrière elle. Bex me jette un regard par-dessus son épaule, mais au bout de quelques secondes je la perds dans la foule.

— C'est maintenant qu'elle se décide à devenir la mère de l'année ? je m'exclame.

— Quand tu auras des enfants toi aussi, tu verras qu'on devient capable de gros changements et de grands sacrifices pour eux, me dit ma mère avec douceur.

— Elle va tout bousiller encore une fois, dis-je sur un ton amer.

— Laisse-la au moins essayer, plaide mon père.

16

Tirée d'un profond sommeil par une main sur mon épaule, je bondis, encore à moitié sous l'emprise anesthésiante du monde des rêves. Je ne sais pas exactement où je suis ni qui se tient près de moi, mais ma première pensée est que le cinglé du lycée m'a retrouvée. Je frappe dans le vide, prête à défendre chèrement ma peau.

— Lyric ! me crie une voix, tandis que des mains vigoureuses m'attrapent les poignets.

J'écarquille les yeux pour achever de me réveiller et réalise que je suis dans ma chambre. Il n'y a pas de cinglé dans les parages, seulement mon père, qui fait de son mieux pour éviter un coup de poing.

— Quoi ? Qu'y a-t-il ?

— Habille-toi vite. Russell est sorti de prison, m'explique-t-il.

— Quand ça ?

— Il y a deux jours.

— Tammy a menti !

Je m'habille en un tournemain et on passe dans le salon. Ma mère nous y attend.

— Je viens aussi.

Mon père semble sur le point de discuter, puis il se ravise. Nous sortons tous les trois dans la nuit, au mépris du couvre-feu décrété par l'État, et empruntons les rues désertes jusqu'à la maison de Bex. Shadow est assis dans le fauteuil de jardin de Russell, une cannette de bière bien froide collée sur la joue. Il a les phalanges des deux mains en sang.

— Il ne m'a pas touché, nous rassure-t-il. Je me suis pris les pieds dans une chaise et cogné contre la table basse en voulant lui donner un coup de poing. Je l'ai frappé trois ou quatre fois. Quand il s'est rendu compte qu'il n'avait pas intérêt à répliquer, il s'est taillé.

— Où est Bex ? demande mon père.

Shadow indique les étages.

Nous avalons les marches quatre à quatre jusqu'à l'étage de Bex. La porte d'entrée, brisée et défoncée, repose contre le mur. On trouve Tammy dans le salon, assise à griller une cigarette sur un futon poussiéreux. Elle a un œil poché et une plaque rouge sur le cuir chevelu, comme si on lui avait arraché une pleine poignée de cheveux.

— Où est Bex ? redemande mon père.

— En train d'emballer quelques affaires, répond-elle sans nous regarder. Elle arrive dans une seconde.

— Que s'est-il passé ? je demande. Ou bien est-ce une question stupide ?

Ma mère me lance un regard désapprobateur.

Tammy inspire profondément, avant de se jeter à l'eau :

— Est-ce que Bex pourrait aller habiter chez vous quelque temps ?

Je suis sous le choc. Tammy n'a jamais demandé d'aide.

— Je vous paierai pour ce qu'elle mangera. Je veux juste l'éloigner de la maison un moment.

— Ne t'en fais pas pour ça, lui assure ma mère. Elle peut rester aussi longtemps qu'il le faudra.

— Tammy, y a-t-il autre chose que tu pourrais me dire ? demande mon père.

Tammy reprend une grande inspiration.

— Amène les chiens, Lenny. Fouille partout. Tu trouveras peut-être quelque chose qui le fera partir.

Bex nous rejoint dans la pièce. Elle tient un oreiller dans une main et sa brosse à dents dans l'autre.

— Il fait frais ce soir, dit Tammy. Mets ton sweat à capuche.

— Ça va aller, répond Bex. Je serai rentrée demain.

Tammy fait non de la tête.

— Je viendrai te chercher quand il n'y aura plus de danger.

Une fois dehors, mon père nous entraîne sous l'auvent déchiré du magasin voisin. Plusieurs individus mal rasés nous surveillent avec des yeux jaunes.

— Que s'est-il passé ? demande papa.

— Rien, répond Bex.

Shadow soupire.

— Dis-leur, Bex.

Elle donne l'impression de vouloir creuser un trou pour disparaître dedans.

— Tammy a voulu se défendre. Voilà ce qui arrive quand on veut se défendre.

— Bex ! s'écrie Shadow. Dis-leur !

Bex éclate en sanglots.

— Russell commençait vraiment à me faire peur, il me disait des trucs bizarres. Après son départ, j'ai cru que je serais tranquille. Tammy disait qu'il ne pourrait pas revenir. Elle a voulu mettre le verrou, mais…

— Quel genre de trucs bizarres ? demande mon père.

— J'étais dans la douche… (Elle s'étrangle. Elle est écarlate, paniquée, comme si elle revivait un moment très pénible.) Il a ouvert le rideau, et… il était ivre et il a retiré son maillot.

— Oh non, Bex, je souffle.

Mon père fait mine de lui poser la main sur l'épaule.

— Bex, est-ce qu'il t'a… ?

Elle lève les bras en l'air et recule d'un pas, comme si sa question était un serpent à sonnette prêt à bondir d'un buisson.

— Non. Je me suis défendue.

Je la serre dans mes bras, fort. Elle essaie de se dégager mais je refuse de lâcher prise.

— Tammy est venue et lui a dit d'arrêter, continue-t-elle en sanglotant encore plus fort. Mais il l'a frappée et elle s'est cognée contre le miroir. Il y avait des bouts de verre partout. Il criait, jurait, il me traitait de salope et m'accusait de l'avoir encouragé. Mais Tammy ne l'a pas cru et elle lui a tapé dessus à coups de poêle.

— J'aurais voulu voir ça, regrette Shadow.

— Pourquoi tu ne m'as pas appelée ? je m'écrie.

— Je n'arrête pas de te parler de mes problèmes.

— Parce que je te le demande !

— Je t'emmène au poste, décide mon père. On va prendre ta déposition. Je vais envoyer des collègues mettre la main sur lui. L'un des avantages de la Zone, c'est qu'il ne peut pas aller bien loin.

— À quoi bon ? Ça ne fera qu'empirer les choses, objecte Bex. Il sera arrêté et il reviendra encore plus en colère.

— Donc ce n'est pas la première fois que ça arrive, dit

Shadow, comme si toutes ses questions venaient subitement de trouver une réponse.

Bex le regarde, apparemment terrifiée à l'idée qu'il pourrait s'enfuir dans la nuit et qu'elle ne le reverrait plus jamais.

— Bex, j'ai besoin de ta déposition pour vous aider, ta mère et toi, plaide mon père. Je suis sûr qu'on trouvera assez de drogue et d'armes dans votre appartement pour l'envoyer à l'ombre un moment…

— Avant de le laisser ressortir, achève Bex.

— Avant de le laisser ressortir, reconnaît mon père, vaincu. On est dans la Zone, il n'y aura même pas de procès, mais s'il est dangereux et qu'on peut démontrer qu'il te veut du mal, on pourra peut-être le garder.

— Et quand vous aurez eu tort et qu'il rentrera à la maison ? crie Bex.

Ses mots résonnent sur les façades sordides. Elle s'éloigne de quelques pas, s'adosse à un lampadaire et pleure. Lorsque je veux aller la consoler, Shadow m'en empêche.

— Laisse-moi faire.

Il court la rejoindre. Je les vois discuter dans le cercle de lumière. Leurs corps brillent, on dirait des anges.

Je murmure :

— Quand on quittera la ville, je veux qu'elle vienne avec nous.

Mon père fronce les sourcils.

— Lyric, non.

— Je ne partirai pas sans elle.

— Nous en discuterons plus tard, dit-il.

— Si tu veux, mais je ne changerai pas d'avis.

— Faut-il toujours que ça tourne à l'affrontement avec toi ? s'écrie mon père.

— Ça ne tourne pas toujours à l'affrontement ! J'ai fait ce que vous m'avez demandé. J'ai gardé profil bas.

— Nous avons tous dû renoncer à certaines choses, Lyric, me rappelle ma mère.

— C'est vrai, mais la différence c'est que vous deux vous l'avez choisi. Moi, j'ai été obligée. Pas question que j'abandonne ma meilleure amie, surtout quand elle a autant besoin de moi. Vous ne devriez même pas me le demander.

— D'accord, concède ma mère. Elle viendra avec nous.

— Summer, tu ne peux pas lui promettre ça ! gémit mon père.

— Elle a raison, Leonard. Elle a fait assez de sacrifices. Seulement, Lyric, il va falloir lui dire la vérité.

Je me sens mal, tout à coup.

— Crois-tu qu'elle soit de taille à l'encaisser ? demande mon père. Sa barque est déjà bien chargée en ce moment. Et si elle ne comprenait pas ?

J'observe mon amie qui pleure dans les bras de Shadow. Et si la vérité était trop difficile à avaler pour elle ? Si elle réagissait avec horreur ? Je perdrais son amitié, et tous les liens avec la Lyric Walker que j'étais.

Shadow lui a demandé d'être courageuse, et elle l'a écouté. Elle a rempli sa déposition. Après quoi elle est rentrée à la maison avec nous. À présent elle est couchée dans le noir à côté de moi, incapable de trouver le sommeil. Je suis dans le même cas.

— Il m'a embrassée, avoue-t-elle dans un souffle.

— Oh, Bex, je suis désolée.

Elle rit.

— Pas Russell ! Shadow !

J'allume ma lampe de chevet. Elle affiche le plus grand sourire que je lui aie jamais vu.

— Oh mon Dieu !

— Je ne sais pas encore ce que je dois en penser.

— Tu es trop bête ! C'est toi qui l'as embrassé ou c'est lui ?

— Un peu tous les deux en même temps. On était au poste de police, je crois qu'il y avait trop d'émotion dans l'air, et là… oups !

— Vachement romantique, dis-je en riant.

Je regrette aussitôt ce commentaire. Je ne veux ni me moquer d'elle ni l'encourager à brûler les étapes. J'ai tellement besoin qu'il arrive quelque chose de bien en ce moment.

Je soupire :

— Shadow et Bex. Je l'ai vu arriver à des kilomètres.

— Ne t'emballe pas trop vite.

— Attends, laisse-moi deviner. Vous n'en avez pas parlé après ?

— Non, on a juste continué à s'embrasser en se tenant la main.

Je ris de nouveau.

— Tu sais qu'il est amoureux de toi ?

— Oui, quand même.

— Alors ne gâche pas tout.

— Pourquoi tu dis ça ?

— Il faut se parler, quand on est en couple. Il faut partager des choses.

Bex se penche au-dessus de moi pour éteindre la lumière.

— Maintenant il ne nous reste plus qu'à te trouver un Shadow à toi aussi, me taquine-t-elle.

Je pense à Fathom, mais je ne dis pas un mot. Il s'est

infiltré dans mon esprit avec ses mains, ses yeux et son rire ridicule ; il a renversé tous les remparts qui auraient dû me protéger contre lui. Il a construit une dépendance à l'intérieur de mon imagination, un placard comme celui du lycée où on s'est tenus dans les bras l'un de l'autre. Je peux y retourner autant que je veux, le sentir, massif, boulonné au sol comme une statue rien qu'à moi. Sauf qu'il n'est pas à moi, ne pourra jamais l'être, et que ça fait un mal de chien.

17

— On va s'offrir une orgie de Netflix jusqu'à faire exploser le site ! se réjouit Bex quand nous apprenons au réveil que le lycée est fermé et le restera jusqu'à nouvel ordre.

J'en suis ravie. Tout vaut mieux que penser à Doyle, Fathom, Terrance et à la facilité avec laquelle on peut se procurer une grenade dans ce pays. Bex est super pour se changer les idées. Nous regardons des films sur mon ordi portable et des émissions sur des petites affaires judiciaires à la télé. Shadow nous apporte un ventilateur à dix dollars. Avec du ruban adhésif, il parvient à le suspendre au-dessus de la porte ouverte du réfrigérateur, rafraîchissant toute la cuisine. C'est un bricolage infâme, mais ça fonctionne et ça amuse ma mère. C'est bon d'entendre son rire résonner dans l'appartement ; voilà longtemps que ça n'était plus arrivé.

Shadow est aussi très fort pour rapporter des pâtés impériaux et jouer au Uno. Bex et lui s'éclipsent régulièrement dans la salle de bains pour s'embrasser. Même si je suis bien contente pour eux, cela me donne l'impression d'être délaissée. J'attrape mon téléphone et fais défiler mes textos, dans l'espoir d'avoir raté un message de Gabriel au milieu du flot de haine que j'ai reçu. Je ne devrais plus penser à lui. Ce qu'il a dit à propos des Alphas, c'était mal, et son attitude au lycée lui a fait perdre des points à mes yeux, mais je ne cracherais pas sur un peu d'attention masculine en ce moment. Malheureusement, il ne m'a pas envoyé l'ombre d'un petit mot. Soit il est occupé avec une autre fille, soit il m'en veut encore de l'avoir renvoyé chez lui prendre une douche froide.

Des coups frappés à la porte rameutent tout le monde dans le salon. Aucun de nous n'attendait qui que ce soit.

— C'est peut-être Mme Novakova ? je suggère.

— Ou alors le prince, dit Bex.

Mon père retire la chaîne et entrouvre la porte. Bonnie se tient sur le paillasson.

— Monsieur Walker, je m'appelle Bonnie Ralston et je suis l'un des soldats attachés à la protection de Lyric, explique-t-elle. Je viens la chercher pour la conduire à Fathom.

Mon père se tourne vers moi, l'air perplexe. Je hausse les épaules pour lui indiquer que je le suis tout autant.

— Où croyez-vous l'emmener comme ça ?

Bonnie fronce les sourcils.

— On ne vous a pas prévenu, c'est ça ? Monsieur, votre fille est censée rencontrer le prince alpha tous les jours de semaine. On m'a donné l'ordre de l'escorter jusqu'au camp.

— Il n'y a aucune chance que cela se produise, déclare mon père sur un ton sans appel.

— Je comprends votre réticence, monsieur. Mais amener le prince ici s'est révélé impossible sur le plan logistique. Il est beaucoup moins risqué de la conduire là-bas.

— Dites à Doyle qu'il a perdu la tête. C'est hors de question.

— Monsieur, vous savez que je ne peux pas lui dire ça.

— Et alors ? Vous allez charger une escouade de m'arrêter ?

Bonnie se renfrogne.

— Monsieur, j'aimerais régler cette affaire sans…

— Le camp est dangereux pour les humains, intervient ma mère. Outre leurs jeux de guerre, les Alphas ont très peu l'expérience des gens de la surface. Certains se montrent même agressifs et hostiles envers les étrangers.

Bonnie ouvre de grands yeux.

— Vous connaissez le camp ?

Je me hérisse, m'attendant à moitié à voir apparaître les écailles de ma mère maintenant qu'elle a tombé le masque, mais elle reste parfaitement calme.

— Ils vivent à moins de deux kilomètres de chez moi, et ma fille en rencontre un tous les jours. Je me suis renseignée, explique-t-elle.

Un détail me chiffonne.

— Bonnie, Fathom m'a dit qu'il ne voulait plus me revoir.

Elle hausse les épaules.

— Il a changé d'avis.

— Je peux venir ? demande Shadow.

— S'il vient, je viens aussi, renchérit Bex.

— Personne n'ira nulle part ! rugit mon père.

— Nous avons un véhicule blindé pour la conduire là-bas en toute sécurité. Elle aura une escorte militaire à l'intérieur du camp, et ce n'est que pour une heure par jour.

— Vous pourriez aussi bien la faire accompagner par Superman, je m'en fiche ! Il n'est pas question que…

— Monsieur Walker, M. Doyle m'a demandé de vous rappeler que votre fille a conclu un marché.

— Quel marché ? veut savoir Bex.

J'ai pris ma décision.

— Je vais chercher mes chaussures.

— Lyric, je ne veux pas que…

Je lève la main pour arrêter mon père. Il nous faut ces papiers d'identité pour ma mère, et je ferais n'importe quoi pour les obtenir.

— Ça ira. Fathom veillera à ce qu'il ne m'arrive rien.

— Je viens avec toi, déclare mon père, puis il se tourne vers Bonnie. Et ce n'est pas négociable.

Elle hoche la tête.

— Je dois pouvoir arranger ça.

Je ne suis plus retournée sur le front de mer depuis l'arrivée des Alphas ; il est clair que personne ne l'entretient plus. Tandis que nous descendons tous les trois la rampe en bois qui mène à la plage, je note que les planches sont fendues, et même enfoncées par endroits. Les détritus s'accumulent en tas gigantesques, chaque coup de vent soulève un tourbillon de vieux papiers.

Nous passons devant les anciens stands de restauration, aujourd'hui fermés et abandonnés. La plupart des attractions ont été démontées et revendues depuis longtemps.

Des soldats s'alignent le long des huit kilomètres du front de mer. Leurs armes sont prêtes, mais ils sont apathiques et donnent l'impression de s'ennuyer. J'imagine qu'au bout d'un moment le chaos qui règne de l'autre côté de la palissade grillagée surmontée de barbelés finit par lasser. Ils ne semblent pas du tout s'intéresser aux rugissements, aux clameurs et aux chocs des combats.

— Reste calme, Lyric, me recommande mon père.

Il me prend la main et la presse doucement. Je lui rends la pareille alors que nous approchons du point de passage vers les Alphas. Un soldat costaud nous repère et nous ordonne de nous arrêter.

— Défense d'aller plus loin, aboie-t-il.

— On amène l'instructrice, explique Bonnie.

— Ah, la fille de Doyle, dit-il en me détaillant de haut en bas.

Je lis « Foster » sur son badge. Il a des traits empâtés, des paupières épaisses qui lui donnent l'air à moitié endormi. Je ne sais pas trop s'il me reluque, s'il me juge ou s'il me plaint.

Il nous fait signe d'approcher.

— Comment vous appelez-vous, monsieur ?

— Leonard Walker. Je travaille au Sixième District. Elle, c'est ma fille, Lyric Walker.

— À votre place, je garderais un œil sur elle, Leonard. Sa Majesté a des penchants violents. Il s'adonne au MMA tous les soirs sur cette plage.

— Elle ne serait pas là si elle n'y était pas obligée, rétorque mon père.

— Comme tout le monde dans la Zone.

Après avoir vérifié mon sac de livres, Foster sort sa radio.

— J'ai l'instructrice avec son père, pour le prince.

Une voix grésille en réponse.

— Il est dans l'arène.

— Tu peux aller le prévenir ?

S'ensuit une longue pause, puis :

— Va te faire foutre.

Foster soupire.

— Charmant, (Il enlève son fusil de son épaule et nous

fait signe de le suivre.) Je vais devoir vous mener à lui. Ne vous éloignez pas de moi.

— Tout ira bien, Lyric, me promet Bonnie en nous regardant entrer. Je serai là quand tu auras fini.

Pendant que Foster referme à clé derrière nous, j'embrasse du regard la plage. Il y a eu des étés où je venais là tous les jours. Je trouvais une petite place où étaler ma serviette et je lisais des romans young adults. À présent j'ai l'impression qu'il s'agit d'un pays étranger, un labyrinthe de huttes faites de tôles, de bois flotté, de boue et de sable. La plupart de ces abris ne m'arrivent pas plus haut que la taille ; ils ne comportent pas de toit. Les Alphas qui les occupent nous regardent passer d'un œil soupçonneux. Des enfants de toutes formes et de toutes tailles s'accrochent à leurs mères en nous voyant. Une vieille Nixe nous fusille du regard. Une Sirène qui ne doit pas avoir plus de neuf ans trébuche, surprise par notre présence. Ses écailles virent à l'écarlate juste avant qu'elle ne prenne ses jambes à son cou.

— Ils ne voient pas souvent des humains dans le camp, explique Foster. Plus depuis la mort des neuf soldats. Le Président est venu, une fois, mais ça reste entre vous et moi. La plupart d'entre eux n'ont jamais passé la barrière, donc nous sommes encore une nouveauté pour eux.

Il oblique sur sa gauche et nous entraîne devant une rangée de barils où fument de vieux journaux. Puis nouveau changement de direction, et je réalise que ce fouillis de huttes obéit en réalité à un plan bien organisé qui n'est pas sans rappeler la grille des rues de Manhattan. Tous les vingt mètres environ, les chemins se croisent, dessinant comme des pâtés de maisons. Chacun est dévolu à une fonction bien précise : la préparation des repas, le commerce, la réparation des vêtements. Nous passons devant une école pour jeunes Alphas. Le maître, un vieux Céto, s'adresse à ses élèves dans leur langue. Plus loin, je découvre un amoncellement de ferraille de plusieurs mètres. Voilà ce qu'ils accumulent quand ils sillonnent les rues à la nuit tombée. Quelle récolte ! Juste à côté, dans ce qui ressemble à un atelier de maréchal-ferrant, les bouts de fer sont chauffés, fondus, refroidis et redressés à coups de marteau. Les Alphas fabriquent des armes avec ce que nous rejetons.

Mais le plus surprenant est l'espace occupé par des tabourets alignés comme les bancs d'une église à ciel ouvert. Deux Selkies déposent des poissons sur un autel sous les instructions de la vieille prêtresse.

— C'est leur temple, annonce Foster. Ne regardez pas, sinon ils vont péter un fusible.

Honteuse de ma curiosité, je baisse les yeux et continue d'avancer.

Des bruits de foule enflent à mesure que nous approchons du rivage. Des applaudissements, des acclamations et des cris. Foster nous entraîne dans une allée qui descend vers l'océan. Ébahis, nous découvrons, creusé dans le sable, une arène gigantesque, avec une quinzaine de gradins tout autour pour les spectateurs. Au fond j'aperçois deux personnes en train de se battre, protégées par une armure d'os, de coquillages et de pinces de homard.

— Comment ont-ils construit ça ? s'émerveille mon père.

Foster hausse les épaules.

— C'est leur petit secret. On a beau installer des caméras partout, ils n'arrêtent pas de les décrocher. On a aussi des satellites braqués sur eux, mais on n'a toujours pas compris comment ils faisaient. Tout ce que je sais, c'est que la marée vient noyer ce truc tous les jours et qu'après on le retrouve intact.

Un vrai miracle.

— On va devoir y aller, alors attention où vous mettez les pieds. Évitez de les frôler. Ils sont très chatouilleux, au sens littéral, et ils détestent les humains.

Nous nous glissons dans la foule assise sur les gradins de sable. Il y a surtout des Selkies, qui ne sont pas les plus faciles à contourner, des Nixes et des Tritons. Je n'aperçois ni Sirènes ni Cétos, mais il faut dire que je suis fortement distraite par les différents types d'Alphas que je découvre. Le premier est grand et très maigre. Il se retourne avec une grimace menaçante, mais je suis trop fascinée par les imposantes moustaches qui lui tombent de part et d'autre du nez pour y prêter attention. Elles mesurent facilement quinze centimètres ! Le plus déconcertant reste sa bouche, longue fente irrégulière qui lui barre le visage d'un côté à l'autre comme la gueule d'un poisson-chat.

Certains ont des mains en forme de nageoires, d'autres des ventouses sur le torse. Un petit groupe d'hommes ont des cheveux d'un noir de jais, la peau verdâtre, des dents pointues et des fentes roses juste sous la mâchoire. Je suis tellement captivée que je me cogne contre quelqu'un et tombe dans le sable. C'est un homme. Enfin, je crois. Obèse, il est vêtu d'un simple pantalon de jogging déchiré ; sa bedaine lui retombe largement sous la ceinture. Sa peau est noire comme un fond de cheminée, parsemée de taches gris cendré, et il a les yeux de chaque côté de la tête. Il se plante au-dessus de moi, pousse un rugissement indigné puis se met à gonfler comme un ballon. Il triple de volume ; sa peau se hérisse de piquants longs comme des clous et dangereusement proches de mon visage.

Foster s'interpose entre nous.

— Arrête ça tout de suite, Nathan, ordonne-t-il.

Nathan frappe du pied dans le sable comme un enfant qui pique une colère.

— Nathan, tu ne vas pas me rejouer la même comédie chaque fois ? s'écrie Foster. Elle n'a pas fait exprès, gros bébé.

Nathan pousse un grognement.

— Oui, oui, je ne connais que ça, l'honneur des Alphas, répond Foster. Mais tu crois vraiment être en droit de défier une jeune fille en combat singulier parce qu'elle t'a bousculé par accident ? Je ne vois rien de très honorable là-dedans. C'est un comportement de cour de récréation.

Nathan rugit à pleins poumons, mais ses piquants se renfoncent dans sa peau et son corps se dégonfle jusqu'à retrouver sa taille normale. Après m'avoir grogné dessus une dernière fois, il se retourne vers le spectacle.

— Tirons-nous avant qu'il ne change d'avis, conseille Foster.

— Vous apprenez leur langue ? demande mon père.

— Pas vraiment. J'en comprends juste quelques mots. En fait, ils en reviennent toujours aux trois ou quatre mêmes sujets : l'honneur, le dégoût qu'on leur inspire, leur religion de hippies, la guerre. Ce n'est pas bien difficile à deviner, et quand je me trompe, ils se font un plaisir de me reprendre. Ils parlent tous un peu anglais, même s'ils prétendent que c'est en dessous de leur dignité.

Nous longeons le bord de l'arène jusqu'à un escalier, puis descendons dans les gradins inférieurs. C'est là que je découvre de plus près ce qui passionne la foule. Un grand Selkie, peut-être le plus imposant que j'aie jamais vu, est en train d'affronter Fathom. Il est beaucoup plus vieux que le prince – au moins soixante ans, avec des pattes-d'oie et des rides profondes sur le front – mais ses mouvements défient son âge. Les coups qu'il donne avec son épée en forme de croissant sont rapides comme l'éclair et salués chaque fois par les acclamations de la foule. Manifestement, tout le monde a pris parti pour le costaud contre le prince.

Dans l'ombre immense du Selkie, Fathom semble à bout de forces. Les attaques du géant s'enchaînent inlassablement, Fathom parvient tout juste à se défendre. Son épaule n'a pas eu le temps de guérir. Chaque mouvement effectué avec son bras droit lui arrache une grimace.

Horrifiée, je m'écrie :

— Il va se faire tuer !

— Ça arrive, reconnaît Foster, comme si c'était aussi inéluctable que les insectes qui s'écrasent contre un pare-brise.

Mon père en reste bouche bée.

— Vous n'intervenez pas ?

— Tant que la violence ne s'étend pas dans les rues, j'ai ordre de laisser faire.

Le Selkie touche Fathom d'un coup de poing en pleine face qui l'envoie rouler dans le sable. Le sang gicle d'une entaille sous son œil gauche et lui peint en rouge tout le bas du visage.

Je dois arrêter ça. Je ne vais quand même pas le regarder mourir. Je m'élance sans réfléchir, mais Foster m'attrape le bras et me tire en arrière.

— Holà, petite ! Ne te mêle pas de ça. Si tu essaies d'interrompre ce combat, son père va devenir cinglé, dit-il en m'indiquant l'autre côté de l'arène.

J'aperçois un Triton aux longs cheveux dorés. Il porte une couronne de coquillages, ainsi qu'une armure. Sa femme se tient à côté de lui. Tous les deux applaudissent chaque coup porté par le Selkie.

— Il est contre son fils ? s'exclame mon père.

Foster hausse les épaules.

— Je suppose que c'est censé lui forger le caractère.

— C'est écœurant, dis-je. Ils devraient arrêter ça au lieu de l'encourager.

Un autre coup du Selkie met Fathom à genou. La foule le conspue. Elle a encore faim de violence. Son père et sa belle-mère secouent la tête, honteux. Le Selkie lève les bras, triomphant, sous un tonnerre d'applaudissements. Puis il brandit son épée au-dessus du cou de Fathom.

Je crie :

— Non !

Fathom sort les lames de ses avant-bras, bondit en arrière et frappe le torse de son adversaire. La peau se fend, exposant les chairs roses, et une cascade de sang en jaillit. La foule rugit de plaisir en voyant le Selkie presser les deux mains sur sa blessure. Visiblement surpris, ce dernier regarde son sang écouler entre ses doigts, mais au lieu de pousser un cri ou d'appeler à l'aide il éclate d'un grand rire caverneux. Il lâche son épée et s'agenouille devant le prince. Il lui dit quelques mots, sans colère. Au contraire, il lui sourit et semble le féliciter pour sa victoire.

Fathom rentre ses lames et la foule l'acclame, tandis que son père et sa belle-mère le huent. Le seul de sa famille à être de son côté est le Triton chauve avec un bouc qui se tient derrière eux. Ma mère m'a dit que le prime avait un frère. Il doit s'agir de l'oncle de Fathom.

M. Lir s'approche de nous à travers la foule. Sa présence déclenche un mouvement de colère partout sur son passage. Les Alphas le bousculent, lui jettent des insultes, lui crachent dessus. Il continue d'avancer, tête basse, même quand un Selkie lui assène un coup de pied dans les fesses.

— Décidément je n'aimerais pas être à votre place, Lir, lui dit Foster.

Terrance l'ignore. Il nous regarde brièvement, mon père et moi, avant de baisser la tête à nouveau.

— Sa Majesté vous remercie d'avoir fait le déplacement jusqu'ici, mademoiselle Walker. Il vous demande de l'attendre au bout de la jetée. Veuillez me suivre.

— Pas question que je la laisse seule avec ce garçon ! proteste mon père. Il vient pratiquement de couper un type en deux !

— Il ne lui fera aucun mal, monsieur Walker, réplique M. Lir. Il ne veut pas qu'on l'observe. Les mouchards humains ne sont pas les bienvenus dans le camp des Alphas.

— Mouchards humains ? Ça fait mal, dis-je à mon père tandis que M. Lir nous conduit à la jetée.

— Au moins, il joue le jeu, répond mon père.

Il ne reste plus beaucoup de place où s'asseoir au bout de la jetée. Faute de nettoyage par les services de la voirie, l'endroit est devenu la fosse d'aisance des mouettes et des pigeons.

Pourquoi Fathom a-t-il choisi ce lieu de rendez-vous ?

J'attends dix bonnes minutes, à regarder mon père marcher de long en large sur la plage. Je me demande si Fathom ne serait pas en train de jouer la carte « Je suis de sang royal », dont il s'imagine qu'elle l'autorise à se comporter comme un mufle. Mais il peut très bien aussi avoir saigné à mort à la suite de son combat.

Soudain j'entends un grand « plouf » en contrebas. Avant d'avoir pu m'approcher du bord, je vois Fathom jaillir dans les airs dans une giclée de gouttelettes. Il s'élève à plusieurs mètres au-dessus des vagues, puis retombe sur la jetée devant moi, souple comme un chat. Il porte encore son armure et dégouline d'eau de mer.

— Bonjour, Lyric Walker.

Tout ce que je parviens à bredouiller, c'est :

— Oh.

Il enlève quelques coquillages collés sous ses pieds nus. Son armure cliquette à chaque tressaillement de ses muscles.

— Désolé de t'avoir fait attendre. Ceux qui tombent au combat face à moi ont le droit de présenter des excuses.

— Tu veux dire qu'il t'a demandé pardon pour t'avoir tapé dessus ?

— Non, pour avoir cru qu'il pourrait gagner.

— Il ne t'arrive jamais d'avoir peur ?

Il me dévisage comme s'il n'avait rien compris de ce que j'avais marmonné et que la politesse l'empêchait de me faire répéter.

— Je sais, je sais. Les Tritons n'ont peur de rien. Mais, au fond de toi, tu ne te dis jamais qu'un beau jour un de tes sujets finira par avoir le dessus ?

Il secoue la tête.

Je l'imite, frustrée, puis je fais un signe en direction de la plage.

— Accorde-moi une faveur. Quand tu as des plaies ouvertes, évite d'aller nager, tu veux bien ? Cette bouillasse brune que tu appelles un océan sert de toilettes aux ivrognes et aux gamins depuis deux cents ans.

Il balaie d'un geste mes conseils médicaux.

— As-tu apporté des livres ?

Je soupire.

— D'accord, mais si tu chopes une septicémie, ne viens pas t'en prendre à moi.

J'ouvre mon sac et en sors plusieurs ouvrages. Il me les

arrache des mains et les feuillette rapidement. Je constate qu'il a posé le doigt sur un mot.

— C'est le mot « le », exact ?

Je suis impressionnée.

— Tu as retenu un mot-syllabe !

Il tâche de rester imperturbable mais je vois une étincelle de fierté dans ses yeux. Il continue à tourner les pages puis s'arrête sur un autre mot.

— Ça, c'est « et » ?

Je ris et lève la main pour lui en claquer cinq. Il ne réagit pas.

— Tu apprends à toute vitesse.

— Tu es un bon professeur, Lyric Walker, digne d'une fille de Céto.

— Ce n'est pas ce que tu disais l'autre jour.

— L'autre jour j'ai dit plusieurs choses que je ne pensais pas, reconnaît-il. Et je t'ai laissée partir avant d'avoir pu rectifier une idée fausse que je t'avais mise dans la tête.

— Laquelle ?

— Tu ne me dégoûtes pas.

Il se détourne, mais je suis sûre d'avoir vu ses joues rosir un peu.

— Tant mieux, parce que je ne pourrais pas être amie avec quelqu'un que je dégoûte. C'est un principe.

— Amie, répète-t-il lentement, comme s'il essayait le mot avant de l'adopter. On dirait bien que Doyle a obtenu ce qu'il voulait.

— On dirait bien, mais même sous la torture je ne le lui avouerai jamais.

Il acquiesce de la tête.

— Notre secret.

Nous lisons les livres. Je dois lui expliquer ce qu'est la

confiture et pourquoi on ne jette pas dans le Grand Abysse les petits enfants grognons qui manquent de respect à leurs parents. Fathom confond la chenille avec le requin, tout aussi vorace d'après lui.

Au bout d'une heure, mon père et Foster s'avancent sur la jetée pour venir me chercher.

— Je ne trouve plus nos rendez-vous aussi pénibles qu'avant, me confie Fathom pendant que nous jouissons encore d'un peu d'intimité.

— Une fois que tu sauras lire, je t'apprendrai à parler aux filles, dis-je.

Mais, au fond de moi, je réprime un sourire.

Il me dévisage d'un air perplexe, et puis, soudain, il perd la bataille contre ses zygomatiques. Je n'avais encore jamais été éblouie par un sourire, mais il faut dire que le sien est unique. Tellement inattendu, comme une étoile filante qui traverse le ciel. Avant que je puisse m'en remettre, il bondit par-dessus la rambarde et plonge dans les vagues.

Je lui crie :

— Je déteste quand tu fais ça !

Mais je suis heureuse qu'il se soit sauvé, parce que l'envie me démangeait sérieusement de me dresser sur la pointe des pieds pour goûter ce sourire.

— Tout va bien ? s'inquiète mon père en arrivant derrière moi.

Je hoche la tête sans me retourner. Plutôt mourir que de lui montrer mon sourire niais ! Je me penche donc au-dessus de la mer. C'est alors que j'aperçois Arcade, juste en dessous, dans l'eau. Elle me fixe d'un œil noir.

18

Je retrouve Fathom tous les après-midi. Chaque jour, je fais une arrivée remarquée au camp. Des enfants alphas m'attendent au portail pour m'observer. Ils se glissent des commentaires à l'oreille, rigolent ou s'enfuient en courant. Deux Selkies imposantes nous suivent partout, Fathom et moi. Il m'explique qu'elles sont chargées de faire un rapport au prime.

— Ma belle-mère a convaincu mon père que tu avais une mauvaise influence sur moi.

Je ris, mais l'idée que les chefs de sa communauté parlent de moi me donne froid dans le dos.

Arcade me surveille, elle aussi. Certains jours, je la surprends cachée à proximité ; d'autres fois, j'ai l'impression qu'elle se montre exprès. Chaque jour, pendant nos séances de lecture, elle attend Fathom au pied de la jetée. Un grand Triton séduisant lui tient compagnie, toujours en train de rire et de se moquer d'elle. Fathom m'apprend qu'il s'appelle Flyer.

— Mon cousin adore la tourmenter, dit-il.

— Attends ! C'est ton cousin ?

— Oui. Tu as l'air surprise.

— J'avoue que oui. Il paraît beaucoup moins…

Je passe en revue plusieurs mots qui pourraient le décrire : guindé, sérieux, têtu.

— Beaucoup moins responsable que toi, dis-je enfin.

Fathom hoche la tête, mais à sa façon de me regarder on dirait qu'il a deviné ce que je pensais.

Pour changer de sujet, je lui demande :

— À propos de quoi se moque-t-il d'elle ?

— De toi.

Je rougis. Je n'ai pas l'impression qu'elle apprécie les plaisanteries de Flyer. Certains jours, elle s'éloigne à grands pas avec des grognements rageurs qui le font éclater de rire. Elle est jalouse, ce qui me fait me sentir coupable.

— C'est l'heure, m'annonce Fathom, m'aidant à me relever.

Nous descendons ensemble la rampe qui mène à la plage. Arcade est là, à me dévisager avec son petit air entendu. Je suis tentée de lui dire qu'elle n'a aucune raison de s'inquiéter. Que je ne m'intéresse pas à son petit ami. Mais elle saurait très bien que c'est un mensonge. Chaque jour, j'attends le moment de retrouver Fathom avec un peu plus d'impatience. Il faudrait être aveugle pour ne pas s'en apercevoir.

Je n'ai parlé à personne de ce feu qui couve en moi, pas même à Bex. Je sais qu'elle raffolerait de son parfum de scandale, qu'elle exigerait d'avoir tous les détails, mais je préfère la boucler. En parler à haute voix reviendrait à lui conférer une réalité que je ne suis pas encore prête à admettre. Ce qui bouillonne en moi est fort, exaltant, mais c'est aussi une catastrophe en puissance. Et puisque ça ne débouchera sur rien – aucune chance –, pourquoi le partager avec qui que ce soit ?

Mieux vaut me focaliser sur une relation qui a un vrai avenir – celle de mes deux copains – et leur bonheur adorable, absurde. Un soir que Shadow est resté très tard, il s'endort sur mon lit à côté de Bex. Je n'ai pas le cœur à le réveiller pour le renvoyer. Je préviens mes parents, qui appellent la mère de Tito pour l'avertir que son fils dormira chez nous. Le canapé n'est pas très confortable mais cela en vaut la peine. À la simple idée qu'ils vont se réveiller l'un à côté de l'autre, je me sens encore plus excitée qu'au matin de Noël.

Je voudrais bien pouvoir goûter à ce bonheur moi aussi, rien qu'une bouchée. Peut-être un jour, quand je serai à des kilomètres de Doyle, des Coney Island Nine et des Alphas ? En attendant, je vis par procuration à travers Bex et Shadow.

Fathom m'attend près du portail. Il porte un sweat-shirt à capuche, malgré la chaleur, avec un jean et des baskets. Il ressemble à n'importe quel adolescent américain.

— J'aimerais oublier un peu les livres aujourd'hui, m'annonce-t-il.

— Qu'as-tu envie de faire ?

— Je voudrais qu'on aille se promener là-bas, répond-il en m'indiquant la ville.

Mon père intervient :

— Je ne crois pas que ce soit aussi simple, Fathom.

— Ah bon ?

— Tu ne peux pas quitter le camp comme ça, proteste Foster.

— Je quitte le camp si je veux, rétorque Fathom avec arrogance.

— On risque de te reconnaître, j'objecte.

— Je suis déguisé, réplique-t-il, et il passe le portail sans la moindre hésitation.

— Que se passe-t-il ? demande Bonnie.

— Il veut sortir du camp, répond Foster.

— Votre Majesté, laissez-moi passer quelques coups de fil, le supplie-t-elle.

— Pendant que vous obtenez votre permission, Lyric Walker et moi allons nous promener, déclare-t-il sans ralentir le pas.

Je regarde tour à tour Bonnie, Foster et mon père, ne sachant pas que faire.

— Je vous accompagne, décide mon père.

Bonnie le retient par le bras.

— Si on leur court après, on risque d'attirer l'attention. Vous et moi ferions mieux de les suivre à distance.

— Alors, j'y vais pour de bon ? je demande.

Elle hoche la tête.

Je pique un sprint pour rattraper Fathom.

— Où allons-nous ?

— À toi de décider, dit-il.

— Eh bien, ralentis un peu, dis-je en me penchant pour reprendre mon souffle. Il fait trop chaud pour courir, et je n'ai pas les bonnes chaussures.

— Quelles sont les bonnes chaussures ?

— Laisse tomber. Écoute, j'aimerais autant qu'on reste discrets, vu qu'on a quasi cent pour cent de chances de se faire repérer.

Il s'arrête et me regarde comme si j'étais cinglée.

— Mon déguisement ne trompe personne ?

— Il fait quarante degrés et tu portes une capuche. Quelqu'un va bien finir par se douter de quelque chose.

— Crois-tu que je devrais la retirer ?

— Non !

— J'ai soif.

Je fouille dans ma poche et trouve une pièce de dix cents.

— D'accord, allons acheter à boire. Au moins on ne sera plus dans la rue.

Nous nous dirigeons vers une épicerie. J'ai presque passé la porte quand je remarque le panneau INTERDIT AUX POISCAILLES scotché dessus. Je me fige sur place, horrifiée. Fathom contemple la sirène noire barrée d'un trait. C'est le logo des Niners. Je ne crois pas qu'il puisse déchiffrer le texte mais sa signification est assez évidente.

— Essayons autre part, je suggère.

Je l'emmène à l'épicerie d'en face, mais ils ont le même panneau à l'entrée. Je regarde plus loin dans la rue. Il est partout.

— Ça ne fait rien, dit Fathom.

— Non, je ne veux pas leur donner mon argent.

— Il faut bien le donner à quelqu'un.

Nous entrons. Ces magasins sont tous les mêmes : des néons qui donnent aux clients des allures de zombies, des étagères qui croulent sous le poids des conserves et un chat de mauvaise humeur qui vous suit entre les rayons. Celui-ci appartient à un certain Mohammed, personnage renfrogné qui a constamment le nez dans son journal. Il nous jette un coup d'œil soupçonneux. Mon cœur s'arrête de battre, mais finalement il nous adresse un hochement de tête et replonge dans sa lecture. Deux Russes du quartier traînent au comptoir, presque aussi imposants que mon père mais avec un gros bide. Ils nous remarquent à peine. Ils sont trop occupés à débattre des problèmes du monde.

J'entraîne Fathom au fond du magasin, où se trouvent

les armoires réfrigérantes, et je choisis deux bouteilles d'eau. Il m'en prend une des mains et la vide d'un trait. Puis recommence avec la deuxième.

— En principe on les paie d'abord, dis-je. Tu as fini ?

Il acquiesce en silence. J'attrape une troisième bouteille pour moi et nous allons à la caisse.

— Tu as vu qu'ils ont arrêté l'une de ces saletés ? dit l'un des Russes.

L'autre hoche la tête.

— J'ai vu ! Y paraît même qu'il en reste encore. Vous n'auriez pas remarqué des types louches dans le quartier ?

Mohammed lève brièvement les yeux de son journal.

— Tous les jours, répond-il.

— Comment l'ont-ils démasqué, ce fumier ?

— C'était une fille, corrige l'autre. Enfin, une femelle !

Les Russes s'en étranglent de rire.

— Elle avait quatre marmots.

— Quoi, quatre saletés de plus dans la nature ?

— Elle était mariée à un facteur.

Mohammed grommelle.

Angela. Ils l'ont eue. Son mari travaille au bureau de poste.

— Ça, je n'arrive pas à comprendre, avoue un Russe. Comment peut-on coucher avec un truc pareil ? C'est contre nature. Autant s'envoyer un animal.

Il a une tête comme une pastèque, couverte d'un chaume jaunâtre qu'il tente de faire passer pour des cheveux. Une bien grosse tête pour le vide qu'elle abrite.

Mohammed se contente d'acquiescer sans rien dire. Il regarde Fathom, puis baisse le nez sur son journal.

— En tout cas, les flics lui ont mis la main dessus,

conclut l'autre. Ils devraient la découper en petits morceaux et la bouffer en salade.

J'en ai assez entendu. Je passe devant ces deux imbéciles et jette mon argent sur le comptoir. Là, je remarque la une d'un des journaux que vend Mohammed. Elle confirme leur histoire. On y voit Angela emmenée par la police sous les yeux de son mari et de leurs quatre enfants, tous menottés.

Je frissonne. Il ne reste plus que ma famille.

— Ça ne va pas ? s'inquiète Fathom une fois que nous sommes hors de la boutique.

— Si, si, dis-je en sortant mon téléphone.

J'envoie un texto à papa pour le mettre au courant.

Il me répond immédiatement.

JE PRÉVIENS TA MÈRE. RALENTISSEZ !!!

Je me tourne vers Fathom. Lui aussi semble préoccupé.

— Tu connaissais la femme qu'ils ont arrêtée ?

— Elle a trahi son serment à notre arrivée. Elle a préféré votre monde au sien. C'est une intouchable.

— Son arrestation n'a pourtant pas l'air de te faire plaisir.

— Mon père ne serait pas de cet avis, mais c'est quand même une Alpha, et ses enfants ont du sang de Sirène. Nous ne devrions pas laisser faire sans réagir. Va-t-elle disparaître comme les autres ?

— Probablement.

Je bois une gorgée d'eau avant de lui offrir ma bouteille. Il me remercie et la termine.

— Et toi, pourquoi cela t'ennuie-t-il ?

Je me demande quelle serait sa réaction si je lui avouais la vérité.

— Parce que je trouve ça moche. Les gens sont nuls, c'est tout. (Mieux vaut changer de sujet.) Bon, et maintenant ?

Il regarde d'un bout à l'autre de la rue.

— Montre-moi pourquoi je devrais avoir envie d'appartenir à ce monde.

Je ris.

— Je ne suis pas sûre de faire une bonne guide touristique. Je ne suis pas plus fière que ça d'appartenir à ce monde.

— Tu n'as qu'à m'épargner les pires endroits, suggère-t-il.

D'accord. Si la visite peut me faire oublier momentanément Angela et sa famille, cela en vaudra la peine. Je l'emmène à mon ancienne école, où j'ai embrassé mon premier garçon. Je lui montre où trouver les meilleures pizzas du quartier et lui en achète une part. Il trouve le goût étrange, fortement épicé ; je l'avertis que s'il ne réussit pas à s'y habituer, pas la peine d'espérer se faire une place dans le monde des humains. Nous passons devant le cinéma et je tente de lui expliquer ce que c'est. Il m'interroge à propos des spectacles forains, me demande ce qu'est un monstre, et s'il existe vraiment des femmes à barbe. Les questions se succèdent : à quoi servent les montagnes russes ? En quoi sont faites les tennis ? Y a-t-il du chien errant dans les hot-dogs ? Tout est mystérieux pour lui. J'ai l'impression de me promener avec un enfant de six ans. Il veut comprendre ce qui fait avancer les jeeps des soldats, et comment font les hélicoptères pour se maintenir en l'air.

— Il y a sûrement quelqu'un qui le sait, lui dis-je, mais pas moi.

C'est une réponse à laquelle je suis souvent acculée ; ça finit par devenir embarrassant. Mon ignorance du monde qui m'entoure me donne l'impression d'être stupide. J'évolue au milieu d'une foule de choses que j'utilise tous les jours sans avoir la moindre idée de leur manière de fonctionner. Les lampadaires, les voitures, les vélos, les fours à micro-ondes, Internet, il voudrait tout comprendre. Je dois passer pour la fille la plus bête de la planète.

Les photos l'intéressent. Il s'extasie devant les vieilles affiches de films qu'on voit sur les murs et les arrêts de bus. Il est particulièrement fasciné par les portraits.

— Comment sont-ils faits ? demande-t-il.

Je grimace.

— Je ne sais pas, mais je peux te montrer.

Je le prends en photo avec mon téléphone et lui fais voir le résultat. Il le contemple avec émerveillement.

— Tu m'as capturé !

— On appelle ça prendre une photo. Tu peux le faire, toi aussi.

Je lui passe mon téléphone et pose son doigt sur le bouton. Une fois qu'il est en place, je me colle contre lui.

— Que fais-tu ? demande-t-il, surpris.

— On va prendre une photo de nous deux. Ça s'appelle un selfie. C'est l'occupation favorite de tous ceux qui sont amoureux d'eux-mêmes. Tu ne seras jamais un adolescent américain digne de ce nom si tu n'es pas prêt à en prendre au moins une vingtaine par jour. Souris.

— Pourquoi ?

Il prend la photo. Pas mauvaise, quoiqu'un peu mal cadrée. Il n'a pas souri. En fait, il paraît plutôt constipé, mais sinon c'est une bonne photo. Nous avons l'air de vrais amis. Il la contemple longuement, et je vois la tristesse assombrir son expression.

— Fathom ?

— Voilà une chose pour laquelle j'aimerais bien être humain.

— Ce n'est qu'un téléphone, tu sais ? Ils sont obsolètes au bout d'un an et tu dois en racheter un nouveau.

— Avec ça, je pourrais capturer les visages des personnes que j'aime, dit-il, avant de le secouer. L'image ne va pas disparaître ?

— Non, elle est digitale. Elle se conserve éternellement, sauf si tu l'effaces.

— Éternellement, murmure-t-il. Ma mère…

Il fixe notre photo tandis que mon cœur se brise sous le poids de sa tragédie. Sa mère a disparu, et je réalise qu'il n'a pas une seule photo d'elle. Que se passerait-il si ma mère mourait ? Si je ne pouvais plus voir son visage tous les jours ?

— Tu as beaucoup de chance, Lyric.

— Je sais, je chuchote.

Et pour la première fois depuis trois ans, je le pense vraiment.

La chaleur finit par avoir raison de moi ; je l'entraîne à l'ombre d'un échafaudage abandonné devant un ancien hôtel. On s'assoit sur le porche et je lui fais la lecture. Il m'écoute, comme un petit garçon. Nous sommes assis l'un contre l'autre et il se penche vers moi pour regarder mon doigt glisser d'un mot à l'autre. Plus il se rapproche et plus je bouillonne intérieurement. La possibilité agit comme une drogue qui refuse de me lâcher.

« Et si… ? »

La ferme, maximonstre.

« Tu ne t'accordes jamais rien. »

On se demande pourquoi ! Je n'ai envie que de choses dangereuses. Je ne prends que de mauvaises décisions. Même ces sentiments ridicules ne sont que de l'autodestruction déguisée. Je ne peux pas avoir ce garçon.

« Le cœur a ses raisons que la raison… »

Ça suffit. Je vais mettre un terme à cette comédie tout de suite.

— Depuis combien de temps es-tu avec Arcade ? dis-je soudain.

Il se redresse, surpris de m'entendre prononcer son nom.

— Quand j'avais cinq ans, son père et le mien ont décrété que nous étions des reflets.

— Des reflets ?

— Destinés l'un à l'autre.

— Oh. Et comment l'ont-ils su ?

— La tradition royale impose aux pères de planifier l'union de leurs fils en se basant sur des qualités compatibles, explique-t-il.

— Ton père t'a donc trouvé une…

— Compagne. Il faut préparer mon avenir.

Là ! Il est fiancé. Il n'est plus sur le marché depuis l'âge de cinq ans. Bien sûr, c'est encore une de leurs traditions délirantes. Le fait est, néanmoins, qu'elle balaie une bonne fois les illusions que j'aurais pu nourrir. La déception est cruelle mais nécessaire. Une raison de plus pour admettre que nous ne pourrons jamais être ensemble, vu que la crainte de me faire lyncher par une foule en colère ne suffisait pas à m'en convaincre.

— Oh. Mais tu l'aimes, donc ce n'est pas un problème. Pas vrai ?

S'il te plaît, dis oui. Parce que si tu dis non, je n'aurai pas la force de te chasser de mon esprit. Dis-moi que tu l'aimes pour que je puisse te répondre que je suis heureuse pour toi, rentrer chez moi pleurer un bon coup et oublier toute cette histoire.

Il me regarde bien en face et hoche la tête.

— C'est vrai.

Ouille. Ça fait mal.

— Je suis heureuse pour toi, dis-je.

« Menteuse. »

Je sens une pression contre mon front et des points lumineux dansent à la limite de mon champ de vision. Une migraine se prépare. Je dois me sauver loin de cette chaleur et loin de ce garçon. Alors que je rassemble mes livres, dix jeunes passent à vélo sous l'échafaudage et s'arrêtent. Je les dévisage en me demandant s'ils sont de mon lycée, mais je n'en reconnais aucun. Pas besoin, il me suffit de voir leurs T-shirts des Niners.

— Vous avez du fric ? me lance un garçon.

Il a un vélo customisé – cadre surbaissé et suspensions –, un jean taille basse et un visage qui respire la méchanceté.

Je réponds :

— Non. J'ai oublié mon porte-monnaie.

Ses amis me huent.

— Je suis sûr qu'elle ment ! crie un autre.

— À tous les coups !

Le premier garçon braque son téléphone sur nous. Il est en train de tourner une vidéo à poster sur la page Web des Niners. Ils adorent se mettre en scène, et les millions de vues qu'ils récoltent chaque mois semblent indiquer que d'autres aiment ça aussi. Nous sommes leurs prochaines stars.

— Tu pourrais peut-être aller en chercher. On pourrait peut-être venir avec toi, suggère un autre.

Ses traits sont dissimulés dans l'ombre de sa casquette, mais je vois briller son regard mauvais.

— Laissez-nous, leur dit Fathom.

Ils tournent leur attention vers lui.

— Sinon qu'est-ce que tu vas faire, abruti ?

— Mon père est policier, dis-je avec nervosité.

— Ah oui ? Et il est où ? s'écrie un autre garçon.

Ils sont pliés de rire, comme si je venais de les avertir que mon papa était plus fort que les leurs.

Fathom se lève et enlève sa capuche.

— Vous feriez mieux de partir.

Je le supplie :

— Ne leur parle pas, Fathom.

— Fathom ! Yo, c'est un poiscaille ! s'exclame l'un des garçons.

Ils descendent de leurs vélos et les laissent tomber par terre. Le plus petit du groupe s'avance avec un couteau.

— À toi de jouer, lui lance celui qui nous filme sur son téléphone. Plante ce poiscaille et tu seras une terreur.

Le garçon bombe le torse, rassemblant le courage tordu que les autres attendent de lui, mais on voit bien qu'il a peur.

Schhhhliiickkk ! Ce bruit me brûle les oreilles. Je perçois un flash, le bruit du couteau qui rebondit sur le bitume et l'odeur salée du sang. Le garçon hurle, les yeux rivés sur sa main mutilée. Fathom lève le bras pour frapper de nouveau.

— Fathom, non ! je hurle.

Il me regarde, confus, et la bande en profite pour se jeter sur lui, le rouer de coups et le faire tomber par terre. Il prend un coup de poing dans la mâchoire et un coup de pied dans les côtes.

J'appelle au secours, et les soldats arrivent en courant. Bonnie se jette dans la mêlée, repoussant les Niners loin du prince et menaçant avec son Taser ceux qui refusent de le lâcher. D'autres se font maîtriser et menotter. Il y a des voitures de police partout, les flics arrachent les smartphones des mains des badauds en train de filmer.

Mon père m'entraîne loin de la cohue.

— Ce n'était pas sa faute !

— Il n'y a aucune excuse pour tout ce sang, me dit mon père.

19

Mon père a une longue conversation avec Doyle – une conversation houleuse, ponctuée d'insultes et de jurons. Il lui dit qu'il peut se fourrer les papiers d'identification de ma mère… eh bien, là où on conseille généralement aux gens de se fourrer des choses. Pour finir, il repose son téléphone sur la table avec une telle violence que l'écran se fendille.

Je préviens :

— Il n'acceptera pas qu'on lui dise non.

— Il n'aura pas le choix, fulmine mon père.

Au même instant, ma sonnerie retentit. C'est lui. Mon père tend la main vers mon téléphone mais je l'éloigne hors de sa portée.

— Tu ne vas pas casser le mien, en plus.

— Dites à votre père que le problème s'est résolu de lui-même, déclare Doyle quand je décroche. Le prime a annulé vos entrevues. Il ne veut plus de vous à l'intérieur du camp.

— Je tâcherai de surmonter ma déception, je rétorque du tac au tac. J'ai fini, donc ?

— Vous reprendrez dès la réouverture du lycée.

Je lâche un juron à voix basse.
— Et ce sera quand ?
— Après-demain. Ne vous en faites pas, Lyric : les choses auront changé à votre retour. Vous verrez. Tout se déroule conformément au plan.

Ils ont repoussé les barrières loin du lycée, si bien qu'on ne peut plus en approcher à moins de quatre pâtés de maisons. Mais pour atteindre le point de contrôle, il faut d'abord se frayer un chemin dans la masse vociférante. Cette nouvelle configuration ne fait pas les affaires du gouverneur Bachman. Ce matin, elle traîne juste à l'intérieur des barrières, à portée de voix de ses partisans mais pas suffisamment près pour qu'ils puissent la toucher. Il ne faut pas exagérer.

Pendant que Tommy l'Irlandais fouille le sac à main de Bex avec ses gros doigts trempés de sueur, les flics font reculer la foule afin de permettre le passage d'un fourgon blindé. On le bombarde de pierres, d'œufs et de détritus tandis qu'il s'éloigne dans la zone sécurisée.
— Qui est-ce ? demande Bex.
— Le principal, répond Tommy. Il a eu un petit incident à l'extérieur de l'école, hier, alors il a fallu renforcer la sécurité autour de lui. Et après aujourd'hui ce sera encore pire.
— Pourquoi ? Que va-t-il se passer aujourd'hui ? veut savoir mon père.
— Désolé, Leonard. Je n'ai pas le droit de te le dire.

Shadow nous rejoint devant l'entrée et embrasse Bex sur la joue.

Je raille :
— Si je comprends bien, c'est officiel entre vous deux ?

— Le pauvre garçon, dit Bex, il est raide dingue de moi.

Il hausse les épaules.

Ils ont installé un nouveau point de contrôle à l'entrée. Avec un scanner intégral qui permet aux agents de voir à travers nos vêtements. Trop génial... Bex s'avance sous le portique et lève les bras au-dessus de sa tête.

— Rincez-vous l'œil, bande de pervers !

À l'intérieur, on retrouve Bonnie qui dirigent les élèves vers l'auditorium avec plusieurs soldats.

— Vous pouvez oublier vos devoirs, jeunes gens. Ce matin, réunion générale ! annonce-t-elle.

Je lui adresse un regard interrogateur, auquel elle répond par un haussement d'épaules.

Nous trouvons trois sièges dans une rangée du milieu, d'où je peux surveiller l'ensemble des élèves. Nous sommes moitié moins nombreux qu'au jour de la rentrée ; quand les autres s'en aperçoivent, cela renforce encore leur inquiétude. Doyle leur fait peur à tous, même aux plus durs. Ils se tassent sur leurs chaises, la tête basse, sans oser prononcer un mot.

Je lance des regards autour de moi. Je redoute d'apercevoir Fathom tout en ne pouvant m'empêcher de le chercher. J'ai eu trois jours pour réfléchir à ce que je pourrais lui dire. Je n'ai pas trouvé de quoi formuler une seule phrase. Il exerce sur moi une fascination hypnotique, mais la facilité avec laquelle il succombe à la violence me terrifie. Je voudrais à la fois l'embrasser et me sauver le plus loin possible de lui. C'est ridicule, et stupide. Je me suis changée en une fille pour laquelle j'afficherais un mépris complet. Je me moquerais de moi dans mon dos. Même mes rêves sont grotesques. Je suis sur la plage, blottie dans ses bras, à échanger des baisers et des promesses avec lui ; puis c'est un bain de sang où il éventre la moitié des habitants de Coney Island tout en me suppliant de l'aider à devenir plus humain. Si mes rêves étaient un film, je demanderais qu'on me rembourse.

Et pourtant, faute de l'apercevoir parmi les élèves, je commence à paniquer. A-t-il fini par trouver plus fort que lui sur cette plage ? S'est-il fait tuer sous les applaudissements de sa famille ? A-t-il été blessé par cette bande, sans que personne ne pense à me prévenir ?

J'ai besoin de savoir, tout de suite. Je me lève, prête à m'éclipser à la recherche de Doyle. Lui sera forcément au courant, mais soudain quelqu'un se laisse tomber dans le siège vide à côté de moi. Gabriel.

— Salut, dis-je.

Comme il me bloque le passage, je me rassois tranquillement.

— Tu ne donnes plus de nouvelles depuis un moment, fait-il observer.

Voilà deux jours il a recommencé à m'envoyer des textos. Ils se résumaient à « Salut, quoi de neuf ? » et « Et si on sortait ? ». Je les ai donc ignorés. Avant l'épisode du toit, je vérifiais mon téléphone toutes les dix minutes au cas où j'en aurais raté un, mais aujourd'hui je me moque qu'il fasse attention à moi ou pas. Il ne me manque pas. Je ne pense presque plus à lui. Peut-être parce que j'ai réalisé que mon petit ami mauvais garçon était tout simplement une mauvaise personne.

— J'ai été pas mal occupée, je réponds.

Et je continue à chercher Fathom. Où est-il ?

M. Doyle entre dans la salle et tapote le micro sur l'estrade. Il a un œil au beurre noir et un bandage au coude droit. Des trophées, j'imagine, dans son propre jeu. Je me rappelle comment il a encaissé le coup de poing de mon père et je me demande qui a pu être assez coriace pour prendre le dessus sur lui. Ils devaient certainement être plusieurs.

— Trop occupée pour moi ? insiste Gabriel.

Il a l'air fâché, et même vexé. Je n'en crois pas mes oreilles. Je lui chuchote :

— Depuis quand est-ce important pour toi ? C'est bien toi qui voulais d'une relation à mi-temps, non ?

— Je voudrais peut-être un plein-temps si tu te montrais un peu plus gentille.

Je sens la colère monter en moi. Il se rapproche uniquement parce que je l'ai ignoré.

— Ah, j'ai compris. Je t'ai dit non, donc je ne suis pas gentille. D'accord, Gabriel. Désolée de ne pas t'avoir laissé me déflorer sur un toit crasseux. J'imagine que j'ai plus de respect pour moi que tu ne veux bien m'en accorder.

Doyle est en train de nous assurer que le lycée ne craint plus rien et qu'un nouveau dispositif de sécurité a été mis en place, avec des détecteurs de métaux, des chiens renifleurs de bombes dans les couloirs et de nouvelles procédures de surveillance. Il annonce également que, dans un esprit de conciliation, le gouverneur Bachman passera plusieurs fois par semaine assurer un rôle de consultante sur les questions de sécurité. Elle se lève et demande la parole, mais Doyle lui fait signe de se rasseoir. Je pourrais jurer l'avoir vue taper du pied, mais il tient bon. Rien de ce qu'il raconte ne rassure qui que ce soit. La plupart des élèves ont l'air au bord de la crise de nerfs ; ils surveillent les issues au cas où un autre cinglé ferait irruption avec une arme automatique.

Gabriel continue à me saouler :

— Si je comprends bien, tu ne veux plus me voir ?

— Je n'ai pas beaucoup de temps en ce moment.

— Peut-être parce que tu te consacres à quelqu'un d'autre, ou peut-être devrais-je dire à quelque *chose* d'autre ? fulmine-t-il. Tu n'as pas peur d'attraper l'une de ses maladies ?

Cette fois, c'est plus fort que moi. Je déverse un tombereau d'injures sur lui. Je décharge toutes les frustrations et les mauvaises pensées qu'il a pu m'inspirer, je les multiplie par mille et j'y ajoute quelques métaphores bien senties et autres insultes humiliantes. Et pour enfoncer le clou, je le gifle de toutes mes forces. Je suis la fille de mon père, tous les sermons du monde sur la nécessité de faire profil bas ne changeront pas ce qui est inscrit dans mon ADN.

— Il y a un problème, là-bas ? demande M. Doyle.

Je constate que tous les regards sont braqués sur moi. Je rougis comme une pivoine, mais je ne me sens pas honteuse. Je suis furieuse et je tiens à ce que tout le monde le voie.

— Non, répond Gabriel en touchant sa joue endolorie.

Pendant que Doyle reprend le fil de son discours, Shadow se penche en avant.

— Gabe, je ne te le dirai qu'une fois : boucle-la pour de bon ou je t'assomme.

— Amène-toi, gros lard, gronde Gabriel.

Shadow se lève et les élèves autour de nous poussent un « ooouhhh » d'excitation.

— Gabriel Bowen ! rugit Doyle.

— Hein ? fait Gabriel.

— Venez donc vous asseoir ici au premier rang.

— Quoi ? C'est lui qui a commencé ! proteste Gabriel en pointant Shadow.

Doyle lui indique un siège vide et Gabriel se dirige vers lui d'un pas rageur.

Quand Shadow se rassoit, Bex glisse sa main dans la sienne.

— Je suis raide dingue de toi, Tito.

Il se transforme aussitôt en gros idiot rougissant.

— Monsieur Doyle, j'aimerais ajouter quelque chose, dit M. Ervin.

Il se lève et rejoint Doyle sur l'estrade. Le principal grimace comme s'il venait de mordre dans un citron mais lui abandonne le micro. Je suis sûre que c'est uniquement pour contrarier Bachman. Et ça marche ! Elle croise les bras et gonfle les joues. Hilarant.

— Bienvenue à tous ! C'est bon de vous revoir ici sains et saufs, commence M. Ervin. Je vais être complètement honnête avec vous. Tous les experts sont d'avis que nous aurions besoin de renouer avec une certaine routine. On m'a demandé de reprendre mes cours comme s'il ne s'était rien passé. Eh bien, j'en suis incapable, et je vais probablement être mis à pied pour ça mais je pense que la routine est la dernière chose dont nous ayons besoin. Au contraire, il nous faut un changement radical.

« Il y a presque deux semaines maintenant, un homme est entré dans ce lycée pour s'en prendre à nous. À nous tous. Pas uniquement aux Alphas, aussi aux élèves humains, aux professeurs, au personnel – à tous. Il voulait s'attaquer aux Blancs, aux Noirs, aux Asiatiques et aux Latinos. Il se moquait pas mal de savoir qui vous étiez et d'où vous veniez. Il voulait votre mort. L'un d'entre nous l'a laissé rentrer afin qu'il puisse détruire la communauté que nous essayons de construire ici. Il voulait nous tuer parce que les choses ne se déroulaient pas comme il l'aurait souhaité. Heureusement, il n'a pas réussi, mais il y en a d'autres comme lui. Notre travail consiste à les tenir à l'écart, et nous avons échoué. Le pays, l'État, la ville – et même ce lycée – n'ont pas été à la hauteur. La police et l'armée n'ont pas été à la hauteur. L'administration n'a pas été à la hauteur. Je n'ai pas été à la hauteur. Et vous aussi, vous n'avez pas été à la hauteur.

— Vous rejetez la responsabilité de ce qui s'est passé sur ces gamins ? s'indigne Bachman.

— En effet, madame le gouverneur. Oh, et sur vous également.

— Comment osez-vous ! se récrie-t-elle.

— Vous n'êtes qu'une fautrice de troubles, madame le gouverneur. Ce cirque pathétique que vous menez a fait basculer un pauvre bougre dans la folie. Vous avez son sang sur les mains.

Je regarde autour de moi pour voir comment réagissent les élèves aux accusations d'Ervin. Certains au dernier rang font la grimace, mais la plupart l'écoutent avec intérêt. Même Ghost et Luna lui accordent toute leur attention.

— Vous délirez ! crie Bachman.

Ervin lui rit au nez, d'un rire brutal. Je ne me doutais pas qu'il pouvait se montrer sarcastique. Je l'apprécie encore plus comme ça.

— Les Alphas sont ici, jeunes gens, et nous offrent une opportunité qu'aucune autre génération au monde n'a jamais eue : celle de communiquer avec une espèce entièrement nouvelle, dotée d'une culture multimillénaire. Ils ont une langue, des arts et des sciences qu'aucun homme n'a jamais connus. Des milliards de personnes aimeraient être à votre place, et vous crachez sur une occasion pareille ? Quel gâchis !

Quelqu'un dans le fond lui crie d'aller se faire voir.

— Je parie que certains d'entre vous auraient aimé aller à leur rencontre mais qu'ils avaient trop peur des brutes qui faisaient régner leur loi dans les couloirs et se pavanaient partout avec leurs T-shirts ridicules. Eh bien, ils sont partis maintenant. Nous n'avons pas besoin d'eux ici. Ils ne méritent pas de vivre cette expérience. Aujourd'hui, vous pouvez recommencer à zéro et tâcher de faire connaissance avec vos nouveaux camarades. Parlez-leur. Posez-leur des questions. Ils ont vu des choses qui dépassent l'imagination. Ils ont vécu sous l'eau ! Vous vous rendez compte ? C'est comme marcher sur la Lune !

« Nous aurions pu mieux vous préparer. Nous aurions pu vous guider les uns vers les autres… Il y a un tas de choses que nous aurions pu faire différemment. Je vous présente mes excuses pour ça, mais je vous le demande : qu'avez-vous fait, vous ? Avez-vous seulement essayé de les accueillir ? Parce que, dans le cas contraire, vous ne valez pas mieux que le gosse qui a ouvert la porte au tireur fou. Si vous avez inscrit des mots blessants sur un casier, vous avez fait entrer le cinglé. Si vous avez bousculé les Alphas, vous avez fait entrer le cinglé. Chaque fois que vous avez refusé de donner une chance à de nouveaux visages, vous avez invité ce genre de malades à se répandre dans nos couloirs. Et vous avez vu le résultat. Tout le monde en paie le prix. Lequel d'entre vous sera le prochain à ouvrir la porte à un tireur fou ?

Un silence de mort plane sur l'assistance.

— Alors, voilà mon idée. Chaque jour depuis la rentrée, vous avez dû vous frayer un chemin au milieu d'une bande d'idiots rien que pour accéder aux classes. Ils sont tous là : les fanfarons, les durs à cuire, et même notre femme politique préférée. Il n'y a aucun moyen légal de nous en débarrasser, mais vous pouvez leur montrer qu'ils perdent leur temps. Vous pouvez leur dire que c'est notre lycée et que nous ne voulons pas d'eux. Que c'était la dernière fois qu'un cinglé faisait irruption dans Hylan, nom de Dieu !

Des applaudissements et des rires éclatent. C'est peut-être juste une manifestation de rébellion adolescente, mais quelle importance ? Une chose qui énerve Bachman à ce point ne peut pas être mauvaise.

— Venez au lycée avec l'esprit ouvert, continue Ervin. Vous n'êtes pas forcés de devenir amis avec les nouveaux. Tout ce que je vous demande, c'est de leur témoigner du respect, comme vous feriez avec n'importe quel camarade différent de vous. Il y a ici des élèves issus des quatre coins du monde, qui pratiquent des religions différentes, ou parlent une langue différente, et cela ne crée pas des problèmes tous les jours. Je voudrais que ce soit la même chose avec les Alphas. Arrêtons les conneries. Apprenons à nous connaître.

Doyle s'avance alors ; Ervin lui rend le micro à contrecœur.

— Merci, monsieur Ervin, dit-il. Je ne l'aurais pas mieux formulé moi-même. D'ailleurs, vous venez de me donner une excellente idée. Est-ce que Lyric Walker peut venir nous rejoindre ?

Je me lève avec réticence et m'avance vers l'estrade, sans cesser un seul instant de fusiller du regard M. Doyle. Qu'a-t-il encore derrière la tête ? Il sait que j'ai besoin de rester discrète, et malgré cela il m'expose devant tout le monde pour servir ses petites manigances. Quand je monte sur l'estrade, il m'adresse son sourire de conspirateur et je me rappelle que je ne suis qu'un pion dans son jeu.

— Vous connaissez tous Lyric, mais sans doute ignorez-vous ce qu'elle a dû faire récemment. Depuis quelques semaines, elle prend part à une expérience. Tous les jours, elle se retrouve seule en compagnie d'un des élèves alphas. Le dénommé Fathom.

J'ai l'impression de prendre un coup de pied dans le ventre. Comment peut-il me trahir de cette manière ?

— Mlle Walker n'avait aucune envie de collaborer. Elle craignait que certains d'entre vous ne lui en veuillent, voire ne s'en prennent directement à elle. Ce en quoi elle avait raison. Mais je l'ai obligée. En fait, j'ai appelé le supérieur de son père et obtenu qu'il perde son travail si sa fille refusait de jouer le jeu. Elle n'a pas eu le choix.

Je me tourne face à lui, me demandant s'il n'aurait pas perdu la tête.

— Maintenant, c'est à vous. Gabriel Bowen, Ghost, venez s'il vous plaît.

Et là, je saisis enfin. Un large sourire s'étale sur mon visage tandis que je les regarde s'avancer devant tout le monde. J'ai compris où Doyle voulait en venir, et personne au monde ne le mérite plus que Gabriel.

— Vous allez former un binôme. Ghost vous accompagnera dans chacun de vos cours, Gabriel. Et tous les jours vous passerez une heure l'un avec l'autre.

— Sûrement pas ! proteste Gabriel.

Doyle s'esclaffe.

— Je raconterai votre réaction à votre père quand je l'appellerai tout à l'heure. Il travaille au service des véhicules de la ville, exact ?

Gabriel tire une tête de cent pieds de long.

— Tyrese White ? Où êtes-vous ?

Un Noir maigrichon se lève. Il n'a pas l'air ravi.

— Tyrese, laissez-moi vous présenter Luna.

Luna pivote sur son siège ; ils se toisent l'un l'autre.

— Nicolette Wilder, vous serez avec Bumper, annonce Doyle.

Nicolette est à deux doigts de vomir.

Arcade est mise en binôme avec Lynn Plumber. Les deux filles semblent prêtes à s'arracher les yeux.

Surf est attribué à Dougie Harris, un élève de seconde aux épaules étroites. Dougie manque tourner de l'œil.

— Je parie que tous ceux que je n'ai pas appelés se frottent les mains. Votre tour viendra, jeunes gens. Chacun d'entre vous aura l'occasion de faire connaissance avec au moins l'un des nouveaux. (Doyle boit une petite gorgée dans son mug de café.) Et maintenant, regagnez vos classes et passez une bonne journée.

Je me tourne vers lui et le vois qui sourit. Il m'adresse un clin d'œil.

Dès que l'opportunité se présente, je file à l'infirmerie. Doyle vient d'arriver, il est encore en train d'allumer ses écrans. Il a l'air passablement content de lui malgré son œil au beurre noir.

— Laissez-moi deviner ce qui vous amène, dit-il.

Je lui demande de but en blanc :

— Où est-il ?

Ce n'était pas la question à laquelle il s'attendait, cela se lit sur son visage. J'ai l'impression d'être transparente.

— Il est blessé sans arrêt, dis-je. Nous avons été pris dans une bagarre la semaine dernière, et…

— Oui, je suis au courant. Il est là, et pas en meilleur

état que d'habitude. M. Lir a recommandé de le tenir à l'écart des autres au cas où il y aurait une nouvelle attaque. On craint également que les garçons qu'il a attaqués n'aient des frères ou des sœurs dans ce lycée. C'est drôle, je pensais que vous me demanderiez de le confier à quelqu'un d'autre.

— Vous le feriez ? dis-je, tâchant de prendre une voix remplie d'espoir et non chargée de crainte.

Il me dévisage longuement. Cela me donne envie de me recroqueviller derrière une chaise.

— Vous exercez une bonne influence sur lui, Lyric. Il vous fait confiance. Peut-être y a-t-il chez vous quelque chose qui l'apaise.

— Un truc d'Alpha ?

Il hausse les épaules.

— Est-il au courant ?

— Non, dis-je. Il n'y a que vous.

— Même pas vos amis ?

— Ce ne serait pas juste de les mettre en danger.

— C'est un bien lourd fardeau que vous portez là, commente-t-il avec sympathie.

Je ne suis pas sûre qu'il soit sincère, mais s'il l'est, peut-être arriverai-je à lui faire comprendre.

— C'est ma vie depuis trois ans, monsieur Doyle. Toujours à me cacher, à m'inquiéter, à trembler à l'idée d'être découverte.

— Comme les Benningford. Un incident bien malheureux, déplore-t-il. Pourquoi ne pas vous réfugier sur la plage ? Le peuple de votre mère vous protégerait.

— Non, impossible.

— Pourquoi ?

— Ma mère a choisi le mauvais camp.

Il me fixe un long moment.

— Accordez-moi encore une semaine. Cinq jours. Après quoi je le mettrai avec quelqu'un d'autre.

— Et j'aurai mon enveloppe ?

Il fait oui de la tête.

— Avez-vous déjà décidé où vous irez ? Non, ne me le dites pas.

— Je n'en avais pas l'intention, monsieur Doyle.

Il sourit.

— Excellent ! Vous apprenez vite. Venez me voir vendredi, Lyric, et nous nous dirons adieu.

20

Les premiers pas hésitants vers les nouveaux se font tout autour de moi, bourgeons minuscules qui pointent hors du terreau : une présentation, un petit sourire, un hochement de tête à Ghost ou à Luna quand ils passent. Une fille complimente Arcade sur son gant métallique et lui demande où elle pourrait s'acheter le même. Quand Bumper fait tomber un livre, trois élèves se penchent pour le lui ramasser. La plupart des lycéens restent encore à l'écart de Surf mais Rome ne s'est pas faite en un jour. Doyle a promis de faire fonctionner cet établissement et, en voyant le miracle s'accomplir sous mes yeux, je ne peux m'empêcher de reconnaître ses mérites. C'est un génie tordu, accro au café, menteur et manipulateur, mais il obtient des résultats.

— Si seulement j'avais mon téléphone, regrette Shadow que je croise dans le couloir. Je voudrais que mes fans puissent voir ça.

J'aimerais bien avoir le mien également, afin de pouvoir jouer avec mes parents au jeu du « Je sais quelque chose que vous ignorez ». Doyle nous avait promis un bon de sortie et il vient de me dire à quelle date nous l'aurons.

Fini, la vie sous la chape suffocante de l'anonymat. Dans cinq jours nous pourrons faire nos valises et débarrasser le plancher.

— Tu as l'air de bonne humeur, remarque Bonnie en me voyant arriver pour mon tête-à-tête avec Fathom. Je voudrais pouvoir en dire autant de lui.

— Maussade ?

— J'allais dire grincheux.

— Eh bien, dans ce cas, j'imagine que je vous verrai dans cinq minutes quand je ressortirai d'ici comme une furie.

M. Lir rit dans sa barbe et m'ouvre la porte.

— Bon courage, mademoiselle Walker.

Je passe en revue la liste que j'ai dressée ce matin des raisons pour lesquelles mes sentiments à l'égard de Fathom sont stupides, gênants et autodestructeurs.

1. Il a une fiancée.

2. La fiancée en question a des lames qui lui sortent des bras.

3. Fathom est perpétuellement de mauvaise humeur, souvent insupportable, et violent.

4. Ma vie avec lui serait un combat de rue permanent qu'il n'aurait pas le bon sens d'éviter.

5. Avec les antécédents que je me traîne en matière de mauvaises décisions, je ne peux pas me fier à mes sentiments.

6. Je vais quitter la ville dans cinq jours.

7. CINQ JOURS !

C'est une liste très rationnelle. Tous ces faits sont indiscutables. Je suis parvenue à la conclusion évidente que ça ne pourra jamais fonctionner entre nous. Je crois avoir pris la bonne décision. « Tu peux y arriver », me dis-je, puis je franchis la porte.

Fathom se tient au centre de la pièce. Il ne porte pas de T-shirt.

Je murmure :

— C'est pas juste…

— Qu'as-tu dit ?

— Rien.

Je m'efforce de ne pas le dévorer des yeux. Je pose mes livres d'enfants sur un pupitre et cherche quelque chose sur quoi concentrer mon attention, mais c'est peine perdue. Il n'y a rien ici de plus captivant que lui.

— J'ai besoin de ton aide, annonce-t-il en se retournant.

Une vilaine écorchure semée de piquants noirs lui barre le dos de haut en bas.

Je fais la grimace.

— Qu'est-ce que c'est que ça ?

— Des griffes de Nixe. Elles restent plantées dans la peau et se changent en poison si on ne les retire pas rapidement.

— Tu devrais voir un médecin.

— Tu deviens prévisible, Lyric Walker.

— Quel genre de poison ?

— Eh bien, il pousse ton corps à produire trop de sang et tu enfles jusqu'à ce que…

— D'accord, j'ai compris.

Et j'extirpe une première griffe de la plaie. C'est répugnant.

— Avec toi, il y a toujours du sang.

Il me fait face.

— Tu es fâchée contre moi.

« Très bien. Puisque tu y tiens, parlons-en. »

— Ce n'étaient que des gamins.

— Ils avaient mon âge, rétorque-t-il. Certains étaient plus vieux. Et ils nous menaçaient avec des armes.

— Tu es plus fort et plus rapide qu'eux. Et tu as des épées dans les bras.

— Ce ne sont pas des épées.

— D'accord, ce sont des lames pointues et acérées capables de trancher la main d'un homme. Tu aurais pu retenir tes coups.

— Je l'ai fait, siffle-t-il. Ils sont encore en vie, non ? Et laisse-moi te rappeler qu'eux aussi avaient une arme tranchante et pointue.

— N'en parlons plus, dis-je en reprenant ma chirurgie de fortune. Nous sommes différents, c'est tout.

— Oui, nous sommes différents, confirme-t-il. Malgré tous tes efforts pour me changer.

— Te changer ?

— N'est-ce pas ce que Doyle t'a demandé ? De me transformer en humain ? De faire de moi quelqu'un qui recule devant un défi ? Tu peux lui dire que c'est raté.

— Je l'ai déjà fait. Il va t'attribuer un autre binôme, ça marchera peut-être mieux.

Il pivote face à moi, le regard meurtri. Comme si je venais de le gifler.

« Il tient à moi. »

Si c'est vrai, je dois quitter cette salle tout de suite. Ma liste ne fonctionne que s'il n'a pas de sentiments pour moi. Sinon, je serai incapable de me retenir. Je me tourne pour sortir mais il me retient par le bras.

— Je…

— Lâche-moi, dis-je en fixant la porte.

— Attends.

Je le supplie :

— S'il te plaît, laisse-moi partir.

— Je ne peux pas, Lyric Walker.

Soudain, il me fait tourner comme une toupie et me pousse contre le mur. Ses mains se glissent au creux de mon dos et me plaquent contre lui. J'ouvre la bouche, surprise, et il colle ses lèvres sur les miennes. Ses baisers sont fougueux, voraces. On ne m'avait encore jamais embrassée comme ça. J'ai la sensation d'être fauchée par une lame de fond, happée, aspirée dans un tourbillon de désir. J'ai peur, non parce qu'il me serre à m'étouffer mais parce que je l'embrasse avec la même violence. Nous chancelons, pressés l'un contre l'autre comme si chacun de nous tâchait de se fondre dans le corps de l'autre. Et tout autour de moi je sens le monde changer, se transformer en une chose que je ne reconnaîtrai pas quand je rouvrirai les yeux. Le sol sera en haut, le ciel en bas, et plus rien n'aura de sens. Quand nous sortirons de cette salle, tout le monde saura ce que nous venons de faire. On ne peut pas embrasser quelqu'un de cette manière et espérer que personne ne verra rien. Mais je m'en fiche. Je veux me noyer dans ses bras.

Un léger bourdonnement mécanique me fait ouvrir les yeux. La caméra fixée au plafond se tourne lentement pour focaliser sa lentille noire sur nous. Prise de panique, je me détache de Fathom avec l'impression qu'on m'arrache la peau.

— La caméra.

Il lève la tête vers elle et fronce les sourcils.

— Ils nous surveillent.

— On ne peut pas faire ça, dis-je, hors d'haleine.

— Il le fallait. Juste une fois, avant que…

— Avant que quoi ?

Il m'adresse un regard peiné, puis sort sans ajouter un mot, me laissant seule et tremblante comme une feuille. J'essaie de recouvrer mon sang-froid mais chaque parcelle de mon corps le réclame à grands cris, exige une autre dose. Mon cœur engorgé menace de me briser les côtes pour jaillir hors de ma poitrine.

Bonnie passe la tête à l'intérieur.

— C'est une première.

Je la regarde fixement, avant de comprendre qu'elle plaisante. C'est Fathom qui a quitté la salle en premier cette fois.

— Oui, on dirait. Je crois que je vais attendre la fin de l'heure ici.

— Comme tu voudras, dit Bonnie, et elle referme la porte.

Je m'écroule sur une chaise et passe le reste du temps à me calmer. Quand la sonnerie retentit, j'ai encore les jambes en coton mais je réussis à me lever. C'est à ce moment-là que je me rends compte qu'il m'a laissé quelque chose. Sur un pupitre se trouve un exemplaire de *Max et les maximonstres*, celui-là même qu'il avait déchiré sur un coup de colère. Il l'a réparé avec du scotch, replaçant soigneusement chaque page du mieux qu'il a pu.

Mon cerveau me repasse « le baiser » en boucle. Je peux encore sentir ses mains dans mes cheveux, sur mes hanches, au creux de mon dos. J'ai encore l'odeur de sa peau dans mes narines et le goût de sa bouche sur mes lèvres. Il m'a tellement chamboulée que je ne sais plus où j'en suis. Je me sens à l'étroit dans mon propre corps. C'est comme s'il m'avait démontée et remontée à l'envers.

Shadow et Bex sont déjà en train de manger à mon arrivée dans la cantine. Je les observe de loin. Il rit. Elle rit. Ils se touchent le bras, se regardent avec des yeux brillants. Ils échangent des baisers et des sourires. Je voudrais courir les rejoindre et leur dire que je sais exactement ce qu'ils éprouvent. Je voudrais leur raconter le baiser, ma sensation de flotter hors du temps, mais je m'abstiens. Je ne sais pas ce qu'ils éprouvent. Ils ne vivent pas la même chose que moi, parce que leur histoire est possible. Elle est réaliste, pleine d'espoir, et la société l'accepte, l'accueille à bras ouverts. Ils se complètent comme les pièces d'un puzzle et chacun s'en réjouit. Fathom et moi ne pourrons jamais connaître cela. Nous ne serons jamais Fathom et Lyric. Même si je restais dans cette ville malade, le monde entier se dresserait pour agiter un doigt désapprobateur et dire : « Non, non, non. Ce n'est pas bien. » Heureusement que je m'en vais, parce que je sais que rien ne pourrait m'arrêter.

C'est là que je réalise : je pars dans cinq jours et Bex est censée venir avec nous. Mais je ne peux pas la séparer de Shadow. Je n'ai pas le droit de briser leur histoire. Il va falloir qu'il vienne lui aussi. Mes parents seront furieux. Bex m'aperçoit et me fait signe d'approcher. C'est maintenant ou jamais. Je dois leur dire la vérité à tous les deux. Je m'assois à notre table et j'ouvre la bouche, mais au même instant, Fathom et le reste des Alphas font leur entrée.

— Donc, on est supposés être gentils avec eux, dit Bex. Je sais ! Shadow n'a qu'à les inviter à l'une de ses parties de *Donjons & Dragons*.

— Je n'ai jamais joué à *Donjons & Dragons* ! se défend-il.

Bex fronce les sourcils et le regarde avec insistance.

— Une seule fois ! avoue-t-il.

— Il faut que je vous dise un truc, dis-je dans un souffle.

— Shadow, on ne te juge pas, le rassure Bex en m'adressant un sourire malicieux. Personnellement, je me sens un peu vexée que tu ne nous aies jamais invitées à jouer toutes les deux. Écoute, on passera ce soir et tu pourras nous dévoiler ta vie secrète. Est-ce qu'on doit apporter des dés à trente faces ou autre chose ?

Il rie malgré lui.

— Je ne te ferai plus jamais de confidences.

Je ne peux plus contenir mon émotion.

— Lyric, qu'y a-t-il ? s'inquiète Shadow.

J'essuie mes larmes et jette un regard circulaire pour m'assurer que personne ne nous écoute.

— On part vendredi.

Shadow se penche en avant.

— Vous quittez la Zone ?

J'acquiesce de la tête.

— C'est plutôt une bonne nouvelle, murmure-t-il. Pourquoi pleures-tu ? Tout le monde a envie de quitter la Zone.

Je me tourne vers Bex, qui a perdu toute envie de rire.

— Shadow, il faut que je te parle, commence-t-elle.

Elle lui explique notre plan. Il s'adosse à sa chaise, abasourdi.

— Tu pourrais venir avec nous, dis-je.

Le visage de Bex s'illumine.

— Vraiment ?

Shadow me regarde, puis regarde Bex, avant de secouer la tête.

— Impossible. Ma mère est coincée ici ; sans papiers d'identité elle ne pourra jamais passer le point de contrôle.

Bex se lève, bouleversée. Son père a pris la poudre d'escampette quand elle avait trois ans et elle ne l'a plus jamais revu. Même si la situation est différente, je devine ce qu'elle pense : encore un homme sur lequel on ne peut pas compter.

Il se lève à son tour et lui prend la main.

— Mais je pourrais consacrer la fin de l'année à faire en sorte qu'elle puisse se débrouiller sans moi. Je passerai mon diplôme. Mon site commence à rapporter de l'argent. J'assurerai son avenir, et ensuite, je viendrai te retrouver.

Bex secoue la tête, refoulant ses larmes. Elle ne le croit pas.

— Et après, on se mariera.

— Houlà, minute, papillon ! je m'exclame.

Je trouve qu'il s'emballe un peu vite.

Bex le regarde droit dans les yeux.

— D'accord.

À la fin de la journée, Shadow et Bex sortent main dans la main dans la foule houleuse et hostile qui nous attend à l'extérieur. Les gens n'existent même pas pour eux. Je les invite tous les deux à la maison mais Bex veut passer chez elle prendre quelques affaires et dire au revoir à Tammy. Shadow tient à l'accompagner.

Je passe donc la soirée seule. Papa est de service et maman surfe sur Internet dans sa chambre. Tout est calme et tranquille, ce qui est bien la dernière chose dont j'ai besoin en ce moment. Je ne trouve rien d'intéressant à la télé. Je prends un livre mais je n'arrête pas de relire le même paragraphe. Faute de réussir à me changer les idées, j'en reviens constamment au baiser. Cela me rend nerveuse. Je ne tiens pas en place. J'attrape mon téléphone et j'envoie un texto à Bex pour lui demander de se dépêcher de rentrer. Elle promet de faire le plus vite possible.

TU AS PRÉVENU TAMMY QUE TU ÉTAIS FIANCÉE ?

La réponse ne se fait pas attendre.

LA FERME, WALKER

Je prépare un sandwich à ma mère et le lui apporte dans sa chambre. Depuis qu'elle sait qu'elle aura ses papiers vendredi, elle fouille avec acharnement tous les sites consacrés aux Alphas à la recherche de sa famille. C'est à peine si elle me voit entrer et, quand je lui souhaite une bonne nuit, elle grommelle « Toi aussi » en retour.

La journée m'a paru durer une éternité. Même si j'ai le cerveau en ébullition, mon corps se traîne lamentablement. Je décide de dormir un peu. Avant de baisser mon store, je jette un coup d'œil par la fenêtre. J'aperçois un homme adossé au lampadaire en bas de chez moi. Il porte un T-shirt des Niners. Il m'adresse un petit signe de la main qui me donne froid dans le dos. Sa silhouette a quelque chose de familier mais il fait trop sombre pour distinguer ses traits.

— Va te faire voir, dis-je en baissant le store. Je vais me tirer d'ici.

Le bourdonnement de mon téléphone me réveille. Je l'attrape, m'attendant à un texto de Bex, mais c'est un appel direct. À notre âge, on ne s'appelle plus à moins qu'il ne soit arrivé quelque chose de terrible.

Je décroche.

— Bex ?

— Ils l'ont tabassé, sanglote-t-elle.

— Bex, que s'est-il passé ? Qui s'est fait tabasser ?

— Ils lui sont tombés dessus à plusieurs… Russell, c'était lui le meneur.

Je me redresse dans mon lit d'un coup.

— Shadow.

— Il est mal. J'ai appelé une ambulance. Je ne sais pas si elle va venir.

— Où es-tu ?

— Chez Tammy.

— J'arrive !

Je ne prends pas le temps de m'habiller. Je rafle mes chaussures et pique un sprint jusqu'à la porte. Je suis tellement survoltée que je renverse une chaise dans la cuisine. Ma mère apparaît.

— Lyric ?

— Shadow est blessé. Il est chez Tammy. Appelle papa.

— Attendons qu'il arrive, dit-elle.

— Non.

Et je me rue à l'extérieur.

J'enfreins le couvre-feu en courant dans la rue, mais je dois absolument rejoindre Bex. Si je me fais repérer, les flics pourront toujours courir pour me rattraper.

Mon cœur fait un bond dans ma poitrine quand j'aperçois la porte d'entrée de la maison de Bex. Elle est grande ouverte. Après avoir grimpé quatre à quatre à leur étage, je découvre Tammy qui fait les cent pas dans son salon, une cigarette à la main, en larmes.

— Lyric…

Je la fais taire d'un geste.

— Tout ça, c'est ta faute.

Elle ne proteste pas, se contente de m'indiquer la chambre de Bex.

— Ils sont là.

Shadow est allongé sur le lit, le visage en bouillie, méconnaissable. Il ne bouge pas. Son torse ne se soulève pas. Ses paupières ne frémissent pas. Il n'y a plus aucune trace de mon ami dans ce corps. Il l'a quitté pour de bon. Penchée sur lui, Bex s'efforce de stopper l'hémorragie avec une serviette, sans voir – ou refusant d'accepter – que son sang ne coule plus.

Elle se tourne vers moi. Elle est bien amochée elle aussi. Son œil est tellement gonflé qu'on peut craindre des dégâts permanents.

— Il s'est battu contre eux, dit-elle.

— Mon père est en chemin.

Elle ne m'écoute pas.

— C'est Russell qui les a fait entrer. C'étaient des Niners. Il a dit qu'ils venaient me donner une bonne leçon et cet idiot a voulu s'interposer. Non mais tu imagines ? Qui m'a fichu un héros pareil ?

Elle me sourit puis se tourne vers lui, comme si elle s'attendait à le voir lever les yeux au plafond et sourire à son tour.

21

Je m'enroule autour de Bex et la serre, pleurant pour nous deux parce qu'elle reste immobile et silencieuse, comme si elle aussi subissait la raideur cadavérique.

— Il m'aimait, murmure-t-elle dans l'obscurité de ma chambre.

— Je sais.

— C'est Russell qui a fait ça. Il a rejoint les Niners.

— La police va…

Je m'interromps, réalisant à quel point ce que je dis est stupide.

— Ils vont me tuer aussi, dit-elle. Ils ne s'arrêteront pas là. Russell m'a prévenue.

— On part vendredi. Tu resteras en sécurité avec nous jusque-là.

— On va où ?

— À Denver.

— Qu'y a-t-il à Denver ?

— Des montagnes.

— Denver, répète-t-elle. C'est carrément au bout du monde.

Je hoche la tête.

— Tant mieux.

Elle me demande quelque chose à boire. Je cours à la cuisine où je trouve ma mère en train de regarder par la fenêtre.

— Comment va-t-elle ?

— Je n'ai pas l'impression qu'elle ait réalisé. Elle ne pleure même pas, dis-je en remplissant un verre d'eau.

— Elle est en état de choc. Et ta tête ?

— Je survivrai.

Une migraine a pointé le bout de son nez pendant que je regardais l'ambulance emmener mon ami.

— Je vais te faire couler un bain. Tu n'auras qu'à le prendre une fois qu'elle dormira.

À mon retour dans la chambre, Bex est assise sur le lit. Elle boit son verre d'un trait, avant de s'écrouler sur l'oreiller. Je veille sur elle jusqu'à ce qu'elle s'endorme, après quoi j'emporte ses vêtements dans la salle de bains. Je les plonge dans l'eau que ma mère a fait couler pour moi dans la baignoire. Je savonne, je frotte. Peine perdue. Les taches de sang sont trop incrustées. Furieuse, je les frappe contre le bord de la baignoire et me mets à pleurer ; mes larmes gouttent sur la fleur de sang qui s'épanouit lentement à la surface de l'eau.

On frappe à la porte.

— Lyric ?

— Je vais bien, papa.

— C'est toi qui as laissé ouverte la porte d'entrée ?

— Non, dis-je soudain inquiète.

Je m'essuie le visage d'un revers de bras et sors dans le salon. Mon père m'attend. La lumière jaune des lampes du couloir extérieur se reflète sur notre sol.

— Reste ici, murmure-t-il.

J'obéis, parfaitement immobile, tandis qu'il passe d'une pièce à l'autre en vérifiant chaque recoin.

— Lyric, où est Bex ?

Je l'écarte pour me précipiter dans ma chambre. Le contenu de mon sac à dos est renversé sur le sol. Je fouille parmi mes affaires en vrac, mais je sais déjà ce qui manque.

— Elle a pris le flingue.

Doyle appelle au petit matin pour me présenter ses condoléances. Je lui annonce que je ne viendrai pas au lycée aujourd'hui. Je m'attends à ce qu'il me dise de respecter ma part du marché, mais il n'en fait rien.

— Prenez soin de votre amie, répond-il simplement avant de raccrocher.

— Je le ferai.

Mais je mens, parce que je ne sais même pas où elle se trouve en ce moment. Mon père a envoyé quelques collègues en bas de chez Tammy et d'autres devant l'appartement de Tito, mais pour l'instant personne ne l'a vue. Je lui ai envoyé un millier de textos, sans obtenir de réponse. Cela me rend folle d'inquiétude. Je sais ce qu'elle a l'intention de faire avec mon arme.

— J'ai dû abattre un homme, un jour, dit mon père. Il avait poignardé une femme enceinte sur le front de mer et courait partout en menaçant les gens.

— Tu l'as tué ?

Il regarde par la fenêtre.

— Tu ne m'en avais jamais parlé, dis-je.

— Je n'en parle jamais.

Dans l'après-midi, ma mère m'accompagne chez Mme Ramirez. Sa maison est tout illuminée de bougies. Une vieille photo de Shadow en primaire pend au mur.

Une croix de bois est accrochée dessous. Mme Ramirez pleure doucement, serrant les perles de son rosaire à les broyer. Une femme âgée, peut-être la grand-mère de Shadow, hurle son chagrin en se frappant la poitrine comme si c'était son propre corps qui avait tué son petit-fils.

Je dis à Mme Ramirez à quel point j'aimais son garçon. Elle me remercie, mais éclate en sanglots, et je me sens encore plus mal.

— Quand on est en deuil, même des paroles gentilles peuvent faire l'effet d'une gifle, m'explique ma mère pendant le triste trajet de retour chez nous.

Plus tard dans la journée, mon père et moi sillonnons les rues de Coney Island. Je lui indique tous les endroits où Bex aurait pu se cacher, tous les petits recoins où nous avons fait les quatre cents coups, elle et moi. Je ne veux plus garder le moindre secret, aussi je lui raconte des choses qu'il préférerait sans doute ne pas entendre, mais si cela peut nous aider à retrouver mon amie, je veux bien me mettre à nu devant le monde entier. Je lui parle du toit de Gabriel. Nous escaladons l'échelle d'incendie, mais elle n'est pas là-haut.

À minuit je m'écroule dans mon lit, à bout de forces, frustrée, avec une douleur sourde qui me résonne dans le crâne. Je ne dormirai pas cette nuit, mais il n'y a plus grand-chose à faire hormis attendre que le téléphone veuille bien sonner. Je lui envoie un dernier texto.

JE T'AIME, BECCA CONRAD. REVIENS S'IL TE PLAÎT

J'entends passer les Alphas dans ma rue. Ils noient mon angoisse dans leur vacarme épouvantable puis s'en vont terroriser le pâté de maisons suivant.

Trois heures du matin. À force de me tourner et de me retourner dans mon lit, je suis au bord de la F5. Il faut que j'aille faire redescendre ça dans un bain froid. Je trouve mes parents dans le noir en train de boire un café. Ma mère pleure. Mon père se tient tout avachi. On dirait qu'il vient de perdre un combat.

Je panique :

— Qu'y a-t-il ?

— Toujours aucune nouvelle, me rassure mon père.

— Alors pourquoi êtes-vous encore debout tous les deux ?

Mon père fait un signe à ma mère.

— Dis-lui, toi.

— M'man ?

Elle prend une grande inspiration et sourit. Je vois bien qu'elle se force.

— J'ai pris une décision. Je veux que ton père et toi partiez sans…

— Non.

— Lyric, ce serait seulement temporaire, plaide-t-elle. Vous pourriez trouver un endroit où nous installer, et je vous rejoindrais plus tard.

— Pas question qu'on se sépare. Doyle va me donner les papiers. On peut s'en aller dès vendredi. Bex viendra avec nous, on partira tous ensemble.

Elle secoue la tête.

— Je ne peux pas m'en aller avant de les avoir retrouvés.

Je m'emporte :

— Ils ne sont pas là, m'man !

Ma colère semble la prendre de court.

— Alors ils arriveront avec la prochaine vague.

— Qui aura lieu quand ?

Elle ouvre la bouche pour répondre, mais je lui coupe la parole.

— Tu n'en sais rien, m'man. Tu ne l'as jamais su. Tu ne sais même pas pourquoi on t'a envoyée ici.

— Je ne peux pas t'expliquer, Lyric, s'écrie-t-elle. Je comprends bien que c'est trop dangereux pour vous deux, mais…

— Contente que tu t'en aperçoives ! je hurle. L'un de mes meilleurs amis est à la morgue et l'autre a disparu, alors oui, merci de remarquer que c'est dangereux. Donc c'est décidé ? On reste ?

— Non, toi et ton père allez partir.

— Il ne partira jamais sans toi et tu le sais bien !

— Évitons de réveiller tout l'immeuble, suggère mon père en indiquant la porte d'entrée.

Je respire un grand coup, mais cela ne suffit pas à me calmer.

— D'accord, imaginons un peu ce qui se passera quand ta famille se montrera – si elle se montre un jour. Elle te rejettera comme les autres. Tu es une intouchable ! Tes parents te cracheront à la figure, puis ils essaieront de te tuer. J'ai vu comment ton noble peuple traite ses enfants, m'man. Le père de Fathom encourage ses adversaires dans leur foutue arène, et pourtant ce n'est pas un traître. On leur apprend à se battre au berceau. Il n'y a pas d'amour, pas de compassion ; ce serait contraire à l'honneur. Ils te tourneront le dos.

— Elle n'a pas tort, Summer. Comment sais-tu qu'ils auront envie de te voir ?

— Je vous rejoindrai dès que je pourrai, promet-elle.

Impossible de la raisonner. Je suis folle de rage.

— Si on te laisse ici, on ne te reverra jamais ! Le

gouvernement finira par te tomber dessus, à moins que la bande qui vient de massacrer Shadow ne s'en charge avant.

— Pendant combien de temps voudrais-tu que je te cherche si tu disparaissais ?

— Laisse tomber ce genre d'argument ! Tu as passé tout ton temps sur ce portable en sachant parfaitement que ça ne te mènerait nulle part. Eh bien, on va rester avec toi, m'man. Et si les Niners nous tuent aussi, ce sera ta faute.

Ma mère se lève et me gifle. Le bruit est plus fort que le coup, mais c'est surtout le regard qu'elle me lance qui me fait mal.

— Vous me répétez sans arrêt de grandir un peu, dis-je. Je crois que j'ai largement assez grandi comme ça. À ton tour, maintenant.

Sans la cérémonie organisée en hommage à Shadow, rien n'aurait pu me convaincre de remettre les pieds au lycée. Devoir affronter la réalité de sa mort en présence de tout le monde m'est insupportable. Doyle me promet que ce sera bref et respectueux : un rassemblement à l'auditorium, une compilation des meilleures vidéos de son blog, une minute de silence. Il me propose de prendre la parole, mais je ne vois pas ce que je pourrais dire qui ne soit ni déprimant ni haineux. Il me demande des nouvelles de Bex. Je n'en ai pas : elle n'est toujours pas réapparue.

Doyle nous retrouve à l'intérieur. Il porte un costume sombre et des verres fumés. Il lève les yeux vers la caméra murale. Je la regarde moi aussi, mais je ne vois pas ce qu'elle a de si intéressant.

— Je voulais simplement m'assurer qu'elle était coupée, m'explique-t-il avant de me tendre une enveloppe.

Il me tend une enveloppe.

— Partez, nous conseille-t-il. Tirez-vous loin de cette ville.

— Merci, dit mon père.

Doyle hoche la tête. Les hommes sont bizarres. Ils peuvent se cogner dessus un jour et s'apprécier le lendemain.

Je remets l'enveloppe à ma mère.

— Tiens, c'est pour toi. Beaucoup d'efforts pour rien.

Mon père se renfrogne.

— Lyric, ce n'est pas le moment.

— Tu as raison. Allons dire adieu à mon ami qui s'est fait tuer.

La mère de Shadow est assise au premier rang ; elle sanglote. À côté d'elle, M. Ervin refoule ses larmes. Je jette un coup d'œil à mes camarades de classe. La plupart semblent hébétés, horrifiés par ce qui s'est passé.

Je repère les Alphas. Ils sont assis discrètement au milieu de l'assistance. Je suis surprise qu'ils soient venus. Ils montrent si peu d'intérêt pour nous. Je me demande si Fathom a obligé les autres. En tout cas, je suis contente de les voir là.

— Le prince te fait dire qu'il est désolé pour ton ami, me glisse M. Lir à l'oreille en venant s'asseoir à côté de moi.

— Dites-lui que ça compte beaucoup pour moi.

— J'ai appris que vous alliez nous quitter.

Je fronce les sourcils. Comment peut-il être au courant ?

— Doyle et moi partageons certaines informations, m'explique-t-il.

— Ma mère refuse de partir avant d'avoir retrouvé sa famille.

— Fais-la changer d'avis. Il faut vous en aller le plus vite possible.

— Pourquoi ?

Soudain, Gabriel se dresse au-dessus de moi. Il pose un genou à terre, le visage mouillé de larmes.

— Je suis sincèrement désolé.

— Merci, Gabriel, dis-je avec raideur.

Ses paroles rageuses résonnent encore à mes oreilles.

Quand M. Doyle réclame l'attention générale, Gabriel s'éclipse au fond de la salle. Le principal parle de mon ami, de sa gentillesse, de ses talents, de sa bonne humeur. Il nous montre quelques-unes de ses vidéos, son reportage sur le front de mer. Il évoque l'immense communauté qu'il a rassemblée sur la Toile, en partageant avec le monde entier ce que nous voyons tous les jours dans la Zone. Il dit que c'était quelqu'un de spécial, de remarquable, et ça paraît sincère. Il termine en nous passant une vidéo où l'on voit Shadow faire du break-dance avec d'autres camarades. Il était doué – une corde de plus à son arc qui en comptait déjà beaucoup.

Je me retourne dans l'espoir d'apercevoir Bex en train de regarder son petit ami danser et rire, éminemment cool. Je sais qu'elle aurait voulu assister à cela, le voir une dernière fois tel qu'elle le connaissait, mais elle n'est pas là.

22

Que fais-je encore au lycée ? Mes parents sont partis depuis des heures et chaque cours se transforme en oraison funèbre. J'attends Bex, tout simplement. À moins que je n'aie pas envie de rentrer chez moi et de voir ma mère. Je ne peux pas m'empêcher de penser qu'elle nous trahit.

Morte de faim, je me dirige vers la cantine. Je n'ai rien mangé depuis un jour et demi, et avec ma migraine je commence à me sentir faible. J'ai besoin d'avaler quelque chose, sinon je vais tourner de l'œil. J'attrape un sandwich au hasard et vais m'asseoir à une table. Je n'ai plus mangé seule depuis le collège. Je mastique en refoulant une nouvelle envie de pleurer.

— Et moi qui pensais que nous serions amies…

Je me retourne et découvre le gouverneur Bachman debout derrière moi.

— Heu…

— Tu t'es bien moquée de moi l'autre jour. Tu t'es sûrement crue très maligne. (Il me faut une seconde pour réaliser : elle a compris qu'il n'y avait pas d'île Sendak.) Tu as commis une erreur, ma petite. Je suis la dernière personne qu'on veuille avoir pour ennemie. Toi et ton cher M. Doyle m'avez fait perdre mon temps pendant qu'il évacuait le lycée. Mais il n'est pas le seul à avoir des atouts dans la manche, vois-tu.

Je l'implore :

— Fichez-moi la paix. Mon ami vient de se faire assassiner. Vous ne pourriez pas montrer un peu de compassion ? Il doit bien rester une trace d'humanité en vous.

Un journaliste accompagné d'un cameraman entrent dans la cantine ; elle leur fait signe d'approcher.

— Par ici, s'il vous plaît. Mettez-vous de ce côté-là. Êtes-vous prêts ?

— Oui, répond le journaliste avec entrain. On va tourner ça caméra à l'épaule.

— Parfait !

Bachman semble très contente d'elle-même. Elle lisse son tailleur avant de se tourner face à la caméra. À l'instant même Doyle et une trentaine de soldats font irruption dans la cantine. Il est à la fois choqué, furieux et hors d'haleine. Il a dû piquer un sprint depuis son bureau.

— Gouverneur, je comprends que vous ayez besoin d'attirer l'attention mais ce n'est pas l'endroit pour soigner votre publicité. Je vous demande d'arrêter ce petit jeu tout de suite.

— Quel petit jeu ? je demande, intriguée.

Bachman sourit et brandit bien haut une enveloppe blanche comme s'il s'agissait d'un étendard.

— Voyez-vous, monsieur Doyle, on ne s'oppose pas à un ordre de justice. Comme je n'étais pas convaincue que vous aviez le pouvoir de renvoyer autant d'élèves, je me suis adressée à un juge, et il est tombé d'accord avec moi. Les voilà donc qui reviennent bénéficier de l'instruction à laquelle ils ont droit. Ce lycée a été bâti pour les enfants de Coney Island – tous les enfants.

Elle pousse le battant de la sortie de secours. Une foule d'élèves en T-shirt rouge se tient de l'autre côté. Affichant le même sourire malveillant que le gouverneur, ils entrent les uns derrière les autres.

— Bienvenue, les enfants ! continue Bachman. Avancez. Il faut faire de la place pour tout le monde.

— J'ai le pouvoir d'expulser quiconque perturbe cet établissement, prévient Doyle.

— Peut-être, mais aujourd'hui ces enfants iront au lycée.

Doyle lance un regard à l'un de ses soldats, qui s'éclipse au pas de course. Je vois passer Jorge, Svetlana, et même Deshane. Et il y en a d'autres – Lara, Luiz, et tant d'autres que j'avais presque oubliés –, autant d'élèves qu'on avait renvoyés pour la sécurité du plus grand nombre. Maintenant ils sont de retour, comme un virus dans le sang de Hylan. Six cents élèves viennent de franchir la porte, et chacun d'eux est une bombe à retardement.

— Il va y avoir du grabuge, prédit quelqu'un.

Il a raison.

Le gouverneur se tourne vers moi avec un rictus triomphant.

— Aujourd'hui, je répare une injustice à Coney Island. On ne pourra plus dire que les monstres passent avant les humains !

Elle ôte sa veste, dévoilant un T-shirt des Coney Island Nine. Son armée d'adolescents l'acclame et l'applaudit tandis qu'elle minaude devant la caméra.

Doyle repère Bonnie parmi les soldats.

— Emmenez Mlle Walker loin d'ici. Vite.

Elle m'attrape par le bras et nous filons hors de la cantine, mais il y a des Niners partout, qui arrivent par l'entrée principale et les issues de secours. Ils se répandent dans les couloirs, rudoyant tous ceux qui ne portent pas leur T-shirt. Les soldats et les flics semblent incapables de les maîtriser. Ils sont trop nombreux.

— C'est du délire, crie Bonnie dans sa radio. (Quelqu'un lui répond sur le même ton, mais je ne comprends pas ce qu'il dit.) Mince ! La porte principale est bloquée. On va devoir sortir par-derrière.

Nous effectuons un virage à cent quatre-vingts degrés. Il nous faut nous frayer un chemin à travers une marée de T-shirts rouges. On nous crache dessus, un garçon fait mine de m'envoyer un coup de poing. Bonnie lui braque son fusil dans la figure.

— Réfléchis bien ! lui crie-t-elle, et le garçon suit son conseil.

Une douzaine de soldats nous dépassent, d'autres nous croisent. Des cris s'échappent de la radio de Bonnie. J'entends un coup de feu. En approchant de l'arrière du lycée, nous tombons sur une bande de Niners qui barrent la sortie.

— Il y a une porte dans la bibliothèque, dis-je.

Bonnie hoche la tête et nous entraîne dans un autre couloir, mais, une fois dans la bibliothèque, nous trouvons la sortie fermée par une chaîne. Bonnie empoigne son fusil et tente de la briser à coups de crosse. Peine perdue, les maillons sont trop solides.

— Recule-toi, me dit-elle, avant de pointer son arme sur la porte.

J'entends un grand fracas, qui n'a rien d'une détonation. Je me retourne et vois Bumper à côté d'une étagère renversée, encerclée par Svetlana et une vingtaine de ses amis.

— Regardez-moi cette horreur ! s'exclame la peste. Vous êtes tous plutôt moches, mais alors toi, tu es la plus vilaine du lot. Tu es censée être quoi exactement ? Un calmar ?

— Je veux simplement passer, répond Bumper.

Sa voix fait des gargouillis, comme si elle se trouvait sous l'eau. C'est la première fois que je l'entends parler.

— Ça va pas être possible.

Elle bouscule Bumper et la petite Céto chancelle sur ses jambes. Les doigts de Svetlana se retrouvent maculés d'une substance visqueuse qui suinte de la peau de Bumper. On dirait de la colle. Elle s'essuie sur son pantalon.

— Fichez-lui la paix, ordonne Bonnie.

Svetlana ne lui prête aucune attention.

— On ne veut pas de toi ici, le monstre, alors tu vas me trouver sur ton chemin tous les jours. Je ne vais pas te lâcher. Je te pourrirai la vie jusqu'à t'en donner des cauchemars.

— Svetlana, arrête ! je m'écrie.

— La ferme, Lyric. On s'occupera de toi après.

— Laisse-moi tranquille, demande calmement Bumper.

— Sinon quoi ?

— Tu ne comprends rien à nos coutumes, humaine.

— Tout ce que je comprends, c'est que tu es moche à faire peur.

Svetlana frappe Bumper au visage. Une marque rouge apparaît au point d'impact et s'étend progressivement à toute la joue ; pourtant, Bumper agit comme si elle n'avait rien senti.

— Je n'en tolérerai pas plus, humaine, prévient-elle. Si tu continues, je prendrai ça pour un défi et je répliquerai.

Svetlana ricane, puis lui assène un crochet. Un sang noir coule au coin de la bouche de la petite Céto, souillant son T-shirt blanc. Elle se touche la lèvre, tandis que Svetlana s'apprête à lui décocher un nouveau coup de poing. Je grimace, anticipant le choc, mais cette fois Bumper bloque le poing de la jeune fille au creux de sa main.

— Défi accepté, annonce la Céto, dont le corps tout entier se met à briller.

Les yeux de Svetlana roulent dans leurs orbites. Elle tressaille, puis s'agite comme un pantin désarticulé. Ses bras et ses jambes se tordent aux articulations. Sa langue frétille hors de sa bouche et vire au blanc, puis au noir. Elle secoue la tête dans tous les sens tandis que retentissent des craquements d'os. Une odeur emplit la pièce : Svetlana est en train de griller.

— Lâche-la ou je tire ! ordonne Bonnie, son arme pointée sur Bumper.

La Céto hoche la tête et dégage sa main avec un bruit de succion écœurant, mais Svetlana continue à s'agiter au ralenti, par saccades. Elle baisse les yeux sur ses bras, sur la fumée qui s'élève de ses vêtements et du bout de ses doigts, et pousse un cri terrible. Ses cheveux s'embrasent, puis elle s'écroule comme une masse. Son crâne heurte le sol avec un bruit que je n'oublierai jamais et elle reste étendue là, secouée de tressaillements, pendant qu'un soldat se précipite pour lui faire un massage cardiaque. À peine a-t-il posé la main sur elle qu'il est catapulté en arrière avec un crépitement électrique.

Six autres soldats arrivent au pas de course.

— Que s'est-il passé ? crie l'un d'eux.

— La petite l'a tuée, répond Bonnie en indiquant Bumper.

— Elle ne voulait pas s'arrêter, explique la Céto, avant de se tourner vers les Niners. Aucun de vous ne voulait. Mais je crois que vous ne le ferez plus, maintenant, n'est-ce pas ?

L'un des soldats sort une paire de menottes.

— Non, ne la touchez pas, dit Bonnie. Elle s'est servie d'une espèce de décharge électrique, probablement un truc qu'elle a en elle.

Les soldats pointent leurs fusils sur Bumper.

— Garde tes mains bien en évidence, aboie Bonnie.

23

— J'ai appris ce qui se passe au lycée, nous annonce Mme Novakova quand mes parents et moi sortons de l'ascenseur. Je vous avais dit ces choses sont dangereuses.

— Madame Novakova, la journée a été particulièrement pénible, dit ma mère.

— J'ai appris que tu passais du temps avec le prince poiscaille, continue-t-elle.

— Nous voulons simplement rentrer chez nous, dit mon père alors que nous essayons de contourner la vieille dame.

— Ne le ramenez pas ici. Je vous ai déjà dit. Je ne veux pas. Pas question d'attraper leurs maladies !

Je craque. Je lui hurle :

— Espèce de vieille folle, tirez-vous de mon chemin !

Des voisins intrigués par le bruit passent la tête dans le couloir, mais rentrent chez eux dès qu'ils voient Mme Novakova.

— Vous laissez votre fille dire ça à personne âgée ? crache-t-elle à ma mère.

— Vous avez raison. Elle aurait pu dire tellement

d'autres choses ! Comme vous traiter de vieille sorcière sans cœur, par exemple.

Mme Novakova agite un doigt menaçant avant de s'éloigner dans le couloir.

— Madame Novakova ! crie mon père. (La vieille dame se retourne si vite qu'elle manque tomber.) Si j'aperçois le moindre de vos amis ce soir, je vous arrête pour association de malfaiteurs et je vous envoie aux Tombes.

Elle lui jette un regard en coin, se demandant s'il faut le croire, puis se replie dans son appartement et claque la porte.

— Je parie que ça t'a fait du bien, me dit ma mère.

— Sauf que ça va nous retomber dessus, dit mon père. Nous ferions peut-être mieux d'aller dormir ailleurs ce soir. Je vais appeler quelques collègues. L'un d'eux aura peut-être une chambre à nous proposer.

En rentrant dans l'appartement, nous trouvons Terrance Lir assis sur notre canapé.

— Comment es-tu entré ? chuchote mon père.

— Nous n'avons pas beaucoup de temps, dit Terrance sur le même ton. Summer, Lyric me dit que tu refuses de partir ?

— Je ne peux pas, répond-elle.

— Il le faut, et le plus vite possible.

— Ma famille aura peut-être besoin de moi. Je sais qu'elle sera dans la prochaine vague…

— Summer, il n'y aura pas de deuxième vague. Ils ont disparu.

— Qui a disparu ?

— Tous les autres, jusqu'au dernier. La quasi-totalité de notre civilisation. Les seuls survivants sont sur la plage.

— Ils seraient tous morts ? C'est impossible. Nous sommes des millions, proteste ma mère.

— J'aimerais bien, soupire M. Lir.

— Tu mens !

— J'ignore ce qui s'est passé. Ils ne veulent pas me le dire. Mais il ne reste plus personne, Summer. Contente-toi de la famille que tu as et sauvez-vous le plus loin possible.

— Pourquoi est-ce aussi urgent, Terrance ? demande mon père d'un ton soupçonneux.

Terrance Lir se passe la main sur le visage d'un geste las.

— Je ne sais pas exactement. Ils ne me parlent plus.

— Tu es le porte-parole du prime !

— Oui, quel honneur, hein ? À leurs yeux je vaux moins qu'un Roussalka. Ils disent que je porte sur moi la puanteur humaine parce que j'ai épousé Rochelle. Ils ne veulent pas les accepter dans le camp, elle et Samuel. Ils traitent mon fils de bâtard. J'ai entendu dire que le prime avait l'intention de me tuer quand je ne lui servirais plus à rien. Ne me regarde pas comme ça. C'est vrai, Summer.

— Pourtant, tu as rempli ta mission. Tu es resté sur la plage, objecte ma mère.

— J'ai commis un crime autrement plus grave que d'avoir trahi les Alphas : je les empêche d'oublier leur échec.

— Quel échec, Terrance ? Je ne comprends rien à ce que tu racontes.

— Sérieusement, Summer ? Tu n'as pas encore compris ? Pourquoi crois-tu qu'on nous a envoyés sur le rivage ?

— Pour apprendre à connaître l'humanité. Afin qu'en cas de besoin les Alphas puissent vivre à la surface.

M. Lir secoue la tête avec tristesse.

— Comment peux-tu être aussi naïve ? On ne nous a pas chargés d'apprendre à vivre avec les humains. Nous devions les espionner pour que, quand les Alphas se lanceraient à l'assaut du rivage, les humains soient plus facilement vaincus.

— C'est n'importe quoi, Terrance ! s'écrie ma mère.

— Nous étions l'avant-garde d'une invasion.

— Tu étais au courant de ça, m'man ?

Elle fait non de la tête.

— Seulement, quelque chose a mal tourné, continue Terrance. Au lieu de passer à l'offensive en surface, ils sont arrivés en titubant pour se cacher. Ce sont des réfugiés, Summer.

— Se cacher de quoi ? demande mon père.

— On ne me l'a pas dit. Tout ce que je sais, c'est qu'ils préparent quelque chose. J'espérais que ce serait une campagne pour retourner chez nous, reconquérir nos anciens terrains de chasse perdus. Mais le prime semble avoir l'intention de reprendre le plan d'origine.

— Tu veux dire qu'il rêve encore de nous envahir ? s'exclame mon père. C'est ridicule.

M. Lir hoche la tête avec lassitude.

— Il est devenu fou, Leonard. Peut-être à cause de tous ces morts, peut-être parce qu'il a conscience de présider aux derniers jours de notre peuple. En tout cas ce n'est plus l'homme que j'ai connu il y a vingt ans. Il parle tout seul jour et nuit, rit et conspire avec des gens qui ne sont pas là. Sa femme l'encourage. Elle lui raconte que les voix qu'il entend sortent du Grand Abysse. Elle l'a convaincu qu'il était investi d'une mission divine. Alors, est-il capable de déclencher un assaut ? Absolument. Vous avez vu les nôtres partir en expédition tous les soirs. Ils ont accumulé une montagne de ferraille sur la plage. Ils s'en servent pour fabriquer des armes. Le prime ne reculera devant rien.

— M. Lir dit la vérité. Je les ai vus faire, dis-je.

— Tout ça va mal finir, Summer. Si tu trouves que la situation n'est déjà pas fameuse, attends de voir des Alphas en armes commencer à massacrer les gens dans la rue.

Terrance Lir se lève pour s'approcher de ma mère. Il prend ses mains dans les siennes et l'oblige à croiser son regard.

— N'oublie pas que tu es la dernière des Originaux depuis qu'Angela et sa famille ont été arrêtées. Combien de temps encore penses-tu pouvoir te cacher avant qu'ils ne viennent te chercher ? Crois-moi, tu ne veux pas connaître l'endroit où ils nous emmènent.

— Le camp ? murmure-t-elle.

Terrance blêmit.

— C'est la maison des horreurs, Summer. Ils s'adonnent à des expériences sur nous. Ils nous injectent des produits chimiques. Ils nous font rôtir au soleil et geler dans des chambres froides. Cela change tous les jours, leur imagination est sans limite, et tout ça uniquement pour voir ce qui se produit. Ils nous ouvrent le ventre, prennent ce qui les intéressent et nous recousent.

Il soulève sa chemise, dévoilant une cicatrice grossière qui part de son abdomen et remonte jusqu'à sa clavicule. Elle est horrible à voir, et le seul fait de nous la montrer semble réveiller en Terrance des souvenirs douloureux qui lui donnent le frisson.

— Ils m'ont laissé sortir pour que je les aide à communiquer avec les Alphas, dit-il d'une voix chargée de tension et de souffrance. J'ai fait de mon mieux, mais quand ils n'auront plus besoin de moi, ils me renverront là-bas avec Samuel et Rochelle. Oui, ils pratiquent aussi des expériences sur elle, Summer. Ils sont tout aussi fascinés par les personnes que nous aimons. Mais je n'y retournerai pas. Je préfère mourir. Alors, Summer, s'il te plaît, accepte l'aide de Doyle et quittez cet endroit pendant que vous le pouvez encore.

Il baisse sa chemise puis nous dévisage l'un après l'autre, comme un chien errant qui quémande un peu d'affection.

— Je dois vous laisser, dit-il. L'incident avec la petite Céto appelle une réaction officielle du prime, je vais devoir faire en sorte d'en atténuer l'agressivité.

Là-dessus, M. Lir sort. Ma mère se met à pleurer. Ses larmes coulent toute la soirée par à-coups douloureux, comme si elles lui arrachaient je ne sais quelle essence vitale en s'échappant de ses yeux. Mon père et moi restons impuissants, à la regarder pleurer sa famille disparue.

Quand elle finit par s'endormir, mon père et moi allumons la télévision pour suivre la conférence de presse retransmise sur toutes les chaînes. Sous les projecteurs brûlants, M. Lir transpire tellement qu'il doit s'essuyer le visage avec un mouchoir.

— Je m'appelle Terrance Lir. Je suis un fils de Sirène et un membre de la nation alpha. Je suis l'un des Originaux que les Alphas ont envoyés ici voilà des années. Je parle au nom des miens en tant que porte-parole de Sa Majesté le prime. Il espérait qu'en vivant côte à côte nos deux peuples parviendraient à nouer des liens fructueux dans le respect mutuel et la coopération.

« Cet espoir a rencontré de nombreux obstacles au cours des trois dernières années, mais jamais aussi graves que les événements d'aujourd'hui. Une fille de Céto, que vous connaissez sous le nom humain de Bumper, a été arrêtée aujourd'hui au lycée Hylan par des membres de la police et de l'armée. Bumper fait partie du programme pilote d'enfants alphas intégrés à ce lycée de Coney Island. Elle est également la fille de ce que vous autres humains pourriez considérer comme notre ministre de l'Éducation. En dépit de son statut social, Bumper, comme tous les jeunes Alphas, a été la cible permanente de vexations, de menaces et d'agressions. On nous avait promis, quand nous avons accepté de participer à ce programme, que nos enfants seraient traités comme des diplomates, protégés par la loi et tenus à l'écart de toute violence. Ces promesses n'ont jamais été tenues. L'humanité peut fermer les yeux sur le phénomène du harcèlement scolaire, mais un Alpha en est incapable. Toutes nos coutumes nous poussent à relever les défis qu'on nous lance. Pourtant, Bumper a fait de son mieux pour ne pas réagir. Mais aujourd'hui, les agressions jusque-là verbales ont pris une tournure physique et, malheureusement, une jeune fille humaine a été tuée. Notre nation respecte votre système judiciaire, mais nos efforts pour rencontrer Bumper se sont heurtés à un mur et nous venons d'apprendre qu'elle a été emmenée hors de la Zone. Selon la formulation d'un de vos responsables, elle a purement et simplement disparu. Nous ne pouvons pas tolérer les enlèvements et les disparitions. C'est ce genre d'action qui a conduit à la mort de neuf soldats américains sur notre plage il y a trois ans.

« Par conséquent, notre conseil, constitué de représentants de l'ensemble des clans, formule cette exigence : Bumper doit nous être rendue avant demain matin, huit heures, saine et sauve, après quoi nous pourrons aborder la question d'une punition appropriée pour ses actes. Si toutefois elle ne nous était pas restituée dans ce délai, nous la considérerions comme une prisonnière de guerre, et nous-mêmes nous considérerions comme en guerre contre vous. Nous relèverions alors ce défi, comme nous l'avons toujours fait tout au long de notre histoire. Telles sont nos coutumes.

— Il n'exagérait pas, je commente.

Mon père est abasourdi.

— C'est de la folie. Ils ne sont que trente mille !

Son téléphone sonne.

— J'ai l'impression que je vais devoir retourner au boulot.

Je regarde M. Lir poser son papier, puis lever les yeux vers la foule des journalistes.

— Je vais prendre quelques questions, mais je dois vous prévenir que je m'exprime sur ordre du prime et du conseil des Alphas. Je ne peux que vous répéter ce qu'on m'a dit.

Un journaliste lance une question inaudible.

— Est-ce une déclaration de guerre ? répète Terrance. Bumper est une adolescente de quinze ans, sensible, fille d'un membre éminent de notre communauté. Notre seule préoccupation est de la rendre à sa famille et à son peuple. Sans quoi, il y aura des conséquences.

Un autre journaliste lève la main.

— Vous êtes en train de nous dire que les Alphas sont prêts à partir en guerre contre l'Amérique avec des harpons et des tridents ?

— Je ne sais pas ce qui se passera. Simplement, je parle par expérience. Chaque fois que notre peuple a été mis au pied du mur, nos adversaires l'ont payé cher. Nos enfants apprennent à défendre leur honneur dès qu'ils sont assez grands pour le faire. Si nous y sommes contraints, nous nous battrons.

— Les Alphas s'imaginent-ils vraiment pouvoir tuer

une gamine dans un lycée américain sans s'exposer à une arrestation ? demande un troisième journaliste.

— Ce n'est pas l'arrestation qui nous pose problème. C'est l'endroit où Bumper est détenue en ce moment.

Terrance Lir hésite longuement, regarde la caméra bien en face, puis se jette à l'eau :

— Votre gouvernement dirige un centre dans lequel on emprisonne ceux de mon espèce. Un endroit où l'on pratique des expériences, ou plutôt des tortures, sur les adultes comme sur les enfants. Je le sais parce que ma famille et moi y avons été détenus pendant trois ans.

Les questions fusent de partout dans la salle. Les journalistes s'avancent, mais sont repoussés par les flics. Terrance est encerclé.

Quelqu'un tambourine à notre porte. Je trouve Mme Novakova sur le seuil, en sueur, le souffle court. Je grimace et tente de lui claquer la porte au nez mais elle parvient à glisser l'une de ses mains boudinées dans l'entrebâillement.

Je lui crie :

— Qu'est-ce que vous voulez ?

— Ton père !

— Qu'est-ce que vous voulez ? répète-t-il en écho.

— Vous avez vu ce qui se passe ? Il y a une foule dehors, répond-elle. Je veux savoir ce que police compte faire.

— Pourquoi n'appelez-vous pas vos héros des Coney Island Nine ? rétorque mon père. Ils n'auront qu'à s'en occuper.

À la télé, le présentateur annonce un bulletin spécial. Je découvre des images de mon quartier tournées depuis les airs. Des milliers de personnes marchent dans les rues en direction de la plage. Je vois les soldats qui gardent le front de mer se préparer à l'affrontement. Des véhicules de patrouille arrivent de partout dans des flashs rouge et bleu.

Je cours dans ma chambre et relève le store. La lie de l'humanité a envahi la rue. Ils brandissent des battes de base-ball, des couvercles de poubelle, des manches de pelle – tout ce qui leur est tombé sous la main.

Alertée par un claquement de porte, je retourne dans le salon. Mon père a refermé au nez de Mme Novakova que j'entends pester dans le couloir.

— Il faut que j'y aille, m'annonce-t-il en bouclant son ceinturon.

Je l'implore :

— Non, reste. C'est trop dangereux.

— Je t'appellerai dès que je pourrai.

Il m'embrasse sur le front, et le voilà parti. Je verrouille la porte derrière lui, je mets la chaîne et je glisse même une chaise sous la poignée au cas où quelqu'un essaierait d'entrer. La seconde d'après j'inonde Bex de textos pour la supplier de se mettre à l'abri ou de revenir chez nous. Sans réponse, une fois de plus.

Je ne peux rien faire d'autre que regarder les infos en continu et attendre des nouvelles de ceux que j'aime. Les soldats sur le front de mer essaient d'abord de repousser la foule avec des balles en caoutchouc, puis se voient contraints de recourir au gaz lacrymogène. Les gens brisent des vitrines, pillent des magasins et se battent entre eux. Bachman passe à la télé toutes les cinq minutes. Elle est radieuse.

— Le gouvernement américain ne négocie pas avec les terroristes, et il n'est pas question de fouler aux pieds la justice pour faire plaisir à trente mille clandestins d'une espèce étrangère. L'enfant est saine et sauve, entre les mains de la police.

— Pensez-vous qu'elle aura droit à un procès ? lui demande un journaliste.

— Oh non, répond-elle en secouant la tête. Les procès, c'est bon pour les humains. On n'intente pas un procès contre un chien enragé.

— Leur ultimatum ne vous inquiète pas ?

Elle sourit.

— S'ils veulent la bagarre, ils trouveront à qui parler.

À huit heures du matin, mon père n'est toujours pas rentré, je suis sans nouvelles de Bex et ma mère a le nez collé à la fenêtre.

— Eh bien, c'est l'heure, dis-je en la voyant consulter la pendule.

— Gouverneur, l'ultimatum a expiré et il ne se passe rien, fait remarquer le journaliste à Bachman.

Elle est de retour à l'écran, plus fraîche et pimpante que jamais.

— Naturellement, réplique-t-elle avec arrogance. C'était une menace en l'air. Ils ne sont que trente mille sur cette plage. Que croyaient-ils pouvoir faire contre les forces conjuguées de la police de New York et de la Garde nationale ? Non, ils ne sont pas de taille, et cela montre bien que notre première approche basée sur la conciliation était une erreur. Il est temps de durcir le ton et de reprendre Coney Island.

Le journaliste hoche la tête.

— Gouverneur, pardon de vous interrompre mais on nous signale qu'il se passe quelque chose du côté de la Zone. Retrouvons tout de suite Aaron Jones, de notre filiale de Brooklyn, qui se trouve actuellement dans un hélicoptère au-dessus du front de mer de Coney Island.

Des images tremblotantes tournées depuis une caméra en plein ciel s'affichent à l'écran, dévoilant une scène improbable. La mer est venue recouvrir entièrement la plage, noyant la ville de tentes et léchant la promenade en bois. Bon nombre d'Alphas sont en train de nager, mais, au centre de l'image, sur une langue de sable épargnée par les flots, se tient Arcade. En tout cas il me semble la reconnaître. Sa main brille. Fathom, le prime et sa reine se tiennent à ses côtés, ainsi que Terrance Lir, le Selkie que Fathom affrontait lors de ma première visite au camp, et la vieille prêtresse que j'ai aperçue au temple. La mer s'agite violemment autour d'eux mais ils ne sont pas mouillés. Comment est-ce possible ?

— On dirait que la marée est montée d'un coup. Nous sommes en train de nous renseigner auprès de notre service météo pour savoir si un typhon ou un front orageux pourrait expliquer ce… Houlà !

Une vague énorme déferle sur le front de mer. Elle s'écrase contre les bars et les magasins abandonnés qui bordent l'autre côté de la promenade, laissant derrière elle des monceaux de détritus noircis : vieux pneus, poussettes pour bébés, chaises de jardin et un million de bouteilles de bière.

— M'man, c'est eux qui font ça ?

Ma mère fixe l'écran avec la même stupéfaction que moi.

— Si c'est eux, je me demande bien comment.

J'entends un énorme grondement à l'extérieur et cours regarder par la fenêtre de la cuisine. L'eau est en train d'envahir les rues, torrent écumant qui se fracasse au pied des immeubles en balayant tout sur son passage.

Les manifestants cherchent désespérément à maintenir la tête hors de l'eau. Les véhicules garés le long de la rue sont emportés. Les panneaux indicateurs plient comme des brins d'herbe.

À la télévision, le commentateur est surexcité.

— Je ne sais pas si nos téléspectateurs voient bien, mais quelque chose est en train de se former sur le front de mer. On dirait... un gigantesque rempart de débris.

Je retourne au pas de course dans le salon pour regarder un amoncellement d'ordures s'accumuler de plus en plus haut sur le front de mer, sur plusieurs kilomètres dans les deux directions. On y distingue pêle-mêle des morceaux d'embarcations, des carcasses de voitures et des cannettes de soda.

— Bachman aura eu son mur, en fin de compte, commente ma mère.

Elle se lève et disparaît dans sa chambre. Un instant plus tard elle en ressort avec le gros sac à dos de mon père. Puis elle retourne prendre le sien.

— Va chercher ton sac.

Alors que je me lève d'un bond, on frappe à la porte.

— Qui est-ce ? crie ma mère.

— Laissez-moi entrer. C'est Bex.

24

Ma mère balance la chaise sur le côté et ouvre la porte. Bex est épuisée, crasseuse. Ses cheveux trempés sont tout emmêlés et elle empeste, mais je l'attrape dans mes bras et la serre comme je n'ai jamais serré personne. Je ne suis pas sûre de la lâcher un jour.

— Tu vas bien ?

Elle hoche la tête.

— Ça va. J'aurais besoin d'une bonne douche.

Je la tire à l'intérieur et referme la porte au cas où Mme Novakova sortirait de nouveau pour nous espionner.

— Où étais-tu tout ce temps ?

— Pas loin, répond-elle. C'est l'heure du grand départ ?

Ma mère secoue la tête.

— Lyric, il faut lui dire la vérité. Elle mérite de savoir dans quoi elle met les pieds pour prendre sa décision en connaissance de cause.

— Quoi ? dit Bex.

Je me lance, mais les mots refusent de coopérer. Je les ai répétés un million de fois dans ma tête et voilà qu'ils sortent dans le désordre.

— Bex, je… Il y a un truc qu'on…

Mon téléphone bourdonne. Un texto.

DÉSOLÉ. ELLE AVAIT UNE ORDONNANCE DU TRIBUNAL.

Hein ? Je cherche le numéro, mais il est masqué.

ELLE A FORCÉ LA PORTE DU LYCÉE
AVANT QUE JE PUISSE L'ARRÊTER.

Confuse, je réponds :

QUI EST-CE ?

La réponse tombe une seconde plus tard.

MONSIEUR CAFÉ.

— Doyle vient de m'envoyer un texto, j'annonce.

— J'espère qu'il n'y a pas un truc malsain entre vous deux, au moins ? s'inquiète Bex.

Je grimace.

— Beurk.

— Que veut-il ? demande ma mère.

— Aucune idée. C'est à propos de Bachman.

Le visage du gouverneur apparaît justement à la télé. Elle a l'air très contente d'elle-même, comme un chien qui vient de dérober un steak sur la table du dîner.

— La situation est la conséquence directe des mauvais choix politiques du Président, déclare-t-elle. Ces monstres n'auraient jamais dû avoir accès à nos écoles. Ce qui s'est passé ne m'étonne pas du tout. Il était couru d'avance que l'un d'eux finirait par s'en prendre aux enfants. Nous a-t-on prévenus qu'ils étaient des Tasers ambulants ? Non, c'était encore un de leurs secrets, et celui-là était mortel.

— Eh bien, il semble qu'il y ait plusieurs facteurs ayant conduit à..., commence le journaliste qui l'interviewe.

— Non, c'est très simple au contraire. Les Alphas représentent une menace, et ils bénéficient de certains appuis.

— Vous faites allusion à la personne sur cet enregistrement que vous nous avez apporté ?

— Oui. L'une des élèves de ce lycée est de mèche avec le prince depuis le début. Elle s'appelle Lyric Walker.

Une migraine prend mon crâne pour un punching-ball. Elle cogne, cogne et cogne en cadence, inlassablement.

— Lyric ? s'exclame Bex. Qu'est-ce qu'elle raconte ?

— Mlle Walker entretient une liaison secrète avec le prince alpha, et j'ai la conviction qu'ils se sont entendus tous les deux pour déclencher l'incident qui a tué Svetlana Wilder.

— C'est une accusation très grave, dit le journaliste. Je suppose que ce fameux enregistrement en apporte la preuve ? Vous avez refusé que nos producteurs le visionnent à l'avance.

Elle acquiesce de la tête.

— Vous devriez prévenir vos spectateurs, surtout les plus jeunes, que la scène risque de les choquer.

— Très bien, voyons cela.

— De quoi parle-t-elle, Lyric ? me demande ma mère, avant d'écarquiller les yeux.

Une vidéo en noir et blanc nous montre, Fathom et moi, en train d'échanger un baiser brûlant.

— M'man, je suis vraiment désolée.

— Lyric !

— Je le savais ! s'écrie Bex.

Le journaliste se tourne vers Bachman. Elle regarde la caméra bien en face ; j'ai l'impression qu'elle me fixe. « Je suis la dernière personne qu'on veuille avoir pour ennemie. »

— Gouverneur, je ne crois pas que ces images établissent la preuve d'une quelconque conspiration visant à déclencher la tragédie de cette semaine à Coney Island. Si c'est là votre théorie, elle me paraît plutôt mince.

— Sans doute, mais si vous y ajoutez le fait que Lyric Walker et sa mère ne sont pas humaines, les choses deviennent beaucoup plus claires.

— Pas humaines ?

— La mère de Lyric est une certaine Summer Walker – du moins est-ce le nom qu'elle utilise. Je pense que son mari, qui est un policier de Coney Island, l'a aidée à camoufler son identité pour lui permettre de nous espionner. Elle fait partie des Originaux.

Je me tourne vers Bex. Elle est horrifiée.

— Bex, laisse-moi t'expliquer.

— Tu as eu la vie entière pour m'expliquer ! s'écrie-t-elle.

— Non, je ne l'ai appris qu'il y a quelques années. Je ne t'ai rien dit parce que j'avais peur de ta réaction.

— Je la trouve drôlement justifiée, ma réaction ! (Elle nous regarde tour à tour, ma mère et moi.) Dis-moi juste si c'est vrai.

— En partie. Ma mère est une Alpha. Je suis à moitié Sirène.

— Vous êtes des espionnes ?

— Bien sûr que non ! proteste ma mère.

— Et je n'ai jamais conspiré avec Fathom. Il n'est même pas au courant, pour moi.

— Et ton père ?

— Il est humain. C'est surtout de lui que je tiens. Je n'ai aucun trait alpha. Je suis exactement comme toi.

Je lui prends la main, mais elle se dégage d'une secousse.

— Gouverneur, si vous avez tous ces renseignements en votre possession, pourquoi nous en faire part ici ? Pourquoi ne pas plutôt les confier à la police ? demande le journaliste.

— La police de Coney Island a d'autres chats à fouetter pour l'instant. Et je ne crois pas qu'elle soit forcément la mieux placée pour traiter ce cas. Il existe des organisations alternatives plus adaptées à ce genre de situation, des groupes qui ont la confiance et le respect des gens d'ici.

— Êtes-vous en train de suggérer que c'est à la communauté de régler ça ? Un tribunal citoyen ?

— Oh, non. Je ne cautionnerai jamais qu'on se fasse justice soi-même. Même si je comprendrais parfaitement que les habitants de la Zone décident de prendre les choses en main.

— Lyric, on s'en va. Tout de suite, tranche ma mère. Bex, décide-toi. Tu viens avec nous, oui ou non ?

Elle se réfugie derrière la table comme un petit animal craintif.

— Que me cachez-vous encore ?

— Rien, Bex. Plus rien, je lui assure. Essaie de te mettre à ma place. J'avais peur qu'on m'arrête et que je disparaisse. Et je ne voulais pas non plus me décharger de ça sur toi. Ce n'est pas marrant d'être dans ma peau, crois-moi, et sans toi comme amie je ne sais pas comment je ferais.

Le téléphone de ma mère bourdonne.

— Ton père est en chemin, m'annonce-t-elle.

Puis elle repousse violemment le canapé sur le côté. Il se fracasse contre le mur.

— Le mobilier Ikea ne me manquera pas, siffle-t-elle.

Bex ouvre des yeux ronds comme des soucoupes.

— Elle fait de la musculation, dis-je.

Je lui expliquerai plus tard les petites bizarreries de ma mère.

Maman va récupérer l'argent dans le réservoir d'eau des toilettes et le fourre dans son sac. On frappe à la porte au moment où elle revient dans le salon.

— C'est papa ?

Ma mère fait non de la tête.

— Trop tôt, murmure-t-elle.

D'autres coups résonnent, frappés au moyen d'une batte, semble-t-il.

— On sait que vous êtes là, alors ouvrez ! crie un homme dans le couloir. (Sa voix trahit une excitation malsaine.) Ce sera beaucoup plus simple si vous ne faites pas d'histoires.

— Pour nous ! précise quelqu'un d'autre, et j'entends tout un groupe d'hommes s'esclaffer.

— Ouvrez la porte, madame Walker, ordonne une autre voix.

Mme Novakova.

— Qu'est-ce qu'on fait ? je chuchote.

— As-tu encore le flingue ? demande ma mère à Bex.

— Non.

— Qu'est-ce que vous fabriquez là-dedans ? crie quelqu'un dans le couloir.

— On arrive, répond ma mère, avant de se tourner vers nous. Restez derrière moi.

— Et s'ils sont armés ? fait Bex. Vous pouvez esquiver les balles, aussi ?

Ma mère soupire.

— Il n'y a pas d'autre sortie.

Chaque coup martelé contre la porte retentit comme une explosion qui se répercute jusque dans mon ventre.

— Nous sommes trois ici, crie ma mère. Deux jeunes

filles et moi. Les filles n'ont rien à voir avec tout ça. Ne leur faites pas de mal. Elles sont innocentes.

— Tu vas te décider à ouvrir, oui ? gueule une autre voix avec impatience.

Quelqu'un commence à donner des coups de pied dans la porte, bientôt imité par toute la bande. Le verrou finit par céder sous nos yeux horrifiés et la porte s'ouvre bruyamment. Un homme armé d'une batte s'avance à l'intérieur. Le crâne rasé, il a une bedaine imposante mais des bras noueux comme des troncs. Il porte un T-shirt rouge, à l'instar des sept autres brutes qu'il a amenées avec lui. Mme Novakova, posté dans le couloir, observe la scène d'un air de défi, sûre de son bon droit.

— Fini de se cacher, la poiscaille, lance le chef.

— Qui se cache ? rétorque ma mère.

Il sourit et tape sa batte dans sa paume.

— Je sens qu'on va bien se marrer.

Ma mère passe à l'action si vite que je lâche un petit cri de surprise. En un éclair, elle arrache la batte à l'homme, la casse en deux sur son genou et jette les morceaux à l'autre bout de la pièce. Tandis qu'il ouvre de grands yeux, elle l'empoigne par le T-shirt et le jette sur le côté. Il vole à travers l'entrée, crève la cloison et atterrit dans l'appartement voisin.

Les autres s'engouffrent dans le salon, faisant des moulinets avec des armes de fortune ou tâchant d'atteindre ma mère avec des couteaux. Elle repousse chaque attaque, se baisse, esquive et n'oublie pas de riposter sans retenir ses coups. Elle brise des os, aplatit des nez et broie des rotules. Elle balaie l'une de ces brutes avec une telle force qu'elle lui casse la jambe.

Un coup de tuyau chanceux l'atteint à l'épaule et elle

se plie en deux de douleur. Elle a peut-être la force de Superman mais elle n'a pas le cuir aussi épais ; le temps qu'elle récupère, les autres se jettent sur elle pour tenter de la plaquer au sol. S'ils y parviennent, elle ne pourra plus se relever. Je pousse un cri de frayeur, convaincue qu'ils vont la tuer, mais une fois de plus elle file à travers la pièce trop vite pour que l'œil puisse la suivre. Une grêle de coups de poing envoie les hommes voler dans tous les sens. Ils retombent sur notre mobilier bon marché et le fracassent en mille morceaux. L'un d'eux se cogne la tête dans notre générateur d'air conditionné, qui se décroche de la fenêtre et dégringole dans la rue.

— Venez ! ordonne ma mère. Elle attrape les deux sacs à dos et nous précède dans l'entrée en balançant hors de son chemin des hommes deux fois plus lourds qu'elle. Je cours prendre mon sac dans ma chambre. Bientôt, il ne reste plus debout que nous trois et Mme Novakova. La vieille femme se recroqueville, les yeux remplis de terreur mais aussi de dégoût.

— J'ai fait ce que j'avais à faire, aboie-t-elle.

Ma mère arme la jambe et lui envoie un grand coup de pied. L'autre effectue un vol plané sur trois mètres avant de s'écraser contre le mur, renversant une plante en pot.

— Bex, décide-toi, dit ma mère en pressant le bouton d'appel de l'ascenseur.

Mon amie nous dévisage toutes les deux, hébétée, apeurée, probablement persuadée d'être en train de devenir folle.

Je la supplie :

— Viens avec nous !

— Plus de secrets ?

— J'ai encore plein de choses à te raconter, mais je te dirai tout.

Elle pousse un gémissement plaintif et décharge ma mère du sac de mon père.

Ma mère m'adresse un bref sourire.

Nous nous engouffrons dans l'ascenseur.

— Leonard est en voiture, dit ma mère. Dès que vous le verrez, montez à l'intérieur et baissez la tête.

Les portes de l'ascenseur s'ouvrent, on s'élance dans le hall aussi vite que possible en dépit de nos gros sacs et on débouche dans la rue où – génial ! – on est accueillies par bourrasques de pluie. Comme promis, la voiture de patrouille de mon père s'immobilise juste devant l'immeuble dans un crissement de pneus. Il sort nous ouvrir les portières, jette les sacs dans le coffre et aide ma mère à monter devant tandis que Bex et moi nous serrons sur la banquette arrière.

— Il faut qu'on soit au point de contrôle dans cinq minutes, nous prévient-il. Ensuite tout sera bouclé.

Il allume les gyrophares et la sirène, écrase l'accélérateur et s'engage en dérapant sur la chaussée inondée. Il brûle un feu rouge, part en aquaplanning mais réussit à éviter le tête-à-queue.

— Denver, c'est ça ? demande Bex.

J'acquiesce en silence, après quoi je suis secouée par un choc violent. Ma tête part en arrière. Quelque chose nous a heurtés par le côté. J'entends des bruits de verre et de tôle froissée mais nous roulons toujours. Sur notre gauche, j'aperçois un pick-up bourré de Niners qui cherche à nous dégager de la route. Ils font une nouvelle tentative, tordant les portières. Cette fois, leur pare-chocs s'accroche au nôtre et l'arrache avec fracas.

— Leonard, il y en a d'autres ! hurle ma mère.

Et je me retrouve la tête en bas, me cogne le crâne contre le plafond puis contre la banquette. La voiture s'est retournée. Une vive douleur irradie dans mon épaule. La vitre arrière explose et me recouvre de bouts de verre. Un calme étrange s'installe, comme si le monde avait cessé de tourner le temps de s'assurer que nous allons bien. Je n'entends plus que la rotation régulière d'une roue et le cliquetis des clignotants.

— Papa, je gémis.

Il lâche un grognement de souffrance.

— Je suis là.

— M'man ?

Elle respire fort.

— Oui, ça va. Vous pouvez sortir ?

— Moi oui, répond Bex en poussant sa portière.

Ma vitre est en miettes, alors je m'extirpe de la voiture en rampant, tourneboulée mais avec encore suffisamment de jugeote pour ne pas prendre appui sur les éclats de verre. Je me lève sur des jambes flageolantes et j'aide ma mère à sortir, puis mon père. Il lâche un cri de douleur et s'écroule sur l'asphalte en se tenant le flanc.

— Je crois que je me suis cassé une côte, grommelle-t-il entre ses dents.

— Leonard, lève-toi, le supplie ma mère.

— Je ne sais pas si je vais pouvoir.

— Enlevons-le du milieu de la rue, décide-t-elle.

Elle l'attrape par les mains, moi par les pieds, mais avant que nous ayons pu le soulever je remarque le pick-up. Il s'est immobilisé un peu plus loin. Ses feux de recul s'allument et il part en marche arrière en faisant crisser ses pneus.

Ma mère et moi nous dépêchons d'emporter mon père sur le trottoir tandis que le pick-up braque à fond, tourne sur lui-même à cent quatre-vingts degrés et s'élance vers nous dans un rugissement de moteur. Ma mère retourne au milieu de la rue, pose les deux mains sur la carcasse de notre voiture et, à ma grande surprise, la pousse de toutes ses forces. Le véhicule glisse sur le toit, projetant des gerbes d'étincelles dans toutes les directions, et vient s'aplatir contre le pick-up avant que le chauffeur puisse l'éviter. Le pick-up se renverse sur le flanc. Il y a une explosion, et les deux véhicules s'embrasent.

— L'argent ! je m'exclame.

— Tant pis, dit ma mère.

— Tu as toujours tes papiers, au moins ?

— Non. Ils étaient dans mon sac.

Mon père gémit, je me penche au-dessus de lui.

— Ça n'a plus d'importance de toute manière. Les gardes au point de contrôle ne nous laisseront plus passer maintenant. On est coincés ici.

— Il nous reste un dernier endroit où aller, dit ma mère, tournant son regard vers la plage des Alphas.

— Mauvaise idée, objecta mon père.

— Nous n'avons plus d'autre solution, décrète-t-elle.

— Ils vont vouloir te tuer, Summer !

— On doit essayer !

— Décidez-vous vite, suggère Bex en indiquant l'autre bout de la rue.

Des voitures de police arrivent dans notre direction.

Mon père essaie de se lever mais retombe lourdement.

— Partez sans moi.

— Pas question qu'on se sépare ! je proteste.

— Je ne peux pas marcher.

— Je vais te porter, décide ma mère.

— Non, mieux vaut éviter de me bouger. L'os risque de percer un organe. La police va s'occuper de moi.

Ma mère secoue la tête.

— Je ne veux pas te laisser. Ils vont t'envoyer dans leur camp !

— Tu viendras me délivrer.

Ma mère lui donne un baiser.

— Tu es mon reflet, souffle-t-elle.

— Prends bien soin de ta mère, Lyric.

— NON ! Je refuse qu'on t'abandonne, papa !

Ma mère m'attrape par le poignet et m'entraîne derrière elle. Je hurle, me débats tant et plus, mais c'est peine perdue, elle est trop forte. Bex nous suit. Nous filons toutes les trois par des ruelles étroites pour éviter les voitures de patrouille. Notre progression est ralentie par les débris qui jonchent le sol, comme par la résistance acharnée que j'oppose à ma mère. Je la couvre d'insultes, mais elle ne s'arrête pas jusqu'à ce que nous parvenions devant la montagne de boue et de détritus que nous avons vue à la télé. On y trouve les fruits de plusieurs dizaines d'années de désinvolture humaine : vélos, jouets d'enfants, couches sales, boîtes de conserves rouillées, vêtements détrempés, plaques d'immatriculation, pneus de voiture et des tonnes de bouteilles cassées, qui s'empilent sur quinze mètres de haut. Foster et les soldats affectés à la défense du front de mer ont disparu. J'espère qu'ils ont pu s'enfuir à temps et n'ont pas été ensevelis sous cette masse.

Malheureusement, la masse en question nous bloque le passage vers la plage.

— Il faut attirer leur attention, dit ma mère.

Elle produit alors un grondement caverneux, aussi long

et puissant que celui que j'ai entendu la nuit de l'arrivée des Alphas. Le son fait trembler l'air et me donne la chair de poule. Pendant un moment interminable, nous restons là, au pied du rempart, à attendre une réponse. Ma mère répète son appel. Toujours rien.

J'entends des bruits de pas derrière nous et constate que les soldats sont de retour. Ils courent droit sur nous, l'arme à la main, en nous criant quelque chose que je ne comprends pas.

L'un des hommes tire en l'air. Je les entends maintenant : ils nous ordonnent de nous coucher par terre. Mais il y a de l'eau partout, qui s'écoule des ordures, recouvre mes chaussures, tourbillonne autour de nous, puis c'est tout un pan de mur qui s'affaisse devant nous, dévoilant un passage voûté vers l'autre côté. S'y tiennent une vingtaine des Selkies les plus imposants, les plus lourdement armés que j'aie jamais vus. Ils brandissent des épieux et crient quelque chose à ma mère, qui leur répond dans leur langue.

Terrance Lir apparaît dans l'ouverture.

— Summer, tu te rends compte de ce que ça veut dire ?

Elle hoche la tête.

— Je suis prête, à condition que vous acceptiez aussi ma fille et son amie.

Terrance fait un signe aux gardes. Ils grincent des dents mais s'écartent, et ma mère me pousse de l'autre côté. Bex nous emboîte le pas. Avant que les soldats ne puissent nous atteindre, l'eau remonte : elle ramène les ordures avec elle comme une masse vivante.

— Comment font-ils ça ? je m'étonne.

Ma mère a l'air tout aussi stupéfaite que moi.

— C'est moi, déclare Ghost.

Il se tient juste derrière nous avec son gant métallique brillant ; il fait des gestes vers les détritus qui se soulèvent du sol et viennent reboucher l'ouverture.

Soudain, deux Selkies attrapent ma mère par les bras.

— Non, laissez-la tranquille ! dis-je en me jetant sur les géants.

L'un d'eux me repousse si fort que je bascule par terre. Il m'adresse des paroles cinglantes dans sa langue affreuse. Pas besoin de comprendre ce qu'il me dit pour savoir qu'il s'agit d'une menace.

— Ne leur résistez pas, nous prévient ma mère. Ils nous ont laissées entrer mais ils peuvent encore changer d'avis. Ne vous en faites pas pour moi.

— Où est-ce qu'ils vous emmènent ? crie Bex.

— Ne vous en faites pas pour moi, répète-t-elle comme un disque rayé. Terrance, garde un œil sur elles, s'il te plaît.

Je me tourne vers lui.

— Que se passe-t-il ?

— Ta mère est une traîtresse, explique-t-il. Elle va devoir faire face au Grand Accusateur.

— C'est-à-dire ?

— La personne qui décidera si elle doit vivre ou mourir.

25

La lune est un spot aveuglant dans un ciel noir houleux. Je la vois depuis notre hutte à ciel ouvert, réclamée par M. Lir et modelée par Ghost avec son… Je ne sais pas comment appeler ça ; son gant magique ? Il a brillé sur sa main noueuse et l'eau lui a obéi comme un petit chien, venant creuser le sable. Malheureusement, le toit se résume à une bâche miteuse que j'ai sortie du tas d'ordures et étendue sur nous comme une couverture. La pluie continue à tomber, accompagnée d'un vent glacial qui me fait claquer des dents. Mais c'est le cadet de mes soucis. Je n'ai aucune nouvelle de ma mère ni de mon père, et Terrance n'est pas revenu.

— Quelqu'un arrive, annonce Bex, tournée vers la plage.

Je me lève et regarde moi aussi, dans l'espoir qu'il s'agit de Fathom. Il n'est pas venu me voir. J'ai supplié Ghost de le prévenir que j'avais des ennuis. Ça n'a rien donné. Hélas, quand la silhouette se rapproche, je la reconnais.

— C'est Arcade.

— À t'entendre, ce n'est pas une bonne nouvelle, commente Bex.

— La fiancée de Fathom.

— Ah, d'accord. Commence par la jouer cool et demande-lui pardon pour lui avoir pris son mec, mais si tu la vois retirer ses hauts talons et ses boucles d'oreilles, je propose qu'on se tire en courant.

— Alors c'est vrai ? me lance Arcade. Tu es une fille de Sirène ?

— Démasquée.

— Tu réalises que tu l'as déshonoré ? m'accuse-t-elle. Tu l'as manipulé, trompé, espionné…

— Je ne l'ai pas espionné.

— Tu as tenté de le séduire depuis l'instant où tu l'as rencontré, humaine. Je l'ai vu de mes yeux, tout cela pour répéter ses secrets à ta traîtresse de mère et à ton père policier !

— Tu n'y es pas du tout.

Elle me toise, non pas avec dégoût, ce qui n'aurait rien de surprenant, mais plutôt comme si j'étais une menace mortelle qu'il convient d'écraser avant qu'elle ne fasse trop de dégâts.

— Lui et moi sommes des reflets, nous sommes destinés l'un à l'autre. Toi, tu n'es rien de plus qu'un divertissement charnel pour un Triton mâle au sang chaud…

— Tu ne viendrais pas de traiter mon amie de salope ? s'insurge Bex.

— Arrête, Arcade. Il n'y a rien eu de charnel entre nous. Je suis juste tombée amoureuse de lui ; c'était stupide et de toute évidence c'était à sens unique. Je suis désolée.

Les mots me brûlent la langue et les lèvres comme du vinaigre, mais ce qui me fait le plus mal c'est que je suis sincère.

— Je ne veux pas de tes excuses, gronde-t-elle.

— Pourtant, il faudra bien…

Une douleur fulgurante s'abat sur moi, me martèle la matière grise à coups de poing américain. Je pousse un cri de souffrance et de surprise.

— Que t'arrive-t-il, terrienne ? crache Arcade.

— Une migraine.

Arcade hausse un sourcil intrigué, comme si elle ne me croyait pas.

— Lâche-la, dit Bex. Elle en a depuis qu'elle est toute petite. Il lui faut juste un peu de calme, et peut-être quelque chose à manger.

— Trouve quelqu'un d'autre pour te servir, détritivore, maugrée Arcade avant de s'éloigner.

— Tu es la reine des mauvaises rencontres ces derniers temps, observe Bex. Tu savais qu'ils étaient ensemble ?

— Oui. Sauf que je n'ai rien vu venir. Cette histoire m'est tombée dessus comme ça.

— Mais quand tu t'es aperçue de ce qui se passait entre vous, il n'y a pas eu de petite voix dans ta tête pour te crier qu'elle avait des épées dans les bras ?

Je gémis. Je n'ai vraiment pas besoin d'un sermon en ce moment, même si j'ai conscience que je ne l'aurais pas volé.

— Pas de sermon, me promet-elle, comme si elle avait lu dans mes pensées. Par contre, tu veux bien arrêter de me faire des cachotteries ? Parce que ça te retombe en pleine figure chaque fois.

Je me renfrogne.

— Que voulais-tu que je te dise, Bex ? « Je suis à moitié sirène et j'en pince pour Edward aux mains d'argent » ?

— On ne le saura jamais, réplique-t-elle, puisque tu n'as pas eu assez confiance en moi.

— Je suis désolée, Bex.

Elle hausse les épaules.

— Y a-t-il autre chose que je devrais savoir ?

Je secoue la tête.

— Tu n'es pas enceinte, au moins ?

— Non !

— Ne joue pas les vierges effarouchées. On te connaît, Miss Charnelle de Coney Island.

— Ne me fais pas rire, ça me donne encore plus mal à la tête.

— Y a-t-il d'autres personnages de contes de fées dans ta famille ? Est-ce que Leonard est un hobbit, ou autre chose ? Un ogre, peut-être ?

— Pas d'autres secrets.

— Es-tu amoureuse ?

— Oui, dis-je, tandis que la pluie me coule sur le visage et dans le cou.

Je ne veux pas pleurer à cause de ce rêve éveillé complètement ridicule, impossible, que je me suis autorisée à vivre ces deux dernières semaines. Pas question d'avoir le cœur brisé à cause de mes mauvaises décisions. N'empêche que ça fait un mal de chien. Alors, je laisse le ciel pleurer pour moi.

Quand la pluie cesse enfin, Bex dort et je fais du yoga. Je suis rouillée, mais je persévère. Cela fait redescendre ma migraine à un niveau plus supportable. Juste quand je commence à me sentir un peu mieux, j'entends un Selkie appeler depuis le sommet du rempart.

— Il y a des humains à l'extérieur, crie-t-il. Des soldats avec des fusils. Ils veulent parler à Lyric Walker.

— À moi ? je m'exclame.

Cela réveille Bex et m'arrache à ma méditation.

— Ignore-les, crie un autre garde.

— L'un d'eux dit qu'il s'appelle Doyle.

M. Lir s'approche, visiblement fatigué.

— As-tu envie de lui parler ?

— Je veux savoir ce qu'ils ont fait de ma mère !

— Elle est détenue quelque part en attendant son procès. Elle va bien, elle n'est pas maltraitée, m'assure-t-il. C'est tout ce que je sais.

— D'accord, dis-je, un peu soulagée. Oui, je veux bien parler à Doyle. Il a peut-être des nouvelles de mon père.

Ghost se sert de son gant pour ouvrir une porte. L'eau afflue sur la plage et creuse une arche au pied du tas d'ordures. Je me glisse de l'autre côté, suivie de Terrance, et me retrouve face à un cordon de soldats qui me mettent en joue. J'aperçois Bonnie parmi eux.

Doyle est là. Il jette un coup d'œil à travers l'arche, puis fait un signe à ses soldats, qui baissent leurs armes.

— Je vous ai apporté vos devoirs, dit-il, avec un sourire.

— J'ai failli ne pas vous reconnaître sans votre mug de café.

Il hoche la tête.

— Vous allez bien ?

— J'ai surtout besoin de savoir comment va mon père, dis-je. Il a probablement une côte cassée.

— Il a été arrêté, mais sa fiche d'arrestation n'est enregistrée nulle part. Personne ne sait où il est.

M. Lir soupire.

— Ils l'ont emmené au camp.

— Tempête, dit Doyle.

— Vous connaissiez cet endroit ? je m'écrie.

— Nous en discuterons une autre fois. Dans l'immédiat, vous avez un autre problème sur les bras. Je ne sais pas si vous avez remarqué ce qui se prépare derrière moi ?

Je regarde et vois des centaines de jeeps, de chars, de soldats et ce qui ressemble à des lance-roquettes sur le front de mer. Tous alignés face au mur.

— Je suis venu vous avertir. Ils ne vont pas tarder à donner l'assaut. J'aimerais vraiment vous convaincre de quitter cette plage, de préférence avant l'arrivée de la cavalerie alpha.

— Pardon ? dit Terrance Lir.

— Un sous-marin britannique a détecté un grand nombre de vos amis en pleine mer, à environ mille six cents kilomètres des côtes, explique Doyle. Il a pris des photos. Et du coup, tous les soutiens que les Alphas comptaient à Washington sont en train de reconsidérer leur position. Ils n'ont pas l'intention d'attendre tranquillement l'arrivée d'une force d'invasion.

— De nouveaux Alphas ? dit Terrance. Impossible.

— À moins que vous ne connaissiez une autre race capable de respirer sous l'eau et de nager cent soixante kilomètres en une heure…

— Les Roussalkas ! s'exclame-t-il, avant de piquer un sprint en direction du camp.

— Comment va votre mère ? demande Doyle.

— Ils vont la juger pour trahison.

— Décidément, les ennuis vous suivent à la trace. Et votre amie Becca ?

— Elle tient le coup.

— Son beau-père a disparu. Croyez-vous qu'elle sache quelque chose à ce sujet ?

Je fais non de la tête, mais je suis sûre que oui.

— À votre place, jeune fille, je m'en irais très loin d'ici, me prévient-il.

Puis il s'éloigne.

M. Lir me réveille d'une secousse. Je cligne des paupières. Un soleil rose pointe à l'horizon, mais il fait encore sombre.

— Venez avec moi. C'est l'heure, annonce-t-il.

— L'heure de quoi ?

— Du procès de ta mère. Il faut vous dépêcher, dit Terrance Lir en nous faisant signe de le suivre.

Bex et moi faisons de notre mieux pour ne pas être distancées. Il nous entraîne à travers le camp tout neuf. Les allées et les tentes sont de retour, magiquement recréées dans la nuit. Je ne comprends pas comment fonctionne le gant de Ghost mais les résultats sont spectaculaires.

— J'ai passé la nuit à plaider pour ta mère auprès de tous ceux qui ont bien voulu m'écouter. La loi des Alphas n'est pas ma spécialité, mais je sais une chose : leur justice est prompte. Une fois commencé, le procès peut prendre fin à tout moment.

— Qu'est-ce que ça veut dire ?

— Ça veut dire qu'une fois que le prime estime en avoir suffisamment entendu, les débats sont clos. Le grand accusateur est une sorte de procureur. Il va présenter son dossier contre ta mère et elle pourra se défendre au fur et à mesure.

— Elle n'a pas droit à un avocat ? s'étonne Bex, visiblement aussi ébahie que moi.

Terrance grimace.

— Une personne accusée de crime contre l'empire ne reçoit pas de défenseur. Il faudra qu'elle soit convaincante car c'est sa vie qui est en jeu. Quand ils auront fait valoir leurs arguments tous les deux, chaque porte-parole des dix tribus survivantes se prononcera par vote sur sa culpabilité, après quoi le prime décidera de la sentence selon son bon vouloir. Lyric, je ne veux pas te donner de faux espoirs. Il y a très peu de chances qu'elle soit déclarée innocente. Elle a fait ce dont on l'accuse.

— Elle l'a fait pour moi !

— Cela ne changera rien pour le grand accusateur. Elle était un agent du prime. Un vieux dicton alpha dit que la volonté du prime passe avant les battements du cœur.

C'est à peine si j'arrive à formuler la question, tant la peur me noue la gorge :

— Et quelle sanction encourt-elle ?

— Comme je te l'ai dit, j'ai parlé à beaucoup de gens dans l'entourage du prime et je les ai suppliés de suggérer le bannissement. Mais il peut aussi décider son exécution.

Soudain, l'air s'emplit de cris et d'avertissements. Le long du rivage des Alphas pointent le doigt vers l'horizon où un immense navire argenté fait route vers Coney Island. Le drapeau américain claque au-dessus de la passerelle. De la taille d'une ville, il est imposant et terrible.

— Qu'est-ce que c'est encore ? s'exclame Bex.

— L'U.S. Navy, répond M. Lir.

Je me retourne vers le mur de débris. Si ce navire ouvre le feu sur nous, nous ne pourrons nous cacher nulle part. Nous mourrons sur cette plage crasseuse.

— Un problème à la fois, dit Terrance. Venez. Le procès de Summer est sur le point de commencer.

La nation entière s'entasse dans les gradins de sable autour de la grande arène que j'ai vue lors de ma première visite au camp. Je me rappelle Foster m'expliquant que la marée la comblait chaque nuit et qu'ils la reconstruisaient chaque jour. À présent, je sais que ce sont les gants de

Ghost, de Luna et d'Arcade qui accomplissent ce tour de force. Leur pouvoir est stupéfiant.

M. Lir nous pousse à travers la foule et aboie quelque chose à un garde selkie. Ce dernier entreprend de nous dégager le chemin pour nous permettre de descendre les marches de sable. Une fois parvenus tout en bas, nous foulons le sol de l'arène. La prêtresse se tient au centre. Elle porte son habit en peau de phoque et tient un long bâton sculpté en os de baleine.

— C'est le haut ministre du culte, explique M. Lir, notre meilleur atout dans ce procès. Elle s'est occupée de ta mère quand elle était bébé. Elle parle au nom du Grand Abysse.

— Le quoi ? veut savoir Bex.

— C'est leur dieu, je réponds.

— Le Grand Abysse est à la fois une divinité et un lieu, Lyric, me reprend Terrance. Ta mère ne t'a jamais parlé de notre religion ? Bah, peu importe. Le haut ministre est la prêtresse du Grand Abysse et s'exprime en son nom. Tout verdict doit être approuvé par elle, la porte-parole divine.

— Donc elle a le pouvoir de sauver ma mère ?

— Théoriquement, mais en quatre cents ans on n'a encore jamais vu un haut ministre se prononcer contre la sentence du prime. Maintenant, concernant ton rôle dans le procès…

— Hein ?

— Lyric, contente-toi de m'écouter, s'il te plaît. Tu peux influencer le verdict. Tu vois les Alphas qui se tiennent au bord de l'arène ? Il s'agit du conseil des Dix, les représentants des dix derniers clans. Fais bien attention à eux, surtout au Selkie. C'est Nor, le père de Surf.

Je repère Nor immédiatement. C'est le Selkie que j'ai vu

affronter Fathom sur la plage. Il porte un bandeau sur l'œil désormais, et sa plaie au torse est offerte aux intempéries.

— C'est le plus pondéré du lot. Il a ouvertement défié le prime, et beaucoup le verraient bien lui succéder sur le trône. Nor compte beaucoup d'amis. Si tu parviens à le rallier à ta cause, d'autres voteront peut-être comme lui. C'est la meilleure chance que nous ayons.

Je dévisage un à un les autres membres du conseil. À côté de Nor je reconnais Minerva, la belle-mère de Fathom, qui affiche un sourire sinistre. Puis il y a une vieille Nixe au regard mauvais, appuyée sur une canne, une Céto qui a l'air de s'ennuyer, un homme à la peau lavande avec un aileron dans le dos, et Nathan, l'homme-poisson globe que j'ai mis en colère lors de mon premier jour au camp. Le suivant est un très bel homme aux cheveux d'or, avec des écailles couleur framboise dans le cou et sur les mains : un fils de Sirène, de toute évidence. Les trois derniers sont très différents. L'un a le buste d'un homme mais le bas du corps qui se divise en trois queues serpentines. Le deuxième pourrait presque passer pour un humain à l'exception de son teint verdâtre et de sa gueule hérissée de crocs. Je le reconnais d'après les descriptions de ma mère : c'est un Feige, une créature effrayante, qu'on dirait sortie d'un cauchemar. Le troisième est une sorte de petit homme coincé dans une coquille de bernard-l'hermite. Lui semble plutôt issu d'un film de série Z – *L'Attaque des hommes-crabes*. Je ne sais pas pourquoi mais il me fait encore plus peur que les autres.

— Est-ce un Roussalka ? dis-je, me rappelant ma discussion avec ma mère.

M. Lir me dévisage durement.

— Que sais-tu à propos des Roussalkas ?

— Je vous ai entendu prononcer leur nom, et ma mère m'en a parlé une fois. Je sais que ce sont des esclaves.

— Évite de les mentionner ici, me conseille-t-il d'un ton sévère.

— Parce que ce sont des intouchables ?

— Non, parce que ce sont des meurtriers, réplique-t-il. Ce sont eux qui ont dévasté l'empire. Je te raconterai cela quand nous serons entre nous.

Le prime descend les marches sous des applaudissements nourris. Il s'avance fièrement dans l'arène et tous les Alphas, y compris Terrance Lir, se frappent trois fois le torse, tendent le poing en l'air, puis poussent un cri guttural. Un instant plus tard c'est au tour de Fathom de le rejoindre ; la foule le salue lui aussi. Il a le visage en sang, marqué de coups récents. Je me demande s'il faut y voir les stigmates de son dernier défi ou un cadeau de son cher père pour s'être amouraché d'une détritivore. Le revoir me serre le cœur. Pourquoi n'est-il pas venu me trouver plus tôt ? Je mérite au moins une chance de lui expliquer pourquoi je lui ai menti.

La famille royale s'installe à côté du conseil des Dix.

— Inclinez-vous, chuchote Terrance.

Bex et moi nous exécutons, et le haut ministre prend la parole.

— Les guerriers des dix clans sont réunis aujourd'hui pour juger la vie de l'une des nôtres. Pardon de m'adresser à vous dans la langue des humains, mais comme la famille de l'accusée ne connaît pas notre glorieux dialecte, le procès aura lieu dans des termes qui leur sont accessibles, conformément à la coutume.

La foule se met à huer.

La vieille femme ne se laisse pas intimider.

— En ma qualité de haut ministre, il est de mon droit et de mon devoir d'exiger louanges et respect envers le Grand Abysse, celui qui donne et qui reprend la vie, le commencement et la fin de l'océan, la bouche qui nourrit le monde. Témoignez votre gratitude pour ses bienfaits !

De nouveau, voilà qu'ils se frappent tous le torse, lèvent le poing et crient. Ce tumulte monte jusqu'au ciel, terrorisant les mouettes.

— J'en appelle à chacun d'entre vous pour écouter la défense de celle qu'on accuse du pire des crimes à l'encontre des Premiers Hommes. Qu'on l'amène ! crie-t-elle.

M. Lir se tourne vers moi.

— Ne reste pas assise les bras croisés. Interviens, proteste, fais tout ce que tu pourras pour appuyer les arguments de ta mère. Nous ne sommes pas dans un tribunal américain. Ces gens respectent la hardiesse, alors n'hésite surtout pas à t'avancer devant eux pour leur dire leur quatre vérités. Plus tu te donneras en spectacle, plus tu auras de chances d'aider ta mère.

— C'est le moment ou jamais de laisser ressortir le maximonstre, m'encourage Bex en me pressant la main.

— J'ai aussi un message de la part d'Arcade, ajoute Terrance. Elle te conseille de te tenir prête.

— À quoi ? Elle a l'intention de me tuer ?

— Tu verras.

Une Sirène mâle aux longs cheveux châtains et à la silhouette courtaude pénètre dans le cercle sous les acclamations de la foule. Son cou et ses mains sont couverts d'écailles grises et bleues. Il porte une robe en coquillages blanchis.

— Le grand accusateur, me glisse M. Lir, celui qui va plaider contre ta mère. Je dois partir.

— Vous n'allez quand même pas nous abandonner ici !

— Il le faut, Lyric. Fais comme je t'ai dit. J'espère que les choses tourneront en votre faveur.

Sur quoi, il pivote et s'enfonce dans la foule.

Je lui crie :

— Où allez-vous ?

Mais il est déjà parti.

— Lyric ! La voilà ! s'écrie Bex.

Je me retourne et vois deux gardes selkies traîner ma mère dans l'arène. On lui a fait endosser une armure. Ils la jettent au sol comme un paquet de linge sale et lui crachent dessus. Elle a l'air épuisée mais elle se relève aussitôt et dresse fièrement la tête. Bex et moi courons la rejoindre ; elle nous serre contre elle et nous embrasse.

— As-tu des nouvelles de ton père ? me demande-t-elle.

— Il a été arrêté. Ils l'ont emmené au camp.

— Il faudra que tu le retrouves, Lyric. Ne les laisse pas lui faire du mal.

— On le retrouvera toutes les deux, m'man.

— Sois courageuse, m'implore-t-elle. Les enfants alphas ne pleurent pas. Si tu flanches, ils s'en serviront contre moi. Ils m'accuseront d'être faible et humaine.

Le haut ministre réclame l'attention de la foule.

— J'ai l'honneur et le devoir d'appeler le grand accusateur à nous exposer ses vérités.

— Merci, très vénéré haut ministre, dit la Sirène mâle.

Il regarde la foule, avec un sourire à l'adresse du prime et du conseil. Puis il se tourne vers nous, et son sourire cède la place à une moue attristée.

— Voyez cette fille de Sirène, qui a pris le nom humain de Summer Walker, mais que nous connaissons comme…

S'ensuit une succession de gémissements et de cliquetis

assez similaires aux cris d'un dauphin. C'est le vrai nom de ma mère.

— Elle est accusée de trahison. Elle a tourné le dos à son peuple et choisi de vivre avec les humains, en violation directe des souhaits de son prime.

— Une vie qu'on m'avait ordonné de mener, grand accusateur ! crie ma mère avec une véhémence qui me surprend.

— Vraiment ? rétorque-t-il. On t'avait ordonné de nouer avec des humains des liens plus forts que ton devoir envers ton prime ? J'étais là quand on t'a confié cette mission. Je ne me souviens pas qu'on t'ait donné la permission de faire passer les humains avant les tiens.

La foule grogne son assentiment.

— Il était peut-être un peu naïf de croire que cela n'arriverait pas, grand accusateur !

La foule rugit et le prime lâche des paroles rageuses, que je devine insultantes. Ses mots semblent enflammer la foule, qui se met à conspuer ma mère jusqu'à ce que le grand accusateur réclame le silence.

— Notre prime serait donc naïf ? Tu es devenue bien insolente à force de vivre à l'air libre. Mais qui pourrait t'en blâmer ? Ces vingt années à marcher sur tes jambes et à vivre comme une humaine t'ont ramollie. L'appel d'un toit au-dessus de ta tête était peut-être trop fort.

Je cherche du regard Fathom. Il se tient à côté de son père. Je détourne la tête avec dégoût. Il pourrait mettre fin à tout ça. Il est prince ! Mais non, il va punir mon manque de franchise en laissant ma mère affronter cette horreur. Là, tout de suite, je serais tentée de le défier moi-même.

— Personne ne nous avait prévenus que nous devrions

rester là pendant vingt ans, riposte ma mère. Personne ne nous avait prévenus que nous serions abandonnés.

— Abandonnés ?

— Oui, abandonnés ! Sans nouvelles de votre part pendant deux décennies. Sans un mot pour nous expliquer la prochaine étape de ce plan glorieux, ou même le sens de notre sacrifice. Je viens seulement d'apprendre que nous étions des espions chargés de préparer une invasion que le prime a complètement ratée.

Tous les regards se tournent vers le prime. Je le vois d'ici qui vire à l'écarlate.

— Nous avons suivi les instructions. Nous avons fondé des familles et noué des amitiés. Penses-tu vraiment que nous aurions pu échapper à toute influence de ce monde ? Crois-tu que toi, tu en aurais été capable ?

— Ce n'est pas moi qu'on juge, Sirène, rétorque le Grand Accusateur.

— Si, c'est toi. C'est vous tous ! s'écrie ma mère.

La foule se tait peu à peu.

— Pendant vingt ans nous avons respecté les souhaits du prime, et pour quel résultat ? Voyez comment vous nous traitez maintenant. Comme des méduses sur lesquelles vous auriez marché. Combien d'entre vous préfèrent baisser la tête que de me regarder – ou Terrance Lir ? Il paraît que vous qualifiez son fils de bâtard. Est-ce là l'honneur que nous vaut le fait d'avoir renoncé à tout ce que nous aimions ? Est-ce là toute la gratitude des Alphas ?

Le grand accusateur se met à ricaner, aussitôt imité par la foule.

— La gratitude ? Tu n'es qu'un sujet. Tu fais ce qu'on te dit. À moins, bien sûr, que tu ne t'estimes supérieure à nous.

La foule hue ma mère. Le grand accusateur sourit.

— Elle avait l'intention de vous rejoindre ! je proteste.

La foule fait silence tandis que je m'avance dans l'arène.

— Elle se trouvait sur la plage le jour où vous êtes arrivés. J'étais là. C'est moi qui l'ai obligée à partir.

— Tu l'as obligée à partir ? répète le grand accusateur avec une incrédulité exagérée.

Je déteste sa manière de caricaturer chacun de mes mots.

— Je l'ai traînée avec moi, dis-je.

— Est-ce ainsi que les choses se sont déroulées, Summer Walker ?

Ma mère secoue la tête.

— Je ne mentirai pas. Je ne défendrai pas mon honneur par un comportement déshonorant. J'ai quitté la plage parce que j'ai choisi de vivre auprès de mon mari et de mon enfant. J'ai des devoirs envers mon peuple, grand accusateur, mais j'ai bâti une famille pendant mon séjour ici, conformément aux instructions du prime, et elle aussi a besoin de moi. Ma fille est une Alpha. L'abandonner froidement, n'aurait-ce pas été là aussi une manière de trahir les miens ?

— Tu as préféré une bâtarde…

Ma mère bondit, franchissant les dix mètres qui la séparent du Grand Accusateur. Elle l'attrape par le cou et le jette dans le sable.

— Ma fille n'est pas une bâtarde, fils de Sirène ! Tes mots charment peut-être cette foule, mais tes insultes ne resteront pas sans réponse. Je te lance un défi. Je vais t'arracher ta maudite langue venimeuse !

26

La foule rugit son approbation et martèle le sol avec les pieds.

— L'accusée ne peut pas défier les représentants du tribunal. C'est la loi, bafouille le grand accusateur.

Ma mère le laisse se relever.

— Une fois cette parodie de procès terminée, la loi m'autorisera à te défier, et pour tes insultes je ferai couler ton sang dans le Grand Abysse ! s'écrie ma mère.

La foule l'acclame. Elle veut voir cela. Même certains membres du conseil hochent la tête.

— La manœuvre est habile, Summer Walker. Promettre un combat à la foule et au conseil, dans l'espoir qu'ils te jugeront innocente rien que pour y assister. Mais ils sont plus intelligents que cela, réplique le grand accusateur.

— Terminons ce procès maintenant ! grogne le prime. La comédie a assez duré.

— Je suis d'accord ! siffle sa femme.

Je m'exclame :

— Assez duré ? Alors c'est ça, la glorieuse justice dont ma mère m'avait parlé ? Dépêchons-nous de clore les débats avant que quelqu'un ne puisse changer d'avis ? Eh bien, avant de la condamner, vous devez savoir qu'elle a peut-être quitté la plage avec moi mais qu'elle a refusé d'abandonner son peuple. Il y a eu je ne sais combien d'occasions où nous aurions pu nous enfuir loin d'ici sans nous retourner, mais elle a préféré rester dans l'espoir de vous aider.

— Elle aurait mieux fait de s'enfuir ! crie Minerva.

Je lis des envies de meurtre dans son regard. Quelle créature abominable ! Une bouteille de poison enveloppée dans du papier brillant. Malheureusement, la foule est d'accord avec elle. Ils se frappent le torse et nous crient dessus. Bex tressaille ; je réalise à quel point la situation doit être terrifiante pour elle.

— Finissons-en ! s'écrie le prime.

Je rugis :

— Je n'ai pas terminé !

La foule est captivée. Tout le monde retient son souffle. Je n'aurai pas leur attention très longtemps, et à en juger par l'expression du prime il ne me reste plus très longtemps non plus à vivre, mais M. Lir m'a conseillé de leur pourrir la vie. J'étais très douée pour ça à l'époque où j'étais un maximonstre.

Je continue donc :

— J'ai une question à vous poser. Vous aviez envoyé vingt Sirènes parmi les hommes. L'une est morte, deux ne sont pas venues vous accueillir sur la plage. Ce qui laisse dix-sept membres de votre nation qui ont suivi les consignes. Ils ont fait ce que vous leur aviez demandé : ils ont fondé des familles et, à votre arrivée, ils les ont abandonnées pour revenir auprès de vous. Où sont-ils aujourd'hui ? Quelqu'un peut-il me les montrer ? Grand Accusateur, les voyez-vous dans la foule ?

— Ils ont été capturés par votre gouvernement, réplique-t-il sèchement.

— D'accord, mais j'imagine que vous avez un plan pour les récupérer, non ? Vous n'allez tout de même pas les abandonner à leur sort. Quand comptez-vous les délivrer ?

Tous les regards se tournent vers le prime.

— À moins que vous n'en ayez aucune intention ? Ce serait tellement plus commode, dis-je d'un ton cinglant. Sans eux, vous pouvez plus facilement oublier l'échec de votre prime.

Je m'avance sur le sable pour le regarder droit dans les yeux.

— Ai-je tort, Votre Majesté ? Existe-t-il un plan pour les délivrer ?

Il se contente de me foudroyer du regard.

— Faites-nous savoir quand nous reverrons les autres, s'il vous plaît.

Il n'est pas en colère. Il n'est pas amusé. Il s'en moque, tout simplement.

— C'est bien ce que je pensais. Vous allez les laisser souffrir parce qu'ils vous rappellent à quel point vous êtes nul. Et regardez un peu votre fils, Fathom. Voyez toutes les cicatrices qu'il accumule à force de se battre à votre place. Où sont vos cicatrices, vieillard ?

Les lames jaillissent des bras du prime et il se jette sur moi. Je tombe en arrière dans le sable, m'attendant à bientôt sentir les entailles, le sang et la souffrance.

— Non ! s'exclame le haut ministre. L'accusée n'a pas encore été jugée !

La foule se met à huer, mais le prime se redresse.

— Tu ne perds rien pour attendre, me souffle-t-il avant de regagner son siège.

— Il est temps de conclure, à présent, grand accusateur, crie la prêtresse.

Il hoche la tête.

— Summer Walker, quelles excuses peux-tu donner à ta trahison ?

— Je n'en ai aucune. J'aime mon peuple, mais si je devais recommencer, je referais exactement la même chose, déclare-t-elle en m'aidant à me relever.

— Tu refuses de te repentir ?

Ma mère me sourit.

— Absolument. Entre ma famille et ce prime, le choix n'est pas difficile.

Le père de Fathom grince des dents.

— Dans ce cas, déclare le grand accusateur, il est de mon devoir de proclamer devant le conseil, notre prime et toutes les personnes rassemblées ici que cette femme est une criminelle et une traîtresse envers les Alphas. Mon opinion est qu'elle mérite un châtiment, que je laisse au conseil le soin de déterminer.

Le haut ministre hoche la tête.

— Que dit le conseil ?

Nor se lève et regarde ma mère.

— Fille de Sirène, je connaissais ta mère. J'étais là le jour où elle a péri avec toute ta famille. Je sais qu'elle t'a enseigné à distinguer le bien du mal, et je sais que tu reconnais ton crime. La sentence est claire comme le ciel, mais parfois la vie nous soumet un problème qui ne peut pas se résoudre en termes de bien et de mal. En cela nous sommes pareils, toi et moi. Tu es coupable d'avoir pris la mauvaise décision aux yeux du prime, mais je crois que c'était dans une bonne intention. Je te proclame innocente.

La foule grommelle, mais on n'entend pas de cris de colère.

Je glisse à ma mère :

— C'est plutôt bon, non ?

— Et vous autres, que dites-vous ? lance Nor au reste du conseil.

Minerva grince des dents.

— Il n'y a même pas à réfléchir. Elle est coupable, et quiconque prétend le contraire nous trahit lui aussi.

Chaque membre du conseil s'exprime tour à tour. Tous déclarent : « Coupable. »

Nor secoue la tête avec dégoût ; mon ventre se noue. Je ne peux contenir ma panique. Je lâche un cri d'incrédulité devant une injustice aussi monstrueuse.

— Elle n'avait aucune chance, dit Bex, sous le choc.

— Tu as entendu le conseil. Que décides-tu, mon prime ? demande le haut ministre.

— Je la condamne à mort. Que le Grand Abysse l'accueille dans ses bras bienveillants.

Puis il pousse une succession de gloussements aigus.

Je crie « Non ! » tandis que les gardes selkies nous écartent, Bex et moi, pour poser leurs grosses pattes sur ma mère.

— J'en appelle à mon droit au combat ! crie-t-elle.

La foule explose de joie. Ils vont l'avoir, leur combat sanglant, après tout.

— Nomme ton adversaire, ordonne le prime.

Ma mère foule le sable pour venir se planter face à lui.

— C'est vous que je défie, Votre Majesté.

Le prime sourit.

— Mon fils fera son devoir.

— Non ! dis-je, avant de me tourner vers Fathom. Tu ne peux pas affronter ma mère. Tu ne peux pas !

Il baisse la tête pour éviter mon regard. Il va vraiment le faire. Pas question ! Je le tuerai d'abord. Ce que je ressens pour lui ne m'empêchera pas de protéger ma mère.

— C'est moi qui vais me battre pour elle !

— Lyric, non ! s'écrie ma mère.

— Est-il exact que les Alphas autorisent leurs enfants à se battre à la place de leurs parents ?

— Oui, répond le haut ministre. C'est vrai.

— Lyric, je sais ce que tu essaies de faire, et je ne le permettrai pas, dit ma mère.

— Oui, Walker, ce n'est pas très malin, renchérit Bex.

— Je suis une Alpha, à moitié peut-être, mais c'est suffisant. Et je suis la fille de ma mère, ce qui fait de moi une fille de Sirène. Je me battrai pour elle.

Le prime s'esclaffe.

— Qu'il en soit ainsi !

Les gardes entraînent ma mère au bord de l'arène et me fourrent un épieu dans les mains. Il est horriblement lourd. Je parviens à peine à le tenir droit. « Lyric, mais qu'est-ce que tu fabriques ? C'est de la folie. »

Fathom approche. La surprise est mon seul avantage, alors je tente de le frapper, pas trop fort mais suffisamment pour qu'il sache que je n'hésiterai pas à le blesser s'il le faut. Je veux qu'il comprenne que je me bats pour la vie de ma mère. Mais il écarte mon épieu d'un revers de bras et s'élance sur moi. Je bats en retraite, recule dans la foule, qui me repousse violemment et me fait tomber dans le sable. Fathom se dresse au-dessus de moi. Il sourit ; il a l'intention de jouer avec moi, de me faire souffrir avec cruauté jusqu'au moment de sortir ses lames et de répondre aux attentes de son père.

Je lui envoie un coup de pied dans les parties. Il se plie en deux, grognant de douleur. Je ramasse mon arme et me relève.

— J'espère que ça fait mal ! dis-je, et je brandis mon épieu au-dessus de sa tête.

Sauf que je ne parviens pas à l'abattre. Je ne peux tuer personne, et surtout pas lui. Fathom perçoit mon hésitation et me fait sauter l'arme des mains. Je la vois voler dans les airs et retomber dix mètres plus loin. Je cours la récupérer, mais il est trop rapide et me bloque le passage.

— Ce sera bientôt fini, me promet-il.

Je lève les yeux vers son visage, suis surprise par ce que j'y découvre. Pas le goût du meurtre, non ; en fait, cela ressemble beaucoup à de l'espoir.

— Quoi ?

Pour toute réponse, il me projette violemment en arrière dans la foule. Souffle coupé, je m'arrache aux bras qui me retiennent. Alors que je me dégage, je sens quelque chose sur mes doigts. Je baisse la tête et vois Ghost me glisser un gantelet doré sur la main. Un gantelet identique au sien et à celui d'Arcade, et qui se met à briller d'un vert laiteux.

— Que fais-tu ?

— Je teste une théorie, répond-il en pressant un bouton sur la paume. (Je sens un moteur minuscule ronronner sous le métal.) J'espère qu'Arcade a raison. Parce que, sinon, Fathom sera obligé de te tuer.

— De quoi est-ce que tu parles ? Qu'est-ce que c'est que ce truc ?

Il presse un bouton sur le dessus, un grondement résonne dans mes oreilles, et soudain je deviens une bulle, effervescente et électrique, qui grossit, s'étend, passe d'une petite chose insignifiante à un cercle d'énergie redoutable, qui jette des éclairs comme une galaxie naissante. Mes pieds s'enracinent dans le sable, ma tête est un ballon au bout d'une ficelle qui s'élève dans le ciel pour aller goûter les nuages. La nature me parle, et je lui réponds ; le vent brasse une foule d'idées et de pensées, les rayons du soleil me chantent des comptines ridicules, et l'eau… l'eau est amoureuse du rivage. Elle possède une voix, qui me murmure : « Que veux-tu que nous fassions, Lyric Walker ? »

Pour la première fois de ma vie, j'ai l'esprit en paix. Pas l'ombre d'une F1 en vue. C'est une sensation si agréable, si grisante d'être libérée à cent pour cent de la douleur ! Je ne me sens plus écrasée mentalement. Comme si on m'avait débarrassée d'un poids. Je contemple le gantelet. Comment est-ce possible ?

La clameur de la foule m'arrache à ma béatitude, juste à temps, parce que Fathom est en train de me foncer dessus, lames sorties. Il va me couper en deux. Je tends les mains devant moi, sachant qu'elles ne l'arrêteront pas, mais l'instinct prend le dessus. J'entends une explosion, un geyser jaillit de la mer et vient frapper Fathom dans le dos comme un missile liquide. L'eau reste suspendue en l'air, patiemment, et quand le prince fait mine de se relever, elle le renfonce dans le sable.

La foule en reste bouche bée.

— Lyric ? demande ma mère. C'est toi qui fais ça ?

Je regarde le gant avec émerveillement. Oui, c'est moi. Je ne sais pas comment, je ne sais même pas si je pourrais le refaire, mais oui, c'est moi, et j'adore ça.

Le haut ministre se précipite entre nous deux.

— Il faut cesser ce combat tout de suite, s'écrie-t-elle. Elle porte le gantelet. Elle entend la Voix.

Le prime s'avance d'un pas furieux, accompagné de sa femme. Ils affichent tous les deux la même expression venimeuse.

— Tu ne peux pas arrêter le combat, vieille femme ! glapit Minerva.

La prêtresse secoue la tête.

— Pour tout ce qui concerne le Grand Abysse, je détiens le pouvoir suprême. La fille communique avec celui qui donne et qui reprend, elle commande à la vague. Nous avons besoin d'elle. Il n'est pas question de la sacrifier.

L'oncle de Fathom s'avance à son tour dans l'arène.

— Bracken, retourne à ta place ! lui crie le prime.

— Mon frère, ne laisse pas la soif de vengeance t'amener à commettre une folie. Nous sommes si peu nombreux à entendre la Voix…

— Tais-toi, Bracken ! ordonne Minerva. Cette fille n'est pas des nôtres. C'est une détritivore humaine.

Fathom se relève et s'approche de son père.

— Votre Majesté, mon oncle parle avec sagesse. Lyric Walker commande à l'océan. Nous ne pouvons pas la sacrifier pour les crimes de sa mère. Nous aurons besoin d'elle lorsque les Roussalkas nous retrouveront.

— Ne prononce pas le nom de ces meurtriers ! tonne le prime, et la foule se met à conspuer Fathom.

— La vérité te dérange ? Moi aussi. Il faut pourtant en discuter. Les Roussalkas se sont rebellés et ils ont utilisé le même pouvoir que cette fille pour nous éliminer par millions. Ils nous ont chassés loin de nos territoires de chasse et obligés à nous cacher sur le rivage. Nous sommes les derniers survivants. Il est temps de renoncer à tes grands projets d'invasion pour te focaliser sur la menace des Roussalkas.

M. Lir vient nous rejoindre sous une bordée de quolibets.

— Alphas, écoutez-moi ! Les auteurs du génocide nous ont retrouvés.

La foule pousse des cris de stupeur.

— Les Roussalkas arrivent ? s'écrie Nor.

Je me rappelle le commentaire de Doyle sur la cavalerie des Alphas, sauf qu'il avait tout faux. Les créatures marines ne viennent pas les aider. Elles viennent terminer le travail !

Je crie :

— Il faut prévenir les humains !

— Les tiens se préparent à la guerre contre nous, objecte Bracken. Je doute qu'ils écoutent nos avertissements. Non, comme toujours, nous ne pourrons compter que sur nous-mêmes, mais il pourrait bien s'agir de notre ultime bataille. Tu pourrais peut-être empêcher notre extermination complète.

— Qu'on pardonne à sa mère et qu'on mette fin à ce défi, exige Nor. Notre avenir est en jeu.

Le prime pointe un doigt tremblant de colère vers nous. Il roule des yeux fous. Terrance disait vrai : il a complètement perdu la tête.

— Votre rôle à tous n'est pas de donner votre opinion mais d'obéir aveuglément à mes moindres désirs.

— Écoute le conseil de Bracken. C'est ton frère ! lui crie Nor.

— Le prochain qui ose prendre la parole sera mis à mort, déclare Minerva. À présent, Fathom, reprends le défi, et ensuite apporte à ton père la tête de la détritivore.

— Je ne le ferai pas.

— Ton manque de respect est un outrage ! s'emporte son père.

— J'ai soutenu toutes tes décisions jusqu'ici – malgré mon désaccord la plupart du temps – et je me suis battu pour chacune d'elles, crie Fathom. J'ai pris des coups, j'ai versé mon sang pour toi...

— Conformément à ton devoir ! rugit son père.

— J'ai passé ma vie à me battre pour toi. Je ne demande qu'une seule chose en retour : une faveur d'un père à son fils dévoué. Père, épargne Lyric Walker et sa mère.

Le prime fait sortir ses lames de ses bras et se dirige vers moi.

— Puisque tu refuses de m'obéir, fils, je vais m'en charger moi-même ! Tes sentiments pour cette guenon me font honte. Crois-tu que je t'autoriserais à coucher avec elle, à lui faire porter mes petits-enfants ?

— Montre-lui ce que signifie le respect, mon chéri ! s'exclame Minerva.

Je scrute la foule à la recherche d'Arcade et la trouve juste derrière moi. Son visage stoïque peine à masquer sa détresse. Nos regards se croisent, je rougis.

Fathom sort ses lames à son tour et s'interpose d'un bond entre son père et moi.

— Je ne te laisserai pas faire.

— Voilà l'héritier qui défie son père, ricane le prime. Était-ce ton intention depuis le début ? Espérais-tu me convaincre, me faire passer pour un faible aux yeux de mes sujets ? Tout cela pour une fille de la surface ? Tu me déshonores.

Il balance le bras et ses lames touchent Fathom à l'épaule. Le sang gicle sur le sable mais le prince reste debout.

— Père, si tu me tues, la nation se retournera contre toi. Tu ne peux pas régner sans fils.

Minerva s'avance avec un sourire sinistre.

— Massacre-le, mon époux. Tu as un autre héritier. Je suis enceinte.

Le prime sourit et se jette sur son fils. Fathom esquive ses coups en reculant. Il finit par lui envoyer un crochet au visage ; le prime chancelle et bascule sur le dos comme une tortue renversée.

— Que t'est-il arrivé ? s'emporte Fathom en se penchant sur son père. Tu te pavanes à travers le camp en marmonnant dans ta barbe, tu suis les conseils de ce piranha qui te sert de femme, nous menant tous à la catastrophe. Et maintenant que nous découvrons quelqu'un qui pourrait nous aider à reconquérir notre ancien foyer, nous conduire loin de cette plage puante et offrir une chance à ton peuple de retrouver sa dignité, tu voudrais la mettre en pièces pour satisfaire ta vanité ? Tu es devenu un vieillard sénile, je suis heureux que ma mère ne soit plus là pour assister à ta déchéance.

Le prime grogne, montre les dents comme un chien enragé.

— Elle aurait dû te jeter dans la fosse quand tu étais encore au sein.

Il bondit sur ses pieds et frappe son fils. Leurs lames fendent l'air. Fathom bloque le coup, riposte, mais son père parvient à esquiver. Ils s'attrapent à bras-le-corps, cherchant l'épreuve de force, et titubent sur place. D'un revers de main, le prime envoie Fathom rouler dans le sable. Fathom s'essuie les lèvres – ses doigts se couvrent de sang –, puis frappe son père dans le ventre avec une telle force qu'il le propulse de l'autre côté des gradins sur la plage. D'un bond prodigieux il s'envole dans son sillage, provoquant une bousculade parmi les spectateurs impatients d'assister à la suite du combat.

Je prends Bex par la main et l'entraîne avec moi dans les gradins.

— Restez là, nous implore ma mère. C'est trop dangereux.

— Je ne peux pas, m'man !

Et je continue à grimper. Le temps d'arriver au sommet des marches, Bex et moi sommes hors d'haleine.

Nor se tient au premier rang des spectateurs du combat qui se livre au bord de l'eau.

— Arrêtez ! s'écrie-t-il. Cette folie doit cesser ! Personne n'en sortira gagnant. Si le prince tue le prime, il ne pourra pas revendiquer la couronne. Il n'a pas d'héritier.

— Je ne veux pas de cette couronne ! crie Fathom en tournant autour de son père. Je renonce à faire valoir mon sang. Si je ne réussis pas à raisonner le prime, elle ira à qui voudra la prendre.

— Comme c'est généreux de ta part d'épargner à ton peuple la honte de t'avoir comme chef ! ironise le prime.

Il bondit et renverse Fathom d'un coup d'épaule.

— Tu me sous-estimes, mon garçon. Aurais-tu oublié que j'ai livré les batailles de mon père, moi aussi ? Que j'ai prouvé ma valeur bien avant toi ?

— De simples égratignures ! s'exclame Fathom. Tu étais un tout jeune homme quand ton père est mort. Aucun autre héritier dans l'histoire des Alphas n'a versé aussi peu de sang. Moi, j'ai livré des combats innombrables pour un homme qui a mené notre peuple au bord de l'extermination, un fou qui s'est mis les humains à dos, alors qu'ils auraient pu affronter les Roussalkas à nos côtés. Tu as obligé une race noble et fière à vivre au milieu des ordures. Quoi d'étonnant à ce que je porte autant de trophées ? Tout le monde dans ce camp rêve de te voir mort.

Le père de Fathom enfonce son poing dans le ventre de son fils, puis lui balaie les deux jambes. Il lui décoche un tel coup de pied dans les côtes qu'il l'envoie voler par-dessus la foule. Fathom retombe dans la mer.

— Les ordres de mon époux seront exécutés, affirme une voix derrière moi.

Je me retourne et découvre Minerva. Elle tient mon épieu entre ses mains.

— Puisque son fils sans valeur et sans respect refuse de poursuivre ce défi, je vais m'en occuper pour lui.

— Tu n'as pas le droit ! s'écrie le haut ministre en s'interposant entre nous.

— Je suis la compagne du prime. Je fais le droit ! rugit-elle avant de repousser violemment la vieille femme.

Puis elle me frappe avec son arme. Je sens la pointe m'entailler le bras. Un liquide chaud me coule sur la manche.

— Vous êtes pas un peu folle, non ? crie Bex en lui arrachant l'épieu des mains.

La suite se déroule si vite que je n'en crois pas mes yeux : Bex assène un bon coup à Minerva derrière la tête. La reine s'écroule sur le sable, assommée.

Ma mère se fraie un chemin jusqu'à nous tandis que le haut ministre ordonne à deux Selkies d'arrêter Minerva.

— C'est toi qui as fait ça ? me demande-t-elle.

— Plutôt Bex.

Mon amie sourit.

— Si elle s'imagine que n'importe qui peut débarquer à Brooklyn et faire la loi…

— Fathom !

Je traverse la foule et cours jusqu'à l'océan, suivie de près par Bex et ma mère. On n'aperçoit aucun signe de lui ni de son père.

— Où sont-ils ? s'écrie Bex en scrutant les vagues.

— Ils se sont entretués, déclare un jeune Céto. Notre prime et le prince sont morts en combat honorable.

Au fil des minutes, je commence à croire que c'est vrai. Bex me prend la main et la serre, fort, pour me rappeler que, quoi qu'il arrive, elle est là. Ma mère se place derrière moi, la main sur mon épaule, et nous attendons. Chaque seconde me semble durer une heure. Peu à peu la nation alpha tout entière se rend à l'évidence. Arcade se détache de la foule. Son ami Flyer la regarde s'approcher de l'eau. Elle lance un long appel mélancolique qui reste sans réponse. Dévastée, elle se tourne vers Flyer, qui la rejoint. Ils plongent dans les vagues.

— Ils vont récupérer les corps, explique Nor.

Ghost se jette à l'eau à son tour, puis Luna. Terrance Lir les suit, imité par Surf. Des dizaines d'autres plongent à la recherche du garçon dont je suis amoureuse.

Mes larmes se mettent à couler. J'ignore comment j'ai pu les retenir aussi longtemps. Peut-être parce que je sentais qu'il aurait voulu me voir forte ? J'enfouis mon visage au creux de l'épaule de ma mère et verse mon propre petit océan. Un à un, les Alphas reviennent sans leur prince.

— C'est ta faute ! m'accuse Arcade. Il a voulu trouver un moyen de te sauver.

Je comprends alors que Fathom avait tout planifié. Il savait que cet objet sur ma main me rendrait précieuse. La seule chose qu'il n'a pas pu – ou pas voulu – voir, c'est la folie inflexible de son père, et il est mort à cause de ça.

— Viens, dit Bex en cherchant à m'entraîner vers le camp.

— Non, je ne peux pas. Pas encore.

Soudain, j'entends un grand bruit. Un jet d'écume jaillit des vagues ; et au-dessus, s'élevant haut dans le ciel, je vois deux silhouettes. Un jeune homme aux cheveux blonds, et son père vaincu, inanimé.

— Fathom ! crie Arcade.

Il atterrit à quelques pas de moi en soulevant un nuage de sable. Il lâche son père, qui s'écroule à ses pieds. Le prime est toujours en vie mais il ne se relèvera pas de sitôt.

— J'ai retenu mes coups, Lyric Walker, me dit Fathom.

27

— D'autres humains se présentent au pied du mur ! nous crie un Selkie.

— Doyle ? s'interroge Fathom.

— J'espère, dis-je.

M. Lir m'a prévenue qu'il lui avait fait parvenir un message. S'il y a quelqu'un de l'autre côté de ce mur auquel je peux me fier pour alerter tout le monde à propos des Roussalkas, c'est bien lui. Luna ouvre une porte et Fathom et moi passons de l'autre côté. Nous nous retrouvons nez à nez avec le gouverneur Bachman à la tête d'une petite troupe de paramilitaires.

— Où est Doyle ? je demande.

— M. Doyle ne fait plus partie de ce programme, répond-elle. Il s'avère qu'il avait parmi ses proches un membre de la nation alpha, qui l'aidait à faire ses choix. Il va probablement passer en cour martiale pour trahison. En attendant, j'ai décrété la loi martiale à Coney Island et pris le commandement de la branche new-yorkaise de la Garde nationale.

— C'est vous qui commandez tout ça ? dis-je en indiquant les missiles braqués sur nous.

Elle affiche un petit sourire satisfait.

— Nous avons deux façons de régler cette affaire. Toi et ton peuple pouvez vous rendre sans résistance, auquel cas vous serez arrêtés et transférés ailleurs ; ou alors, sur ordre du gouverneur de l'État de New York, vous serez expulsés par la force.

— D'accord, dis-je. Nous pourrons en discuter une fois que vous aurez évacué tout le bas de Brooklyn.

Elle me dévisage avec des yeux ronds.

— Et pourquoi ferais-je ça ?

— Parce que vous n'êtes pas stupide. Lors de notre première rencontre, vous vouliez que je vous raconte tout. Eh bien, je vais le faire maintenant : les Alphas que vous voyez sur cette plage sont les derniers qui restent. Avant, ils étaient des millions, mais ils ont été massacrés par une engeance bien pire…

— Qui donc, Lyric ? D'autres créatures de livres pour enfants ? raille Bachman. Tu ne crois quand même pas m'avoir une deuxième fois, si ?

— Écoutez-moi, s'il vous plaît. Pour une fois dans votre vie, contentez-vous de m'écouter. Les Alphas possèdent une arme qui leur permet de contrôler l'eau. Avec ça, ils pourraient soulever un raz-de-marée qui emporterait tout sur son passage. Ils ne s'en serviront pas contre vous, mais il existe un autre groupe en possession de la même arme, qui est en route pour venir ici. Si vous ne me croyez pas, vérifiez, ne serait-ce que pour me démontrer que j'ai tort.

Bachman cligne des paupières comme si elle avait une poussière dans l'œil. Je prie en silence pour qu'elle réagisse intelligemment. « Ne soyez pas stupide. Ne soyez pas stupide. Ne soyez pas stupide. »

Le gouverneur secoue la tête.

— Lyric, tu sais aussi bien que moi que les créatures marines qui se dirigent par ici ne sont que d'autres représentants de la famille de ton petit ami. (Elle jette un regard méprisant à Fathom qui est resté quelques pas en arrière.) Préviens-le que si elles approchent à moins de trente kilomètres des côtes, nous ouvrirons le feu. Et maintenant, si tu as terminé, il me reste encore du travail. Nous avons assemblé plusieurs lance-roquettes sur la promenade, et si vous n'avez pas vidé les lieux d'ici à demain midi, nous commencerons à bombarder le camp.

— Vous ne pouvez pas faire ça ! Il y a des enfants.

— Désolée, ma chérie, mais le bail des Alphas vient d'être résilié.

— Vous vous attaquez aux mauvaises personnes !

— Midi pile, mademoiselle Walker. Cochez ça sur votre agenda.

Fathom me prend par la main.

— Nous perdons du temps. Il faut nous préparer.

Je supplie le gouverneur :

— Je vous en prie ! Faites évacuer tous ceux que vous pourrez.

Nous repassons de l'autre côté du rempart, que Luna rebouche derrière nous. J'ai le temps de voir Bachman secouer la tête avec incrédulité. Elle ne m'a pas écoutée. Elle ne lèvera pas le petit doigt.

Mon plan fait grimacer Bex, mais au moins elle m'écoute. C'est la seule idée qui m'est venue pour prévenir les gens de la catastrophe qui les guette.

— Je ne connais pas son mot de passe, me prévient-elle.

J'accède au site sur mon téléphone – qui est encore chargé, Dieu merci – et je clique sur l'onglet de connexion.

— Je crois pouvoir le deviner.

J'entre le mot de passe auquel je pense. Rien ne dit que ce sera le bon, mais je connaissais bien Shadow. Ce n'était pas le genre à s'embarrasser de complications. J'appuie sur Entrée, me préparant à l'éventualité que le site me refuse l'accès. En le voyant s'ouvrir, j'étouffe un cri de surprise.

— Quoi ? C'est bon ? (Bex n'en revient pas.) Comment as-tu deviné ?

— C'était « Becca Conrad ».

Elle se mord la lèvre et se met à pleurer. Je la serre fort dans mes bras.

— Bex, il ne me reste plus beaucoup de batterie. Si ce téléphone s'éteint avant qu'on n'ait pu faire ce qu'il faut, des tas de gens vont mourir.

— Donc, pas le temps de soigner ta coiffure ou ton maquillage, j'ai compris, dit-elle, essuyant sa joue humide.

Je lui remets le téléphone et elle le braque sur moi puis presse le bouton d'enregistrement vidéo. Une lumière rouge s'allume à côté de l'objectif.

— Je m'appelle Lyric Walker, dis-je. Cela fait dix-sept ans que je vis à Coney Island. Depuis trois ans, j'ai menti quasiment à tout le monde à propos de ma mère et de moi. Nous sommes des Alphas. J'ai gardé le secret là-dessus pour protéger ma famille, moi-même et les gens que j'aime.

« Vous avez peut-être entendu parler de moi. Et peut-être que ça vous donne l'impression de me connaître. Pas de problème. Je ne vais pas chercher à discuter avec vous, mais il y a une chose que je tiens à vous dire, c'est que je ne suis pas une affabulatrice. Tito Ramirez était mon ami. Il aurait pu vous le confirmer. Alors, s'il vous plaît, croyez-moi et écoutez-moi quand je vous dis que tous les habitants de Coney Island courent un terrible danger.

Je raconte tout ce que je sais à propos des Roussalkas et de leurs pouvoirs. J'explique que le gouvernement n'a rien compris et qu'il devrait se battre à nos côtés mais qu'il n'en fera rien. Je conseille à ceux qui peuvent quitter la Zone – ou carrément New York – de le faire sans plus attendre. Je les supplie d'essayer. Après quoi nous cessons d'enregistrer pour uploader la vidéo sur le site de Shadow. Je regarde la batterie descendre de dix pour cent à cinq, deux, un, puis le téléphone s'éteint. J'ignore si le téléchargement a eu le temps de se terminer. Peut-être ai-je fait tout ça pour rien.

Bex s'assoit sur le sable et ferme les yeux.

— Ça va ? je lui demande.

Je n'ai aucune idée de ce qu'elle peut éprouver. J'avais beau aimer Shadow, ce qu'il y avait entre eux deux appartenait à une autre sphère.

— Chut, me répond-elle. Je lui adresse une prière. La fille la plus sexy du lycée lui a dit qu'elle l'aimait. Il ne peut rien me refuser.

Personne ne dort. Tout le monde s'emploie à préparer le dernier combat des Alphas. Je fais la connaissance du Feige qui s'exprime d'une voix chuintante. Il s'appelle Thrill et, grâce à leurs gants, Arcade et lui renforcent les sections les plus faibles du rempart au moyen de nouvelles ordures qu'ils ramènent des bas-fonds. C'est stupéfiant de voir tout ce qu'ils sortent de l'eau : un cheval de manège, des wagons de métro, des pièces de ce qui ressemble à une machine à vapeur, le pont d'un voilier et de gigantesques plaques de verre fendillées. Le mur est maintenant deux fois plus épais qu'auparavant, mais je l'imagine mal résister à un tir de missiles d'un côté et à une invasion de monstres de l'autre.

Ghost et Luna construisent une série de bunkers et de galeries sur la plage. Je suis ébahie par le travail qu'ils abattent en si peu de temps. L'eau qu'ils dirigent déblaie le sable et la terre comme une pelleteuse géante. Les trous dissimuleront nos guerriers, qui pourront en jaillir quand les Roussalkas poseront le pied sur le rivage. J'entends certains Selkies grommeler qu'il s'agit d'un plan déshonorant, que les Alphas devraient attendre l'ennemi de pied ferme et se battre à découvert au lieu de se cacher comme des anguilles, mais Nor leur rappelle que l'anguille est redoutable et qu'en se battant à découvert on est une proie facile. La discussion menace de tourner au vinaigre, jusqu'à ce que Fathom intervienne pour appuyer l'opinion de Nor.

— Qui parlera du combat honorable que nous aurons mené quand nous serons tous morts ? leur crie-t-il. Aujourd'hui, nous sommes des anguilles !

Puis c'est mon tour. Ghost, Luna, Thrill et Arcade se réunissent à l'aube. Ils vont m'apprendre à me servir de mon arme.

— Où sont les autres ? dis-je.

— Nous ne sommes que cinq, répond Thrill.

— Et combien de Roussalkas y a-t-il ? demande Bex.

— Des milliers.

— Des milliers ! je m'exclame. Il y a des milliers de Roussalkas en route pour cette plage, et ils portent tous des gantelets ?

— Pas tous. Je dirais qu'environ la moitié d'entre eux en portent, explique Ghost. Les autres sont des tueurs, et tout aussi dangereux.

— As-tu peur de te battre, humaine ? gronde Arcade.

La voilà qui me toise de nouveau avec son expression dégoûtée.

— J'ai peur de n'avoir aucune chance, en effet.

— Ces gantelets nous donnent une chance, Lyric, affirme Luna. Ils te permettent de déplacer l'eau à volonté. Tu peux lui donner la forme de ton choix, l'accélérer ou la ralentir, affecter les marées, soulever des vagues capables de balayer l'une de vos villes humaines. L'eau peut être tout ce que tu imagines. Elle obéira à tes instructions.

— Sauf que je ne sais pas du tout comment faire !

— Lyric, calme-toi un peu, me conseille ma mère. Ils essaient de t'aider.

— Tu as déjà réussi deux fois sans aucun entraînement, me rappelle Ghost, avant de m'entraîner au bord de l'eau.

Je respire un grand coup.

— Donc, il me suffit d'imaginer une forme et l'eau fera le reste ?

Thrill hoche la tête et me conseille de fermer les yeux pour mieux me concentrer.

Je ferme donc les yeux, puis les rouvre en me demandant à quoi cela va me servir. Puis je les referme. Mais comment veulent-ils que je me batte si je ne vois rien ? Alors je les rouvre. L'expression agacée de Ghost me persuade d'arrêter mes chichis.

— Que faut-il que j'imagine ?

Les autres gémissent.

— Tu n'as qu'à faire un marteau, crache Arcade.

— Hé, relax ! Je débute, d'accord ?

Mais à l'instant où je dis ça, j'entends un grand plouf. Et là, au-dessus de moi, l'eau de mer gris sale de Coney Island se soulève, s'enroule sur elle-même et prend la forme d'un marteau de près de deux mètres. Je distingue un poisson dans le manche.

— Comment peut-il rester suspendu en l'air comme ça ?

— Grâce à une réaction entre les charges électriques de ton cerveau et le sel contenu dans l'eau de mer, explique Ghost avec fierté. Le gantelet amplifie ton énergie naturelle. C'est mon grand-père qui a découvert ce principe.

— Transforme-le en autre chose, me suggère Luna.

Je pense à une épée et vois la masse d'eau se changer en épée, puis en pistolet, puis en trident. Tout ce que je visualise devient réel. Je change l'eau en bonhomme de neige, en taxi, et puis, malgré moi, le souvenir de notre baiser avec Fathom me revient en tête et le voilà qui s'affiche devant tout le monde, gaffe liquide en trois dimensions. Je regarde l'expression gênée de ma mère, et soudain l'eau me retombe dessus et je me retrouve trempée.

Arcade, livide, s'éloigne sans un mot.

— Pas cool, ça, Walker, me reproche Bex.

— Je n'ai pas fait exprès !

— Ton esprit est déjà capable de modeler les formes. Il ne te reste plus qu'à travailler sur le contrôle et la manipulation, dit Luna. Tu dois pouvoir te servir de ce que tu produis et le maintenir jusqu'à ce que tu n'en aies plus besoin.

— Et ce serait peut-être une bonne idée de penser à quelque chose de plus redoutable. Ce n'est pas à coups de marteau ou d'images romantiques que tu vas tuer un Roussalka, bougonne Thrill.

— Je n'ai pas envie de tuer qui que ce soit, je proteste.

Ghost s'avance vers moi.

— Les Roussalkas se sont servis d'un gantelet pour créer un épieu qui a transpercé ma mère. Ensuite, ils l'ont déchiquetée et dévorée. Ils ont fait la même chose à la mère de

Fathom, au frère de Luna et à la sœur d'Arcade. Ils se sont jetés sur les morts pour s'en repaître et n'en ont laissé que les os. C'est arrivé à des millions de personnes, pendant que nous étions forcés de regarder.

Je me tourne vers ma mère. Elle est pâle et horrifiée.

— Ils infligeront le même supplice à ton peuple si tu n'apprends pas à tuer, conclut-il.

La journée est longue, éreintante. Je m'entraîne pendant des heures à me servir du gantelet. J'arrive à créer de petites choses – des armes de la taille d'un homme –, mais tout ce qui réclame plus d'efforts, comme repousser les vagues, demeure impossible pour moi. Chaque fois que je pense à l'immensité de l'océan, à la masse écrasante de toute cette eau, mon cerveau se ferme et je reste plantée comme une idiote, à brandir mon gant à la manière d'une marionnettiste folle. Luna essaie de se montrer patiente avec moi ; les autres, un peu moins. Mais pour être juste, Ghost affiche en permanence une expression maussade, alors comment savoir si c'est moi qui l'énerve ?

— Ne pense pas au poids. Le poids n'a aucune importance, m'explique Luna. Tu te compliques les choses pour rien.

— Oui, eh bien, c'est la première fois que j'essaie de soulever l'océan, alors lâchez-moi un peu, d'accord ?

Je suis épuisée, et puis je m'inquiète pour mon père, je m'inquiète pour Fathom, je m'inquiète pour tout le monde. Mince, je m'inquiète même pour Tammy.

— Essaie encore, me presse Luna.

— J'ai besoin d'une pause.

Je sens quelque chose me chatouiller le nez, et quand je le gratte, je ramène un filet de sang sur mes doigts.

Ghost me regarde d'un air surpris.

— Est-ce que ça lui fait du mal ? lui demande ma mère. Elle me touche le front.

— On dirait bien, répond-il, sans paraître s'en émouvoir plus que cela.

Le dîner des Alphas se compose de poissons pêchés dans l'Atlantique, juste à côté des voies de navigation. Quand je mentionne la pollution des eaux de Coney Island, une vieille Sirène m'assure qu'ils ont pris ces poissons à plusieurs kilomètres au large. Heureusement, nous, nous n'avons pas besoin d'en manger. Terrance Lir nous rapporte des sandwichs offerts par des volontaires de la Croix-Rouge. Bientôt arrivent également Fathom et Arcade. J'ai le cœur qui se serre en les voyant se tenir la main.

— Quelqu'un va-t-il se décider à me dire ce qui s'est passé chez nous ? demande ma mère.

Ghost s'assoit dans le sable avec un énorme poisson frétillant dont il arrache une grosse bouchée. Je manque vomir, mais je tiens à entendre cette histoire.

— De nombreux Roussalkas commençaient à se plaindre de migraines. Certains d'entre nous pensaient qu'il s'agissait simplement d'un prétexte pour ne pas travailler. Ils sont tellement limités, on ne les écoutait pas. Mais mon grand-père Tarooh a accepté d'en examiner quelques-uns.

« Il a découvert que leur cerveau débordait d'une énergie qui les rendait malades, alors il a inventé les gantelets afin de les soulager.

— Seulement, son invention avait un effet secondaire, explique Fathom.

— Ils ont découvert qu'ils pouvaient manipuler l'eau ! s'exclame ma mère.

— Ils entendaient la Voix du Grand Abysse. Tout le monde a vu cela comme une bénédiction. Ceux qui portaient le gantelet pouvaient créer des maisons, des temples, des arènes. Ils pouvaient rabattre le poisson vers nous, supprimer la nécessité des expéditions de chasse et le souci permanent du manque de nourriture. Les Alphas n'étaient plus contraints à une vie nomade. Nous pouvions bâtir des habitations durables. Des palais de sable et de pierre sortaient du fond de l'océan. C'était le paradis, et nous le devions aux Roussalkas, notre classe ouvrière.

Je le corrige :

— Vos esclaves, tu veux dire.

— Non, pas des esclaves, seulement la classe la plus modeste de notre système social.

— Laisse-moi terminer cette histoire à ta place, dis-je, gagnée par la colère. Vous traitiez les Roussalkas comme des moins-que-rien depuis mille ans, et quand ils ont subitement pris conscience de leur propre valeur, au lieu d'améliorer leur condition, vous les avez envoyés sur les roses, c'est ça ?

Ma mère s'éclaircit la gorge.

— Lyric…

— C'est bien ce qui s'est passé, pas vrai ? Et vu que vous avez refusé de leur accorder leur liberté, ils l'ont prise, exact ?

— Tu parles sans savoir, gronde Arcade.

— Pitié, ne me ressors pas toutes ces salades à propos de vos coutumes et de votre sens de l'honneur. Je crois que j'ai eu ma dose pour aujourd'hui.

Je me lève et m'éloigne d'un pas rageur le long de la plage. Il y a tant d'activité partout : des gens font cuire le dîner, d'autres s'entraînent au combat, les enfants jouent dans les vagues… Je n'ai nulle part où aller, nulle part où me cacher. Je continue à marcher droit devant moi pendant un bon kilomètre, jusqu'à la lisière du camp. Je m'assois au bord de l'eau, laisse les vagues me lécher les pieds, enfouis la tête entre mes mains et me mets à pleurer.

— Tu ne connais pas toute l'histoire, me dit Luna, apparaissant brusquement à côté de moi.

Elle m'a suivie sans que je m'en aperçoive.

— Dis-moi ce que j'ai loupé !

— Les Roussalkas ont réclamé un meilleur traitement. Ils voulaient recevoir une éducation, pouvoir choisir leurs compagnes. Ils voulaient modifier des lois vieilles de plusieurs siècles.

— Et naturellement, vous leur avez dit où ils pouvaient se fourrer leurs illusions.

Luna me dévisage d'un air perplexe.

— Se fourrer… ?

— Vous leur avez dit non.

Luna secoue la tête.

— Au contraire, la nation leur a dit oui. La majorité d'entre nous convenait qu'il fallait que les choses changent.

— Alors, quel était le problème ?

— Moi, répond-elle simplement. J'ai commencé à souffrir de maux de tête terribles, alors les médecins m'ont donné un gantelet et je me suis mise à entendre la Voix moi aussi. Puis ç'a été le tour de Ghost, de Thrill et d'Arcade. C'était un miracle, mais les Roussalkas ne l'ont pas vu comme ça. Ils ont eu peur, si tout le monde se mettait à développer ces pouvoirs, qu'on ne veuille plus écouter leurs doléances et, au lieu d'attendre pour voir comment la situation allait évoluer, ils se sont retournés contre nous. Ils ont tué la mère de Fathom sous ses yeux. Des millions d'entre nous sont morts en quelques jours. Nous avons fui, tenté de nous cacher dans les moindres recoins de l'océan, mais ils nous retrouvaient toujours.

— C'est horrible. Je ne savais pas.

— Nous ne sommes pas des esclavagistes, Lyric Walker.

— Je suis désolée.

— Ton hostilité est compréhensible. Si Ghost tenait la main d'une autre, moi aussi j'éprouverais une grande souffrance.

— C'est si évident que ça ? dis-je.

Elle fait oui de la tête.

— Tu attaches trop d'intérêt à ce qui se passe en ce moment, Lyric Walker. Aujourd'hui il lui tient la main, peut-être par amour et peut-être par obligation. Mais demain… qui sait ? Ce qui est sûr, c'est que tu ne l'auras jamais si tu meurs dans l'assaut des Roussalkas. Tourne ton attention vers la bataille, apprends à écouter la Voix et laisse ton sang alpha diriger tes actions.

Ma mère et Bex traînent dans les parages pendant que je m'exerce à manipuler l'eau. Nous avons si peu de temps, et je suis si mauvaise !

Je pointe le gantelet vers l'océan et tente de créer un mur d'eau de mer, mais je ne parviens pas à maintenir ma concentration assez longtemps. Très vite, je me sens faible et je recommence à saigner du nez.

— Elle a besoin d'une pause, dit ma mère.

— Nous n'avons pas le temps ! rétorque Ghost.

Il n'a aucune patience avec moi.

— Je n'arrive pas à oublier le… l'immensité de la mer, je gémis.

— Elle pense constamment à sa taille, et ça la fait se sentir toute petite, dit Luna avec un soupir.

Thrill est si dégoûté qu'il ne veut même pas me regarder.

— La taille de l'océan n'a pas d'importance, maugrée Ghost. C'est ta volonté qui doit être immense.

— Nous lui avons toujours répété de faire profil bas, explique ma mère. C'est comme ça que nous avons réussi à passer inaperçues.

Thrill se hérisse.

— Elle doit être comme un Kraken. Elle doit faire en sorte que la mer tremble devant elle.

— Heu, c'est quoi, un Kraken ? demande Bex.

— Un monstre gigantesque, terrifiant, un dévoreur de mondes. Il vit dans un gouffre au fond de l'Atlantique, répond Luna tranquillement.

— Dis-moi que tu plaisantes.

Luna la regarde avec un air bizarre.

— Je ne plaisante jamais.

— D'accord, donc elle a besoin de penser comme un monstre, résume Bex, avant de se tourner vers moi. Un maximonstre.

— Quoi ? fait Arcade.

— Rien, dis-je. Des bêtises.

— Non, pas du tout ! se récrie Bex. Est-ce que tu t'es jamais sentie aussi forte, aussi invulnérable qu'à cette époque ? Admets-le !

Je bougonne :

— Je ne me suis jamais sentie aussi bête non plus.

— Comment s'en sort-elle ? demande Fathom en nous rejoignant.

Son apparition transforme une situation tendue en véritable torture.

— Apparemment je suis constipée ou quelque chose comme ça.

— Je ne connais pas ce mot.

— Tant mieux. Ça veut dire que je n'arrive pas à dépasser mes blocages.

Fathom regarde le soleil sur le point de se coucher.

— Je suis sûr que tu feras de ton mieux, dit-il, puis il se tourne vers moi. J'aimerais te dire un mot.

Je jette un coup d'œil à Bex. Elle m'adresse un petit sourire plein d'espoir. Ma mère a le même sur les lèvres. Alors je le suis plus bas sur la plage jusqu'à ce que nous soyons hors de portée de voix des autres.

Il ramasse un coquillage, le retourne machinalement entre ses mains puis le rejette dans l'océan. Son silence me convient. J'ai peur de ce qu'il pourrait dire.

— Si seulement j'avais un appareil photo, déclare-t-il enfin, le regard perdu dans les vagues.

— Un truc pour te rappeler cet endroit avant la fin du monde ?

— Non. J'aimerais avoir une photo de toi.

Il me prend la main avec douceur, puis se renfrogne ; je comprends ce qui se passe en lui. J'entends ses pensées aussi clairement que je peux entendre les miennes. Il a des responsabilités envers son peuple comme envers Arcade. Et peu importe si nous allons tous mourir, il tiendra ses engagements. C'est cela qui l'empêche de devenir comme son père. Mais il existe malgré tout quelque chose de fort entre nous, une chose qu'il ne cherche pas à nier même s'il préfère ne pas la formuler à voix haute.

Je murmure :

— Moi aussi, je t'aime.

Ses yeux s'illuminent et je souris, regrettant que mon téléphone n'ait plus de batterie ; j'aurais bien pris une photo de ce regard, car je sais que je ne le verrai plus jamais briller comme ça pour moi. Son cœur appartient à Arcade. Peut-être est-ce de l'amour, peut-être est-ce une obligation, mais, pour lui, cela ne fait aucune différence.

C'est l'instant que choisit une voix pour jaillir des haut-parleurs au-delà du rempart :

— À tous les membres de la nation alpha, ici le général Thomas Slaines de la Garde nationale de New York. Nous vous laissons une dernière chance de vous rendre en vue de votre transfert. Nous préférerions résoudre cette crise de manière pacifique, mais un silence de votre part sera considéré comme un refus et une occupation illégale. Nous serons forcés d'agir en conséquence et de donner l'assaut. Je vous demande encore une fois de bien réfléchir.

Un bourdonnement sourd retentit, plus loin sur la plage, et tous les visages se tournent vers la mer.

— Ils sont là ! s'écrie Fathom.

Il place ses mains en porte-voix autour de sa bouche et lance un appel retentissant qui me fait vibrer jusqu'aux os.

Aussitôt, des milliers d'Alphas se rassemblent sur la plage. La plupart sont armés d'épieux, d'épées et même de tridents, forgés à partir de ferraille de récupération. Certains n'ont rien d'autre que leurs mains et leur détermination. Ce sont aussi bien des jeunes que des vieux, des hommes, des femmes et des enfants, qui lèvent les poings et poussent des cris guerriers.

— Battez-vous jusqu'à la mort ! rugit Bracken en courant le long du rivage.

Il s'arrête devant Fathom et lui empoigne l'avant-bras. Fathom fait de même.

— Sache que je suis fier de toi, Fathom, déclare Bracken. Si nous ne nous en sortons pas, je te retrouverai dans le Grand Abysse.

Le prince hoche la tête. Je vois bien qu'il est touché.

Fathom et moi courons rejoindre Ghost et les autres. Mon cœur cogne plus fort que mes pas quand nous arrivons, mais j'essaie de ne pas le montrer. Arcade nous attend. Je croise son regard et secoue la tête, espérant lui faire comprendre ainsi que quoi qu'il ait pu y avoir entre Fathom et moi, c'est désormais derrière nous. Si elle saisit le message, cela ne semble pas la réconforter. Je crois qu'elle me tuerait volontiers si deux armées n'étaient pas sur le point de s'en charger. Elle prend Fathom dans ses bras et l'embrasse.

— Prenez vos positions ! crie Bracken, levant le poing en l'air.

L'ordre se propage le long de la plage, salué par des clameurs. Les Alphas se glissent dans les tranchées et les tunnels. Bientôt, toute trace de leur existence a disparu. Il ne reste plus que nous, petit groupe mal assorti d'humaines et d'Alphas, offrant des cibles faciles aux machines de guerre.

— Ghost, garde un œil sur nos guerriers, ordonne Fathom. Si tu les vois en difficulté, fais ce que tu peux pour les aider. Tu es le plus rapide d'entre nous et c'est toi qui auras le plus de terrain à couvrir, alors sois vigilant.

— Bien sûr, Votre Majesté.

Fathom balaie ce titre d'un revers de la main.

— J'aimerais autant être simplement ton ami.

— Tu l'es déjà, répond Ghost avant de filer.

— Thrill, le mur va être endommagé des deux côtés ; si nous voulons avoir une chance de survivre, il va falloir que toi et Lyric Walker le mainteniez debout.

Thrill hoche la tête et court rejoindre son poste. Je fais mine de le suivre quand Fathom me retient par la main.

Je sais que c'est peut-être la dernière fois que je le vois

et je suis frustrée que le moment ne soit pas plus excitant, sur le plan sentimental en tout cas. L'héroïne n'a-t-elle pas droit à un ultime baiser passionné juste avant que l'enfer ne se déchaîne ? Où sont les violons ?

— Lyric Walker, ta mère et ton amie ne sont pas en sécurité ici, déclare Fathom. Terrance Lir va les conduire à l'abri qu'Arcade leur a construit en sable et en acier. Si les Roussalkas nous envoient une vague, ce sera leur meilleure chance de survivre.

Je me tourne vers Arcade.

— Tu as fait ça pour moi ?

À voir son air renfrogné, je parie qu'elle le regrette déjà.

Ma mère m'embrasse et me serre dans ses bras.

— Ne te fais pas tuer, m'ordonne-t-elle.

Puis Bex et elle partent avec M. Lir.

— Les Roussalkas sont sur nous ! crie Arcade.

J'entends un grand bruit de vague et vois une forme jaillir de l'eau puis retomber sur la plage. Le haut de son corps évoque un crapaud géant : ventre énorme, bras grêles, et un visage qui hantera mes cauchemars jusqu'à la fin de mes jours. Mais le bas de son corps est plus humain, avec des jambes solides, musclées. Ses pieds, toutefois, sont un mélange des deux : énormes et flasques, avec des orteils palmés. Sa peau brunâtre est parsemée de taches aubergine ; sa gueule est un trou béant. Ses crocs pointent dans toutes les directions, comme les pierres tombales d'un vieux cimetière abandonné. Ses yeux vides sont noirs et placides, dépourvus de vie ou d'intelligence ; une sorte d'appendice vermiforme pend du haut de son crâne jusqu'à sa lèvre inférieure, où il se termine par un bulbe lumineux. La créature nous adresse une succession de grognements, de cliquetis et d'aboiements.

Fathom lui répond dans la même langue et la créature hoche la tête avant de replonger dans les vagues et de disparaître.

— Il venait nous offrir une chance de nous rendre, explique Fathom. Ils ont faim et voudraient bien se repaître de nos cadavres sans plus attendre. Je crois que c'était une forme de courtoisie de sa part.

— Quelle politesse exquise, dis-je. J'espère que tu lui as répondu non.

— En fait, je lui ai répondu la première phrase que tu m'as appris à lire. Tu sais, celle que tu avais inscrite au tableau.

Une cacophonie épouvantable nous parvient de la mer. Ils ont l'air si nombreux dans l'eau !

— Préparez-vous ! rugit Fathom, à l'instant précis où une explosion fait trembler le sol.

Plusieurs pans du rempart s'embrasent derrière nous et volent jusqu'à la plage.

— Les humains nous envoient leurs missiles ! crie Thrill. Lyric, j'ai besoin de toi !

Je lève mon gantelet, qui se nimbe d'une lueur verte. Je me concentre sur le fond de l'eau, tâchant de percevoir les formes de tout ce qu'on y a jeté au fil des ans. Une simple poussée me suffit pour arracher ces ordures à la vase et les catapulter vers les trous. En quelques instants le rempart est réparé. Malheureusement, un nouveau missile le frappe de plein fouet ; le sommet s'écroule sur nous. Thrill me pousse sur le côté et nous roulons dans le sable tous les deux avant d'être écrasés.

— Merci, lui dis-je en me relevant gauchement.

Une fois de plus, je m'emploie à combler les trous. J'ai l'impression de jouer à une sorte de jeu vidéo, sauf que je n'ai qu'une seule vie. D'autres missiles s'abattent, m'obligeant à tâtonner plus loin à la recherche de nouveaux débris. Je détecte une carcasse de voiture et, en me concentrant suffisamment, j'arrive à la déloger du fond. Je suis sur le point de la projeter vers le mur quand j'entends Luna et les autres pousser des exclamations.

— Quoi ?

Je me retourne vers l'océan. J'aperçois au loin le navire militaire soulevé par une vague gigantesque. En dégringolent de minuscules silhouettes – des marins ? –, puis il est balancé dans les airs comme une maquette, vole au-dessus du rempart et s'écrase de l'autre côté. L'impact est dévastateur. Au milieu des explosions et des cris, une grande partie du mur se désintègre sous mes yeux. Une vague de chaleur me frappe et me projette en arrière.

Je me relève avec difficulté. Quand ma vision s'éclaircit, je découvre une scène de dévastation de l'autre côté du rempart à moitié emporté. Le navire est retombé sur les chars et les camions. Les morts doivent se compter par centaines, sans parler des blessés. Les bars et le parc de loisir ont été balayés par le navire qui a poursuivi sa glissade sur trois pâtés de maisons. La seule attraction encore intacte, par je ne sais quel miracle, sont les montagnes russes.

— Il faut fuir ! je m'exclame. On ne peut pas se battre contre une force capable d'envoyer un navire en l'air sur plus d'un kilomètre.

— Non, réplique Fathom. Reconstruisez le mur ! Ghost, passons à la deuxième partie du plan.

— Mais à quoi bon ? je gémis.

— Parce qu'il n'y a plus aucun obstacle maintenant entre ton monde et les Roussalkas ! me crie Thrill en faisant rouler l'eau sur la plage pour ramasser tous les débris éparpillés par les missiles. Sers-toi du navire !

— Il est trop grand !

— Sois plus grande encore ! rétorque-t-il.

Je ne sais même pas pourquoi j'essaie, mais je le fais. Je suis tellement ébranlée qu'il m'est presque impossible de me concentrer. Néanmoins, je respire un grand coup et l'eau s'écoule à mes pieds, franchit la trouée et se dirige vers la carcasse du destroyer. Ce dernier se redresse un peu, tourne sur lui-même et, à ma profonde stupéfaction, revient lentement vers nous pour colmater la brèche. Avant que j'aie eu le temps de dire ouf, le mur est réparé.

— J'ai réussi !

Thrill me sourit, puis se renfrogne.

— Ton nez.

Je me touche le visage, sachant que je me suis remise à saigner.

Ghost place ses mains en porte-voix et rugit :

— Amenons-les par ici.

C'est la partie du plan que je préfère. Je me retourne face aux vagues, lève mon gantelet et cherche les Roussalkas. Ils sont un peu plus d'un millier. Je les attire puissamment avec mon esprit. L'océan les enveloppe dans ses filets et les propulse sur la plage. Je les vois jaillir de l'eau malgré eux, incapables de contrôler leurs mouvements, et retomber sur le sable comme des déchets putrides. D'abord confus et meurtris, ils se relèvent promptement, secouent la tête et s'élancent vers nous au pas de charge. Des griffes horribles sortent de leurs mains. Leurs crocs claquent. Ils n'ont pas besoin d'armes : leur corps est plus redoutable que n'importe quelle épée.

Nos Alphas cachés sortent alors de leurs tranchées,

bondissent très haut dans les airs et s'abattent sur le dos de ces adversaires redoutables. Je vois des épieux s'enfoncer dans les chairs, des tridents transpercer des peaux brunes. Des créatures grillent vives comme Svetlana Wilder et des crocs de Nixes déchirent des muscles.

Nor se sert de son épée pour trancher le bras d'un Roussalka. Le moignon sanguinolent atterrit à mes pieds. La main porte un gantelet.

— Bon, il n'en reste plus que quatre cent quatre-vingt-dix-neuf, je commente.

— Ils envoient une vague ! avertit Luna.

Je me tourne vers la plage. La mer recule loin du rivage. En l'espace de quelques secondes, toute l'eau s'est retirée, dévoilant un fond vaseux jonché de détritus. Elle se masse et se soulève à l'horizon, comme si l'océan tout entier se dressait pour nous tuer. La vague monte jusqu'à une bonne dizaine de mètres, puis se brise et fond sur nous.

Je lève mon gant et m'efforce de voir grand. Je peux sentir l'impact que nous avons tous les cinq sur la vague. Nous la rapetissons, en détournant de gigantesques portions de part et d'autre, mais cela ne suffit pas. Je me retrouve coincée entre elle et un rempart d'ordures ; comme une main géante et avide, le courant me tire vers le bas, me roule en tout sens, me froisse au creux de sa paume à la manière d'une boule de papier. Je ne contrôle plus rien. Mes poumons me brûlent, je n'arrive plus à distinguer le haut du bas. Je lutte pour m'empêcher d'ouvrir la bouche. Mon corps exige un oxygène qu'il sait ne pas pouvoir trouver ; il finira par avaler de l'eau et par couler si je ne remonte pas à la surface. Mais où se trouve la surface ?

Alors que je suis sur le point de m'avouer vaincue, le flot me rejette sur la plage à quelques mètres du mur des

Alphas. Hors d'haleine, déboussolée, je m'essuie les yeux et regarde autour de moi. Les autres ont disparu.

— Ghost ! Arcade ! Thrill !

Pas de réponse, sinon le bruit des rouleaux qui s'écrasent autour de moi.

— Fathom !

— Lyric Walker !

C'est la voix d'Arcade. Elle est derrière moi, en train d'aider Ghost à se relever.

— Où est Thrill ?

— Je ne sais pas, me répond-elle.

— Et Luna ? demande Ghost en toussant.

Je ne vois personne d'autre. Tous ont été happés par la vague. Mais eux peuvent respirer sous l'eau, donc il y a encore un espoir qu'ils soient toujours en vie.

— La Voix reste silencieuse, dit Ghost. Elle ne me dit pas où ils sont.

Je panique.

— Tu veux dire que les gantelets ne marchent plus ?

Soudain, Fathom jaillit de l'eau et retombe sur la plage, essoufflé, blessé. Il saigne abondamment d'une plaie au flanc. Je m'avance pour l'aider mais Arcade est plus rapide.

— Il faut faire sortir tout le monde de l'eau si vous le pouvez, dit Fathom.

Arcade, Ghost et moi nous rassemblons et pointons nos gantelets. Au début je ne sens rien, aucune traction, aucun murmure, et puis cela revient. Je perçois les formes des guerriers alphas. La Voix me souffle où ils sont. Malheureusement, je vois aussi le carnage qui se déroule sous la surface. Les Roussalkas sont en train de tailler en pièces les restes de notre armée. J'en ramène autant que possible en sécurité. Nor fait partie des survivants. Il tient deux autres mains de Roussalkas portant le gantelet. Il les jette sur le sable et le mécanisme doré s'ouvre avec un déclic, libérant les membres tranchés.

— Deux de plus, lâche-t-il.

— Ça ne nous avance pas beaucoup, maugrée Fathom. Nous ne sommes plus que quelques milliers maintenant.

— Tout est perdu ! s'écrie un jeune Céto. On ne pourra jamais les battre. Ils sont trop nombreux.

Fathom gronde.

— Il n'a jamais été question de les battre, fils de Céto, mais de mourir en les tenant à la gorge.

Soudain, l'eau se retire à nouveau sous nos pieds. Elle recule de plusieurs kilomètres.

— Préparons-nous à repousser une autre vague, dit Arcade.

Elle s'avance sur le sable humide, suivie de Ghost.

Fathom se tourne vers moi.

— Rien ne survivra.

Je fais non de la tête et cours rejoindre les autres.

— Il va falloir me faire confiance, Votre Majesté.

— La voilà ! crie Ghost.

Je n'ai jamais rien vu d'aussi énorme. Cette vague mesure facilement trente mètres de haut. L'abri qu'Arcade a construit pour ma mère et pour Bex n'y résistera pas. Des centaines de milliers de personnes qui n'ont rien à voir dans ce conflit stupide vont mourir. Arcade, Ghost et moi sommes les seuls à pouvoir l'arrêter.

— Si nous unissons nos efforts, l'eau nous écoutera, mais seulement si nous parlons assez fort, prévient Ghost. Lyric, tu dois faire trembler le monde devant toi.

— J'essaie !

— Pas assez ! réplique Arcade. Ta famille et tes amis

ne sont pas en sécurité, Lyric Walker. Nous allons tous mourir si nous n'arrivons pas à stopper ça. Fathom aussi.

— Oh, ça, c'est déloyal ! je grogne.

Je me concentre sur la calamité qui se rapproche, tâchant de maîtriser ma respiration, de puiser dans l'émotion brute qui bouillonne en moi. Mes sentiments sont ma force. Je le sais, mais comment parvenir à les libérer ? Je sens quelque chose d'humide sous mon nez. Encore du sang.

— Ces gantelets ne sont pas conçus pour une bâtarde, me crie Ghost.

— Ne m'appelle pas comme ça !

Ma fureur embrase le gantelet. Soudain, une boule d'énergie gicle de mes doigts et file frapper l'eau. Pendant un instant la vague s'immobilise, figée sur place. Je suis parvenue à bloquer l'océan.

— C'est ça, détritivore. Mets-toi en colère ! m'encourage Ghost.

Le filet de sang devient un ruisseau. L'effort nécessaire pour maintenir la vague est en train de me broyer la cervelle.

— Ne t'arrête pas. Continue à lutter avec nous, sinon les Roussalkas nous auront tous ! me crie Arcade.

La masse d'eau avance un peu, hésite, frémit, prise entre nos forces et celles de nos ennemis. Les gantelets d'Arcade et de Ghost flamboient furieusement. J'ai la tête qui va exploser, mais nous tenons bon.

— Pas plus loin ! hurle Arcade au mur liquide impatient de nous engloutir.

Un Roussalka jaillit de l'eau, puis un autre, et un autre. Ils sont bientôt des centaines, bardés de griffes et de crocs, à se ruer sur nous. Ils fauchent comme du blé mûr les Alphas épuisés. Avant que je puisse dire quoi que ce soit,

Fathom se rue dans la mêlée, projetant du sang partout sur le sable avec ses lames noires. Une tête roule à mes pieds, et les corps boursouflés des Roussalkas commencent à s'empiler. Ceux qui en ont la force rejoignent le prince : tous les Cétos, Nixes et Selkies encore capables de tenir debout. Nathan est là, gonflé comme un ballon, à transpercer les Roussalkas avec ses piquants. Leur pointe doit être venimeuse car tous ceux qu'il égratigne poussent des cris d'agonie et s'écroulent sur place, agités de spasmes. Nor bondit dans l'eau avec son épée, avide de récolter d'autres gants. Plusieurs bras tranchés volent bientôt jusqu'à nous. C'est macabre, mais à chaque bras qui atterrit près de moi, j'ai l'impression qu'il devient plus facile de résister à la masse d'eau.

Nous sommes en train de gagner.

— Reste concentrée ! me crie Arcade.

Fathom se tourne vers moi et me sourit. Je lui souris en retour.

— Je suis fier de toi, Lyric Walker, me dit-il.

Deux formes jaillissent alors de l'eau. L'une est Minerva, dont les bras se referment autour du cou de Fathom. L'autre est son père, qui enfonce les lames de son bras dans le ventre de son fils. Fathom pousse un cri de surprise. Il baisse les yeux sur sa blessure, me regarde. Pour la première fois depuis que je l'ai rencontré, depuis qu'il a gagné mon cœur, il a l'air effrayé.

Je hurle :

— Non !

— Je te reverrai dans le Grand Abysse, souffle-t-il, mais j'ignore s'il s'adresse à moi ou à Arcade qui se tient à mes côtés.

Soudain, je me déchaîne. Je suis un concentré d'énergie

brute et, soutenue par la fureur d'Arcade et la détermination de Ghost, je lâche tout ce que j'ai retenu pendant trois longues années. Fini de me cacher. Fini de courber la tête. Je suis Lyric Walker multipliée par mille et consumée par la vengeance. Je suis un maximonstre. Le pouvoir explose au bout de mes doigts. Même Ghost me regarde avec une expression inquiète. Est-ce cela qu'il essayait de m'expliquer ? Est-ce ainsi qu'on peut accompagner le Grand Abysse ? La Voix paraît ravie, en tout cas. Elle m'encourage : « Pousse, pousse, pousse. Donne tout ce que tu as, Lyric Walker. Tu es plus forte que le monde. »

Et subitement, comme si nous avions appuyé sur un interrupteur, nous prenons tous les trois le contrôle du raz-de-marée des Roussalkas. Le changement est si brusque que j'en reste ébahie, mais la vague est bien à nous. En fait, quand j'étends ma perception dans l'eau, je sens tous les gantelets des Roussalkas complètement inertes. Nous avons réussi à les court-circuiter.

Une silhouette noire gicle hors de la vague, s'élance sur moi et me frappe en pleine poitrine. Ça n'est pas douloureux mais je bascule à la renverse. C'est un Roussalka. Ghost et Arcade ont beau essayer de l'arrêter, il me roue de coups et tente de me piétiner le cou et le visage avec ses horribles pieds palmés. Les côtes en feu, je tente de me relever, mais il me plaque à nouveau sur le sable. Cette fois-ci je me cogne la tête contre le mur ; le monstre en profite, saute à califourchon sur moi et me tape la tête à plusieurs reprises contre les détritus. Tout s'obscurcit autour de moi. Je ne vois plus que ses crocs brisés et l'orbe brillante qui pendouille de sa tête. Il va me tuer et me dévorer. C'est ce qu'il m'explique dans sa langue gargouillante. Je devrais avoir peur. Je devrais pleurer. Au lieu de quoi je suis furieuse. Furieuse de constater que ça va se terminer comme ça : sans savoir ce qu'est devenu mon père, sans savoir si ma mère et Bex s'en sortiront, après avoir vu le garçon que j'aime se faire tuer sous mes yeux.

J'entends un choc sourd, un bruit mouillé, et j'imagine que ça vient de mon crâne, mais soudain le corps du Roussalka roule sur le côté. Je me redresse à quatre pattes. Une longue barre de fer émerge de son torse. Il meurt en tentant maladroitement de l'arracher. Je cherche du regard l'Alpha qui l'a tué. Personne à proximité. Il n'y a que moi.

— Lyric, nous sommes en train de perdre la vague ! crie Arcade.

Je l'entends, mais mon cerveau cherche encore à comprendre ce qui vient de se passer. Je regarde le mur derrière moi. En s'abattant sur lui, la première vague l'a complètement inondé. Chacun des éléments qui le composent ruisselle d'eau de mer, une eau qui obéit à ma volonté.

— Elle va tomber ! hurle Ghost. On ne la tient plus !

La Voix continue à me murmurer ses secrets. « Tu ne peux pas stopper la vague, mais tu peux faire en sorte que ce soit la dernière. Tu vois tous les objets pointus que je conservais pour toi au fond de l'eau ? Tu vois comme tu les as entassés ici ? Ils peuvent voler, taillader, trancher et tuer. »

Je crie :

— Ghost, Arcade, faites sortir tout le monde de l'eau ! Tout de suite !

— Que veux-tu dire ? gronde Ghost.

— Sortez-les de l'eau. Jusqu'au dernier, vite, avant que la vague ne retombe. Je vais régler ça une bonne fois pour toutes.

Arcade hoche la tête, mais Ghost est furieux.

— As-tu perdu la raison, humaine ?

— Ghost, écoute-la ! le supplie Arcade.

Il lève les bras bien haut, et tout à coup des centaines d'Alphas jaillissent de l'eau.

— Je ne sais pas ce que tu comptes faire mais fais-le vite, fille de Sirène ! me presse Arcade. Parce que les Rousalkas reviennent nous achever.

Je tends ma main gantée.

« Tu ne peux pas échouer, Lyric. »

Non, je ne peux pas. Plus maintenant. Je laisse exploser ma colère, ma joie, ma frustration, mes espoirs, mes rêves et toute mon énergie, tout l'amour que j'éprouve pour mon prince assassiné. Je libère le maximonstre. Mille détritus tranchants s'arrachent du mur et fendent l'air comme des missiles. Pare-chocs tordus, piquets de parasols, panneaux de signalisation, clous, petite monnaie, bois flotté, tessons de bouteilles… tout ce qui peut blesser est ramassé par l'eau et projeté aussi fort, aussi violemment que mon imagination l'autorise. Ils s'enfoncent dans l'eau comme des torpilles et l'océan vire au rouge.

— Lyric, elle tombe ! m'avertit Arcarde.

Je continue à faire voler mes projectiles de fortune jusqu'à ce que la vague rugissante s'abatte sur moi comme le poing de Dieu. L'eau envahit ma gorge et me remplit les poumons. Je vais me noyer. Je le sens. Si seulement je pouvais me concentrer, je pourrais peut-être me servir du gantelet pour m'en sortir, mais l'eau est trop bruyante, trop agitée. Je n'arrive plus à lui parler.

Je m'enfonce. Je suis perdue.

C'est alors que je sens une main se poser sur ma taille. Je crois d'abord à une hallucination causée par le manque d'oxygène, puis j'en sens une deuxième, qui me fait pivoter lentement. J'ouvre les yeux et, dans les rayons du soleil qui transpercent les profondeurs, je reconnais Fathom. Il est blessé, en sang, mais vivant.

Il me sourit puis m'embrasse, m'insufflant de l'air dans les poumons – juste un peu, juste pour quelques secondes de vie en plus. Je m'en sers pour accomplir une dernière volonté : je l'embrasse. Je l'attire contre moi, sans faire attention à ses blessures, et je plaque ma bouche contre la sienne. Si je dois aller au paradis, dans le Grand Abysse ou je ne sais où, je veux emporter avec moi le baiser de ce garçon. Ses bras m'enserrent ; nous coulons de plus en plus bas, ensemble, respirant l'un dans l'autre.

Tout à coup je sens mon estomac se tordre, comme si j'allais vomir, et je m'écarte de lui. Il me retient par les bras, tente de m'entraîner vers la surface. Je résiste. Une douleur cuisante me saisit, m'entoure, me tend la peau des bras et du cou, me brûle la gorge.

Fathom me parle, mais je ne comprends pas ce qu'il me dit, et puis je m'aperçois que je respire normalement. Pourtant je ne suis pas sur la plage. Je suis toujours sous l'eau. Est-ce le gantelet ? Fathom me prend la main et la lève pour me la montrer. Elle est couverte d'écailles.

Il sourit, m'embrasse tendrement, avant de s'éloigner dans les eaux sombres. Je l'appelle. En vain. Je voudrais le rattraper, mais le gantelet se remet à briller. Des gens ont besoin de mon aide. Je dois les sortir de cette soupe bouillonnante. Je remonte à la surface et prends une grande goulée d'air. La sensation de douleur revient, quoique pas aussi intense, et d'un seul coup je recommence à respirer de l'air. Je me suis transformée. Il m'est arrivé ce que je redoutais le plus : j'ai pris certains traits de ma mère. Je regarde vers la plage. La vague des Roussalkas a balayé le mur des Alphas.

L'eau a envahi les rues de Coney Island et rasé des pâtés de maisons entiers. La promenade, le parc d'attractions, peut-être même mon lycée, ont complètement disparu, comme s'ils n'avaient jamais existé. Je cherche mon immeuble du regard. Je ne le vois pas.

« Maman ! Bex ! »

J'interroge l'eau, la supplie de m'indiquer où elles sont, espérant de toutes mes forces les retrouver en vie. Ma mère n'est pas là, mais Bex si !

« Là. »

Elle est loin et en difficulté, alors je replonge sous les vagues et je nage, fendant l'eau comme si j'avais un moteur de hors-bord dans le dos. Est-ce mon nouveau moi ? Non, c'est le gantelet qui déplace l'eau autour de moi pour me propulser comme un boulet de canon. Quand j'atteins Bex, je l'empoigne par le bras. Je vais si vite que nous jaillissons toutes les deux hors de l'eau et montons haut dans le ciel, avant de retomber douloureusement dans une gerbe d'éclaboussures.

Je lui maintiens la tête hors de l'eau. Elle respire. Une porte en bois flotte à proximité ; je hisse le corps de Bex dessus. Elle est en sécurité.

Je fouille les eaux à la recherche de Ghost, de Luna, de Thrill, au cas où ils auraient survécu, mais je ne les trouve nulle part. Je n'arrive même pas à sentir s'ils sont vivants ou morts, ce qui est étrange parce que je perçois des Rous-salkas morts jusqu'à dix mètres de profondeur.

« Fathom ! » J'en appelle à la Voix, lui demande de m'aider à le localiser, mais lui aussi reste introuvable. L'ai-je imaginé ? Non, notre baiser était bien réel. Je plonge sous la surface dans l'espoir de le repérer. En vain. Le gantelet ne le trouve pas. Par contre, il trouve Arcade : elle est encore en vie. Je fonce de nouveau à travers l'eau, l'attrape par la taille et la ramène au radeau de fortune de Bex.

Bex reprend connaissance, recrachant assez d'eau pour remplir une baignoire.

Je lui demande d'un ton implorant :

— Bex, où est ma mère ?

— Quand le mur s'est écroulé, des soldats nous ont surpris dans l'abri. Terrance a essayé de leur résister mais ils étaient trop nombreux. Ils les ont emmenés tous les deux. Attends… Qu'est-ce que tu as sur la peau ?

— Disons que je me fais une sorte de crise de puberté alpha.

Mais soudain, la panique s'empare de moi. Et si j'avais une queue ? J'ai toujours eu peur de me réveiller un jour avec la même queue de poisson que ma mère s'agitant sous mes draps. Je plonge la tête sous l'eau, prête au pire, mais mes jambes sont normales, même si ma peau ressemble à un feu d'artifice du 4-Juillet.

— Tu es unique, observe Arcade quand je refais surface.

Elle a raison. Une fois de plus, je ne rentre pas dans le moule. Ni humaine, ni alpha. Je n'appartiens à aucune des deux espèces. Je suis quelque chose de nouveau.

— Je suis Lyric Walker, fille de Summer.

— Les Roussalkas sont nombreux, nous prévient Arcade. Je les soupçonne de s'être repliés, mais ils se regrouperont et ils reviendront. Ils sont implacables. Ils élimineront tous les Alphas jusqu'au dernier, et aussi votre peuple s'il cherche à s'interposer.

Nous secourons tous ceux que nous pouvons. Quelque trois mille Alphas ont survécu. Après les avoir rassemblés, nous leur expliquons qu'ils vont devoir quitter la plage et trouver un autre endroit où se cacher, un endroit où personne d'autre ne risquera d'être blessé. Flyer accepte de les conduire. Au moment de partir il avoue à Arcade qu'elle lui manquera. J'ai l'impression qu'il aimerait bien en dire plus mais il s'abstient. Je ne crois pas qu'elle s'en soit rendu compte. Nous retrouvons Ghost, mais aucune trace de Luna ni de Thrill. Le petit Nixe vit particulièrement mal la perte de sa compagne. Je voudrais pouvoir trouver des paroles de consolation, mais je ressens la même chose que lui, et rien de ce qu'on pourrait me dire ne pourrait réparer mon cœur brisé. Il n'y a aucun signe du prime, de Minerva, du haut ministre ni de Nor. Personne n'a vu Bracken non plus. Il serait trop dangereux de s'aventurer dans les ruines à la recherche de la famille de Terrance, de M. Ervin ou de M. Doyle. Je réalise que je ne pourrai plus revenir ici.

— Je ne saurai jamais si Tammy s'en est sortie, se désole Bex alors que je pousse son radeau devant moi.

— Ta mère est une survivante, Bex.

— Ça c'est sûr, reconnaît-elle.

Arcade, Bex et moi, nous avons décidé de longer la côte vers le sud. Une fois suffisamment loin, nous sortirons de l'eau et déciderons ce qu'il convient de faire.

— Je l'ai vu, dis-je à Arcade alors que Coney Island disparaît à l'horizon. J'ai vu Fathom juste après la grande vague. Il m'a sauvée.

Elle me regarde longuement, regarde l'écume à la crête des vagues. Puis elle hoche la tête.

— Il nous retrouvera, m'assure-t-elle.

J'ignore quelle distance nous avons couverte quand nous posons enfin le pied sur la plage. Nous brisons la vitre d'une voiture et volons un briquet et une poignée de petite monnaie. Il y a un grand sac de chips sur la banquette arrière avec une cannette de soda. Le dîner. On s'enfonce dans un bois et on allume un feu grâce au briquet, dans l'espoir de faire sécher nos vêtements.

Au petit matin, je me réveille en sueur et tout endolorie. Arcade accepte de nous attendre tandis que Bex et moi nous dirigeons vers une rue bordée de boutiques. On s'assoit à la terrasse d'un café, hésitant sur la marche à suivre.

— On pourrait faire la manche, suggère Bex.

Je hoche la tête. C'est une option. Peut-être la seule que nous ayons.

— Et ensuite, Walker ?

— On retrouve nos parents.

— Dites, les filles, ça ne vous ennuie pas de surveiller mon ordinateur une seconde ? nous demande le type à la table voisine. Il faut que j'aille aux toilettes.

Je hausse les épaules, puis je remarque qu'il a le même téléphone que moi.

— Si vous me prêtez votre chargeur, dis-je.

Il fouille dans son sac à dos et me le tends, soigneusement enroulé, avant de filer à l'intérieur.

— Tu aurais dû lui demander un sandwich, maugrée Bex.

Je branche le chargeur sur une prise murale et sors mon téléphone. Il est resté sous l'eau si longtemps qu'il n'y a pratiquement aucune chance qu'il marche encore, mais je dois essayer. J'ai besoin de revoir la photo, notre photo. J'ai besoin de me rappeler qu'il a vraiment existé. Je branche mon téléphone et j'attends. L'écran reste noir et silencieux.

— Ils n'apprécient pas beaucoup l'eau de mer, commente Bex.

— Je sais. C'est juste que…

Soudain on entend un bourdonnement, une petite musique et la lumière verte s'allume.

— Pas possible ! s'exclame Bex, qui rapproche sa chaise pour mieux voir.

Un instant plus tard, l'écran s'illumine. Ça fonctionne ! J'ouvre ma galerie d'images et je retrouve le visage étonné de Fathom pressé contre le mien. La photo est toujours là. Puis le téléphone bourdonne pour me signaler un texto.

TEXAS – MONSIEUR CAFÉ

— Ça veut dire quoi, ça ? demande Bex.

Je souris.

— Je sais où on va aller.

Il y a quelque part dans le désert du Texas un camp secret où sont détenus mes parents. On y trouve aussi d'autres enfants comme moi, mi-humains, mi-alphas, un clan nouveau dont je suis prête à parier que tous les membres souffrent de migraines terribles. Ce sont eux mon peuple, désormais, ma nation. Je dois les libérer et leur apprendre à entendre la Voix du Grand Abysse. Et une fois que nous serons prêts, nous retournerons à Coney Island pour sauver le monde des monstres, qu'ils vivent dans l'eau ou sur la terre ferme. Rien ne m'arrêtera, parce que je suis plus forte que le monde ; la mer tremble devant moi. Je suis un maximonstre.

REMERCIEMENTS

Ma ravissante épouse et agent Alison Fargis aura été la première personne à croire en ce livre. Peut-être même la première personne à croire en moi. J'avais peur de ne pas être capable de l'écrire, mais elle m'a dit de foncer, et je l'ai fait. Deux autres personnes ont joué un rôle crucial pour transformer ce qui n'était au départ qu'une idée en un livre à part entière. La première est Reka Simonsen, qui l'a acheté, adoré, en a dit monts et merveilles et m'a aidé à piloter le premier jet entre les écueils. Quand Reka est partie pour de nouvelles aventures, Sarah Landis a pris la suite pour guider le navire à bon port avec ses suggestions habiles et juste ce qu'il fallait de soutien. Je tiens à remercier tout le monde chez Houghton Mifflin Harcourt pour avoir facilité une transition sans douleur.

Je ne me suis pas lancé là-dedans convaincu de pouvoir réussir. J'ai d'abord étudié les travaux d'autres personnes qui s'en étaient sorties mieux que la plupart. Libba Bray, E. Lockhart, David Levithan, Adele Griffin, Andrew Smith et Laini Taylor m'ont servi d'inspiration. Leurs écrits ont été les phares silencieux qui m'ont guidé loin des récifs. Il y a eu aussi les encouragements avisés d'auteurs que je connais et en qui j'ai toute confiance. Julia DeViller m'a été d'un grand soutien, toujours prête à me lire, et j'ai eu la joie de découvrir qu'Adele Griffin était aussi merveilleuse dans la vie que sur le papier. C'est si agréable de pouvoir nouer des liens d'amitié avec son héroïne. Rebecca Serle m'a autorisé à piocher dans sa cervelle pour vérifier si j'évoluais bien dans l'univers d'une jeune fille. Peu de gens savent exprimer comme elle ce qu'il y a dans le cœur des adolescents, et elle a été un puits de sagesse et de patience pour tout ce qui concerne l'amour et la littérature. J'espère avoir réussi à atteindre cette approche « juste au-dessus du genou ». Merci.

Comme toujours, je tiens à remercier mon meilleur ami, Joe Deasy, qui lit et apprécie tout ce que j'écris, même s'il ne peut retenir ses fous rires devant ma grammaire épouvantable.

Merci enfin à mon fils, Finn, mon petit homme, qui continue à grandir malgré mes demandes répétées qu'il n'en fasse rien. Je t'aime, et j'adore les histoires que tu me racontes. C'est toi mon auteur préféré.